竹外一枝斜更好

海南散文选

海南 ◎ 著

长 春 出 版 社

全国百佳图书出版单位

图书在版编目（CIP）数据

竹外一枝斜更好：海南散文选 / 海南著. -- 长春：
长春出版社，2025. 1. -- ISBN 978-7-5445-7584-3

Ⅰ. I267

中国国家版本馆CIP数据核字第20244YS439号

竹外一枝斜更好——海南散文选

著　者　海　南
责任编辑　闫　伟
封面设计　宁荣刚

出版发行　长春出版社
总 编 室　0431-88563443
市场营销　0431-88561180
网络营销　0431-88587345
地　　址　吉林省长春市南关区长春大街309号
邮　　编　130041
网　　址　www.cccbs.net

制　　版　长春出版社美术设计制作中心
印　　刷　长春天行健印刷有限公司

开　　本　880mm×1230mm　1/32
字　　数　271千字
印　　张　11.625
版　　次　2025年1月第1版
印　　次　2025年1月第1次印刷
定　　价　59.80元

目　录

独弦琴

书写生命的长卷

日月星辰,春夏秋冬……大自然循环的节律如此从容不迫,在生生不息中展示着宇宙生命的博大与永恒、广漠与严峻。

宇宙空间的无垠,人生流年的有限,形成一种无法逾越的反差。于是,巨大的紧迫感始终伴随着人类的生存与发展。

面对这些,我们有太多的慨叹、无奈或徒生悲壮,却无法拥有超自然的力量与之抗衡。屈原的《天问》想象丰富与奇特,代表了华夏先民对宇宙神秘生命现象最早的探寻。一代雄才曹操东临碣石,以观沧海,面对秋风洪波、日月星汉,也只能领悟人生苦短,对酒当歌以自慰。作为生命个体,谁也摆脱不了由盛到衰的自然法则,像秦始皇那般孜孜以求"长生不老之药",让龙体旷世不朽,只能在历史上留下笑柄。其实,早在2500多年前哲人老子就在那部旷世奇书《道德经》中将天地间的"道"阐明透彻了。其"道"即循天理的法则。正视宇宙万物运行的规律,寻求无限与有限、永恒与瞬间的结合,生命的存在才有意义。古往今来,在人生的长河中,奋进者有之,溺水者有之,闪光者有之,灰暗者有之……崇高与卑微,精华与糟粕,或重于泰山,或轻于鸿毛,皆因生命价值的取向迥异而致。"以人为镜，可以明得失"，诚哉斯言。

人的一生应当怎样度过？这是一个庄严得不容漠视的命题。每个人都以自己真实的岁月留痕刻记着一份答案，从呱呱坠地的婴儿，到阅尽人世沧桑的百岁老人，一部生活流程录下丰富的人生内涵。生命从坠地的那刻起，都是平等的，美国《独立宣言》开篇第一句就阐明：人人生而平等；但人瞑目前的最后审视，生命的价值却是不平等的——这就给我们留下沉甸甸的思考：同为宇宙中有血有肉有思维的个体生命，为何蔓生出不同方位的发展轨迹？诸多的人生差异中，最鲜明最本质的差异是精神品质。而精神品质恰恰来自生命的后天培养。这就涉及一个必须正视的课题：人生需要设计，需要规范，需要引导。的确是这样，人活着是一个科学的进程，从生命孕育至终结呈现连续性的运动，其成长过程是否有序有意义完全取决于生命运动中各要素的良性组合。因而，在人生系统工程中，素质教育至关重要。

上述这些思考，是缘于捧读了《人生年记》这部大型图书而发。面对书中浓缩的百年人生空间，我相信每个读者都会心潮起伏，都会浮想联翩，都会陷入长长的思索中。的确，面对这样一本设计人生、完善自我的好书，谁都不会漫不经心地一览而过。在1998年北京图书订货会上，《人生年记》之所以让人眼前一亮，不仅源于它新颖的装帧创意，百余幅审美价值很高的名画、摄影图片及百读不厌的"美文"，更在于它强调人生要科学地定期进行自我认识、自我修养、自我设计，这对于培养21世纪全面发展的高素质人才具有重要的意义。科学地设计人生这一命题的提出，正是《人生年记》的可贵之处。在当代书林中，它无疑是一部具有深厚文化意蕴和育才影响力的巨作。

一个民族，如果没有关于自己历史的记载，将是一种"数典忘祖"的悲哀；一个人，如果回首时发现自己人生档案的模糊与残缺，也会感到深深懊恼。"人最宝贵的东西是生命，而生命属于我们只有一次"。《人生年记》这部书像一位诤友亲切地提醒我们如何珍爱人生、完善人生，如何一笔一画、一纸一言地书写生命的长卷。正如爱默生所言："个人身上包含着一切人类的价值：没有个人尊严，就无人类尊严可言；没有个人权利，就无人权可言。个人的贬值就是人类的贬值，摧毁个人就是摧毁人类的第一步。"

树生年轮，人长周岁。当我们以自律自强完成对生命的塑造后，对似水年华的追忆才会有滋有味，才会无憾。

1998 年 8 月 22 日

最近读了西方著名心理学家维克多·弗兰克的事迹，十分感奋。这位二战期间纳粹集中营的幸存者，以 92 岁高龄辞世。他曾说："对生命意义的追寻乃人类生存最为基本的驱动力。"这就意味着领悟并进入生命崇高而自由的境界，我们的内心才能真正强大起来。

值得一提的是：在我的孙女昭然百日生辰来临之际，家人向我索句以贺之；俯看摇篮中孙女的笑脸，心中一动，欣然命笔。写下对一个幼小生命的祝福：

惊世一啼，喜降元婴。
天必佑之，慧心明净。
青青莲子，沐雨知春。

2010 年 2 月 12 日 补记

瑰玉般的恩德

——追思慈母

一

黑夜，火焰，浓烟……

那天是 2010 年 1 月 7 日，农历的小年。

我从家里出来已是晚上 9 点多钟，街市行人稀少了，我有意选择这个时候出门只是为了做一件事：烧纸。在静寂之时不受干扰地做这件事。当我来到十字路口时烟火正盛，至少有 20 多堆火焰熊熊燃烧，一团团浓烟随夜风荡来荡去……烧纸的人们面孔肃然，互不说话。用烧纸祭奠逝者这种民间习俗流传有多少年了？无从查考。在中国肯定是一种古老的习俗，被百姓沿袭着、恪守着。尽管有关部门一再三令五申严禁在街路烧纸，但收效甚微，每逢春节、清明及各家逝者的忌日照旧有烟火。民俗的力量是强大的。

那个小年夜里，我不是为考查这种民俗的力量而来到十字街头，我是为母亲烧三七的。在母亲辞世的第二十一天，作为儿子要遵从民间简朴的仪式同老人家联系。天地有眼，阴阳两隔，一缕缕升腾的烟火捎去了我长长的思念——

那个夜里，在火堆旁我对母亲默默说了什么，只有我知道。

年迈的母亲还是没有熬过这个奇寒的冬季。她走时，94岁。

刻骨铭心地记住那个日子：2009年12月18日。

那天中午，接到护理院李媛桂打来的告急电话，立刻同妻赶过去。进屋后的第一眼就发现母亲的脸上已失去血色，苍白中泛黄；她静静地仰卧床上，闭眼，一动不动。接下来我恍如做了一场梦。一阵慌乱之后，我稳住心神伸手去摸母亲的手腕和额角，分明觉得还有温度还有微弱的脉搏，以前病重时也是这样；这么多年她经历好几次病危了，但每次都转危为安。这次也不会有事的，我又有了幻想。

随后赶来的120急救中心的医生无情地击碎了我的幻想。经过心电仪诊查，当即宣布老人已无生命迹象。

……我不知道那一刻我是如何承受住这沉重的精神打击的。房间一片忙乱，妻子与儿子的哭声我都听不见了，护理院小张将我拉到厨房，我坐在那里呆若木鸡，小张默默地陪我抽烟，可我不会抽烟了，我咬断了烟卷。

那天很晚很晚才离开市殡仪馆。从下午到晚上我仿佛失去了所有的感觉，两眼空茫，全身木然。丧母的悲痛将我置于一座冰山中，左突右奔触及的都是坚硬的冰冷，人到绝望时已没有眼泪了，我只感到冷，穿着羽绒服也还是冷，除了冷就是恍惚。恍惚得大脑一片空白，什么都记不起来了，木偶般跟着亲人走路，脚下却虚空得很。

"我失去母亲了！"只有那句话不停地跟着我。

那天下午，同我一样恍惚的还有女儿，她不会开车了。那时她在城市的另一端，正在印刷厂校对，电话中得知奶奶病危的消息她就开始恍惚，一路艰难地将车开到护理院，看到的是奶奶空荡荡的床，大哭。女儿来晚了，殡仪馆的车正在路上，我们焦急地等着她会合，可她蒙了，辨不清道路了。只有儿子始终清醒，凛冽寒风中他站在车水马龙的路口，一遍遍给妹妹打电话指点方向——

过了许多天后我还在回忆那个细节：当我们急急赶到护理院时，以为老人尚在弥留之际，其实她已经走了，我摸到的只是她留下的一脉余温……从李媛桂那里了解到母亲早晨喝了半碗果汁，中午又喝了两口，就再没有吞咽动作了。那是老人家在世的最后一顿午餐，然后她就安宁长睡了——她的确是静静地睡过去了，连一声呻吟都没有，按民间的说法这是"喜丧"。即使后来躺在殡仪馆的棺椁里，面容也十分慈祥平静，没有一丝痛苦状，给人的感觉正在熟睡别再打扰她。

12月18日正午，我的94岁的母亲悄无声息地走了，没有惊动她的亲人，也没有惊动周围这个世界。正如母亲的一生，从来就是这样平和、素朴、波澜不惊；作为中国劳动阶层的一员，她品德的光芒始终都隐在平凡的外表中。

二

溯流而上，是一段绵长的追忆……

梦中，时常浮现母亲额头上三个圆圆的红印，很清晰。

冬天，体质很弱的母亲经常感冒，因此额头上总有这三个红印。一着凉感冒了，她就用民间"拔罐子"的办法来祛寒。许多年我家都住在东大桥一带，那是底层平民的聚居地，冬天没有取暖设备，家家都在屋里生炉火。烧的时间一长，炉筒子内壁挂上厚厚的灰垢就要清扫。母亲常干这样的活，还要到小棚子取木柴和煤，还要买菜买粮……在外面干的时间长了就染上风寒。每当看见母亲额头上新添的火罐印，我就知道她又病了，心里很是愧疚，家务活我干得太少了。母亲瞧出我的心思，就说："你上班，忙啊！不用惦记家里的事，我能动弹就能干。"

1985年秋天，父母终于告别了棚户区，同我们住在一起。单位给我调换了房子，虽是旧楼但有暖气，厨房有煤气灶，母亲就不用到户外干活了。她额头的火罐印从此就消失了。

可我还不时地问自己："我为母亲做了什么？"每次发问都让我心里不安。作为儿子，总觉得一生都欠老人的，无法报答。

细想起来我最大的功劳，是特意安排她老人家坐了一次飞机。那年，从中央某机关离休的二舅病危了，我陪伴母亲急速从长春飞到北京。对于一个劳动妇女来说，坐飞机出门是一件太奢侈的事，她很不乐意，摸着机票像手里发烫，用眼瞪着我："真敢花钱，这够咱家交多少年的房费啊！"我一听乐够呛，机票怎么同房费扯上了？"妈，我就是想让你坐一趟飞机，买了机票就不能退啦，哈哈……"

母亲，仅有的一次天上旅行怎能算儿子对你的孝顺？远远不够啊。

一生辛苦劳作的母亲，最大的心愿是将后代抚养成人，为此她不断地付出辛劳付出心血。她是一只默默吐丝的春蚕，从未有过安逸。

母亲生了三个儿子。1953年冬天哥哥病故在农村，我和弟弟在她身边长大。但弟弟毕业后分配到甘肃搞地质勘探，回家的次数有限，唯有我相伴母亲的时间最长了。但最让她操心的也是我，一个淘气、任性、无法无天的男孩。

上小学五年级时，一天母亲同工厂姐妹在宿舍唠嗑，我在二楼走廊骑楼梯玩，大叫："妈呀，我不行啦！"……这样的恶作剧我经常搞，母亲总是惶惶地从屋里跑出来，别的姨们也都闻声跑出来，结果是一场虚惊，只见我坐在那儿捧腹大笑。

这样的把戏上演了好多次，我只觉得好玩。但那天真的"狼来了"，骑楼梯时两条腿都悬空了，手把住楼梯的横端不一会儿就支撑不住了，拼命喊着："妈，快救命啊！"因为喊救命的次数太多了，大人都不在意了，谁都没出来。咕咚一声，我坠落在地昏厥过去。那时军队盖楼举架高，我相当于从三楼掉下来；脑震荡，大难未死，母亲却哭了好多天。

上高中时，野性又让我吃了苦头。一次偷了体育老师的标枪在操场学投掷，下课后的操场满是学生跑来跑去，我就将标枪掷了出去，胆子该多大！结果一个学生应声倒地，头上汩汩冒血……急送医院缝了十多针，母亲交的医疗费，为我又生气又难过。

上大学二年时，故态复萌，冒险精神有增无减。暑假去哈尔滨串门，有日独自去太阳岛游玩时忽想泅渡松花江，彼时立秋已过，江水寒凉，又逢涨潮流速每秒三米多，谁敢横渡啊？头脑简单的我却英雄般下水了，游到中流两条大腿相继抽筋，继之手指也痉挛，从未有过的恐惧让我都不会呼叫了。万幸的是在身体下沉的那一刻被人救起，救星是驾船赶到的两位渔民——脱险后未敢告诉家人，但母亲后来还是知道了，连连摇头叹气："最让我不省心的就是你呀！"那年我刚过20岁，母亲已打不动我了。

类似这样的风险何止这三件？因为我的任性，缺少理智，经常犯一些低级错误，无端让母亲早生华发，那是一次次忧虑带来的。当我真正懂事成家立业时，母亲终于有了笑容，但她已开始衰老了。

灵柩四周摆放着花盆，母亲脚下是一排供品：鱼、肉、各种水果。逝者是不会品尝了。

灯下，久久凝视那些色彩丰富的供品，我走神了，眼前幻化出五个热气腾腾的鸡蛋，是的，不多不少正好五个，是母亲晚上煮好的，让我带回学校吃。仿佛又见到她暖暖的目光，眼里立刻涌满了泪水……儿女们不知道这五个热鸡蛋的故事，可我知道，我一生一世都不会忘记呵！读大学时住校，只有周末才能回家，那个秋夜我要返校，母亲在门口往我衣兜里放了五个鸡蛋，鸡蛋用手绢包好，我一摸还滚热滚热的。妈说：这是你的生日鸡蛋，特意挑红皮的，好大。说这话时她眉眼含笑，很快乐的样子，似乎为儿子做了一件大事。对现在的年轻人来说，吃个鸡蛋算什么？可是20世纪60年代初那是全民饥馑的年月，填饱肚子是各家的大事。为了儿子的生日，母亲用节省下来的钱买了大米、肉和粉条，又煮了五个红皮鸡蛋，她却一口都舍不得吃。

挨饿的日子其实从我读高中时就开始了。记得在上学的路上，我和弟弟就把留给中午的两个窝窝头吃光了，中午饿得慌，我俩便跑回家捞大缸里的生酸菜吃。最严重时，我把本学期的5元学费花光了，买饼干吃，交不上学费便站在老师面前挨训——这些情况母亲都清楚，她不说，但每月总有几回她会出现在校门口，利用午休从工厂走很远的路来给我送粮票，三斤、五斤的……那是她省下的。她每月的供应粮才27斤，在车间干那么重的活，她也吃不饱啊。

寸草春晖。我成长的每一步都离不开母亲的扶持。

三

溯流而上，是一段绵长的追忆……

作为一位世纪老人，母亲走过的路如此漫长，让我都分辨不清哪一程是她自主选择的，哪一段又是她在命运的簸弄中违心涉足的。我仅知道，作为一名普通的劳动妇女她只笃信几千年来老祖宗所说的按天理做人做事，别无他求。从传统文化意义上讲她是循规蹈矩的。即使经历了太多的生活磨难，母亲也只有默默承受，从不怨天尤人，一个朴素的认识让她相信，命中注定有的无论吉与凶都是摆脱不掉的。所以，生活中我很少见到母亲激烈地抗争什么，却也不缺少坚毅的品格。

1949年深秋的一个下午，母亲同我分别的情景至今仍历历在目。太阳快西斜了，散淡的阳光洒落在武汉的街道上，枯黄的梧桐叶子在瑟瑟秋风里飘零……我被一位好心的邻居偷偷领下楼，记得我踏着一双木屐，来到一家银行的石栏前面，妈妈早已等候在那里。好久没见到妈妈了，她一把将我搂在怀里，哭了，口中喃喃地说着什么，非常伤心的样子。后来才知道妈妈要带我的哥哥回东北了，这是最后见我一面。快6岁的我尚不懂得伤痛别离的滋味，只记得分手时妈妈把几张零花钱塞在我上衣兜里——

在汉口那次分别的情景一直都印在我的脑际。其实，当1946年夏末母亲带着三个儿子坐轮船从四川沿长江漂流时，我们母子的命运就已经逆转了，我们到武汉去找父亲，但最后的结局却是父母的离异。

若干年后冷静地思索家庭的悲欢离合，我不得不说母亲这一生唯一的错误就是嫁给了我父亲。这样说似乎是对先人的不敬，但我只能公允地评断母亲一生的痛苦都是父亲造成的，父亲是一个对我们母子不负责任的男人，虽然从恕道层面上讲我已理解并宽容了父亲。毕竟在那个新旧交替的时代人都有跌跤的时候。

离异后的母亲不得不踏上一条颠沛流离的人生路。1950年秋季我也被送回了东北，找到妈妈并同她一道流浪。在黑龙江省双城县乔家窝堡、五常县拉林镇、哈尔滨、宾县……辗转于各亲戚家，住上一段日子再转移，居无定所。那时我还年幼，不知道东奔西走是一种什么样的人生处境，也无法深谙流浪日子的苦楚，反倒因为妈妈拉着我的手走哇走哇四处奔波能见到许多陌生的东西而新奇而高兴。但母亲从未高兴过，她眉头深锁，因为没有一个稳定的家，膝下的三个儿子分离在三处，对于一个女人来说骨肉分离是莫大的痛苦。当年我无法弄清这人间冷暖，我不知晓母亲心灵深处埋藏着多大的苦痛，不知晓母亲的爱和恨，到了我能替母亲分担什么的时候她已经满头青丝变白发了。老人家给了我太多太多，用她温暖无私的手臂佑护我一步步成长，直到供我上了大学……

往事，像小虫在暗暗地啮咬我的心。而当年的我不知愁滋味，在迂回各个乡镇流浪的日子里，我像小马驹般跳来蹦去在乡道上撒着欢儿，我怎会知道母亲的脚步是多么沉重啊！

许多年后我曾问过自己：那一段颠簸的童年时光给了我什么？无须答案，我相信并感谢那一段颠簸恰是我人生之初最好的洗礼。

或许是命运的垂怜，母亲终于有了落脚之处。1953年年初，在好心人的帮助下她进了中国人民解放军三〇三被服工厂当上了工人，生活开始有了基本的保障。妈妈有工作了，这对我们来说是最大的福音，我和弟弟相继从外地团聚在妈妈身边，可以安心读书了。尽管妈妈的工资微薄，艰难的生活常常捉襟见肘；尽管我们蜗居在一间狭小阴暗的地下室终日不见阳光，菜板当书桌完成每天的作业；但有了妈妈，我们就有了依靠，有了欢笑。年齿见长的两个孩子没有辜负她的抚育和祈望，若干年后，一个是高级记者兼作家，一个是高级地质工程师，都在各自的工作领域辛勤耕耘着。母亲的辛劳终于有了回报。

四

溯流而上，是一段绵长的追忆……

永远健康的人是不存在的。可是一旦生老病死的大自然法则落实到母亲身上，还是让我猝不及防。终于有一天母亲站不起来了。那是2000年秋季的一天，她到客厅去找报纸时突然摔倒了。我们上班后家里空荡荡的，为了不让母亲寂寞，我每天都带回报纸，还给她配了一副老花镜。那天她挣扎了好长时间才起来，扶墙回到床上。我下班进屋见地板上散落着报纸，一问才知道母亲摔了。翌日将她送到医院拍了片子，没有骨折只是挫伤，并无大碍，但另一项诊查却让我心里一沉：脑栓塞。这才是摔倒的原因。接着住院，然后又回家保守治疗，那年母亲84岁，大夫说岁数太大，这病不能手术了。

母亲开始了卧床的日子，一卧就是九年半。先后雇了二十几个保姆护理她。

这九年多也是我们母子说话最多的时光。母亲不能下地做家务了，她的任务就是卧床静养，但她要说话；我和妻子有空就同她唠嗑儿，解闷宽心。因为脑栓塞的缘故，母亲口齿不清，我有时听半天才能听懂，她也直叹气，恨自己想说的话竟说不出来。我十分理解性情刚强的母亲为什么总叹气，她清楚卧床意味着什么，她是一百个不情愿啊！

九年半的时光不算短，不分昼夜地躺在床上对谁都是一种难以忍受的煎熬。2009年12月18日正午，母亲终于解脱了，安详辞世。她的双眼永远闭上了，没有留下一句遗言，听不到我们的哭声我们的呼唤……她随一缕风烟而去，将生命的最后一点信息留在了尺方的盒子里。

她住过的屋子空了，睡过的床也空了，只有一架深黄色的缝纫机还静静地立在床头。

　　那是母亲生前最喜爱的东西。20世纪80年代初，上海"蜜蜂"牌缝纫机是紧俏货，同永久、飞鸽牌自行车一样没有票券是买不到的。我托人将蜜蜂牌缝纫机买回家，母亲乐了，一脸皱纹都笑开了，一遍遍摸着缝纫机爱不释手。以后我常看见她端坐在缝纫机前缝缝补补，聚精会神的样子像一位工程师凝视着设计图纸。我知道这架缝纫机给晚年的母亲带来很多安慰，她觉得自己还是一个有用的人。

　　母亲辞世的百天，我忽然想到了这架缝纫机，便走过去也像母亲那样爱惜地抚摸它，不知不觉间眼泪就簌簌落在了上面……母亲再也用不上它缝缝补补了，她远行了。

　　一生勤俭朴素的母亲没有留下任何遗产，也没留下一张存折，但她给后代留下了瑰玉般的恩德。玉在渊则川媚，玉在山而草泽。母亲恩德的光芒照亮了我们的人生。

　　不能不提到一件至今仍令我既惊喜又无法诠释的事情：

　　除夕下午，弟弟从甘肃打来电话说他看到母亲了。一听，我很吃惊，这怎么可能呢？没等我缓过神，弟弟就叙述了事情的经过——那是母亲离世第35天，他步行5公里去榆中县野外烧纸，山上有新建的庙宇立一尊很高的三面观音塑像。进山途中他忽见母亲穿飞天衣裙在半空中飞向庙宇，当时就惊呆了，揉揉眼睛疑是幻觉，然而当日晴朗能见度甚好怎会有幻象？片刻后再抬头望，又见母亲飞来距观音像很近了，是母亲年轻时很端庄的形象，这回看得非常真切，虽然时间很短。听毕，我震惊不小，又让妻子给弟弟打电话反复追问，弟弟言之凿凿，说大白天头脑清醒不会无端出现幻觉，十分肯定两次望见了复生的母亲。

　　此事让我沉思良久，却又理不出头绪。老人已逝，怎会再现复生的形象？这用现代科学是解释不通的；然而年过六旬的弟弟不会说谎，再说这种事是开不得玩笑的。我亦确信青天白日他没有梦游，也不会因思念老人而出现幻觉，更无眼疾面对蓝天白云会看错什么。如是，那只有一种解释：他看到的是另外空间的母亲。中国佛、道两家一直都认定有另外空间的存在，修炼人可以"走出三界外，不在五行中"，民间传说中的"白日飞升"现象是突破了人类现有空间的结果。目前科学家们也都承认有多维空间，同时认为现代科学仪器探测不到的、解释不了的并不能证明不存在。对这件奇异的事情，我最后抱着宁信其有的态度，认为是一种超自然的力量让弟弟瞬间开了天目，得以见到显现在另外空间的母亲。这也证实了佛家的说法，人是有元神的，即使肉体消亡了但元神不灭。

是的，我宁愿相信母亲的元神不灭，德行永存。这个虎年之春的雨夜，我断断续续写下这些含泪的文字给可敬可亲的慈母，祈祝您老人家在天国无牵无挂、无忧无虑，您的一生太辛劳了！儿子铭记在心，三拜长跪，不息的江河流淌着我对母亲绵绵的思念……

2010 年 4 月 1 日　于苦荼斋

盼丈夫回家

明水路口。那天傍晚我去接她。

快擦肩而过时，我喊了一声，妻吓了一跳，她不知道我会在路口水泥电杆下等她、接她。由于我的突然出现，妻发怔地看着我，竟说不出话，脸色十分苍白。这很像苏联卫国战争电影中夫妻重逢的一个镜头。只是我们才分手半个月。

我告诉她，我从泰国及港澳平安归来，晚饭做好了，特意来这里接她。同时我准备解释没给家里打国际长途电话，是因为想节省一点外币。但妻子并没有问，对丈夫从一个陌生的国家活着归来，她的激动都隐在心里，毫不显露。

过了许多天，妻还问："你怎么想到去接我呢？"我真的不耐烦了，因为我已经回答过好几遍了，妻瞅着我的神色，仍执拗地说："可你从来没接过我呀！"

我顿时哑然了。妻是二中的教师，上班离家很远，无论雨天或雪季我从未去学校接过她。这次在路口迎候她亦属心血来潮，妻却很在意，念念不忘，却逼出我一丝愧意。

对一个怀有雄心的男人来讲，家庭的事再大也是小事；而女人则相反，家庭的事再小也是大事。我无法消弭这种认识上的差异，又摆脱不了家庭千丝万缕的羁绊，于是便有了苦恼，由苦恼又引出逃避。这很像钱锺书老先生所写的《围城》。家庭其实也是一座围城，恋爱到高潮就急着组建家庭，欢天喜地只是一阵子，在围城里居久了就有冲出去的念头，男人的大天地毕竟在社会上。如此一来，居家的时间少了，妻子的怨艾便多了，于是便应验了孔老夫子那句话："近之则不逊，远之则怨"，很难两全其美。

与妻结婚20多年了，一双儿女也都茁壮成长起来，妻便把"工作重点"转移到我身上。这便苦了我，每天通一个电话，下班按时回家，饭后散步，双休日陪她干家务，干完家务再陪她唠一堆琐细的对推动社会前进毫无用途的话……唉，这样过日子对别的男人可能是一种放松，习以为常，而对我则是软性折磨，本能地抗拒这种天伦之乐。虽说已是知天命之年，却仍乐于在人生之路大步冲刺，率性而为，一颗拒绝成熟的心灵同年轻人无甚区别。要做的事情太多，当编辑是正业已忙得早生华发，余暇还要交给文学、音乐、足球、垂钓……及一些社会活动，生命的机器开得隆隆旋转，乐在人生广阔天地驰骋——想想看，我还有多少精力回归我的家庭呢？

如此一来又苦了妻子，作为她的伴侣我几乎是个影子。对一个不愿回家的丈夫，妻子是有理由憎恨的，我相信。6月30日夜，我本应该陪妻一道观看香港回归的现场直播，可偏偏有一个酒会不得不去；夜深归家见床头一封家书，足足写了三大篇，妻声泪俱下地控诉我从不关心她，没心没肺不想过日子，自私到了极点。读毕，我无话可说，社会与家庭都需要我，也都在争夺我，我该怎么办？妻在信结尾又填上一笔："盼香港回归，也盼丈夫回家"。我不禁哑然失笑：这两件事有何内在联系？笑完又肃然起来，对妻子的真实独白无言以对。

从那夜以后，我试着当一名模范丈夫，巩固大后方。买竹凉席给妻降温，买排骨为妻补养，咬牙挤出宝贵的时间回归家庭，妻果然有了笑模样。那天，我按时下班回家骑车进院，抬头见妻在七楼擦玻璃，高喊一声："嗨，吕淑坤，我回来了！"妻乐了，探身在窗口对我挥着抹布："我在这儿哩！"声音竟像少女般清脆。

高温季节，我在家待的时间多了，与妻的谈话也多了，妻精神焕发，饭量大增，居然在开玩笑时当着我母亲的面踢了我一脚，一点也不像一位人民教师。还有一次她拉我去什么水上大世界，门票及出租车费她全包了。妻的变化真让我有点不适应了。

可是，我的妻子，对于你我真的那么重要吗？你能不能适当地解放我一下，要知道在狭窄的家庭空间我的想象力与创造力都会耗尽的，我真的很需要在外面瞭望点什么、写点什么……岁月于我不是很多了。

1997 年 8 月

怀念窗台那盆花

在北方，冬天是一个很有怀旧感的季节。雪花纷扬，那些六角形的白色精灵游弋天地间，引诱你怀想往事。

那一天我心血来潮，跑了很远的路重返东北师大校园，痴立于和平三舍楼角仰头凝望。我在寻觅一盆花，可那间熟稔的四楼窗口不再有花，只垂着一块长长的什么广告公司的招牌。

我很伤感，曾记录着初恋的美好时光的窗口如今满是商业气息。我知道那窗口不会再出现一位梳短发的女学生，不会再有花为媒的一段传奇。可我还执拗地站着，望着，两肩落满了雪也浑然不觉。

那位女同学姓吕，地理系的，比我小三届。"文革"那年刚掀起红卫兵大串联，我与中文系同学组织井冈山远征团文艺宣传队，边走边演出。当时纯属头脑发热，可我们干得挺认真，还贴出告示招兵买马。在一群报名的女同学中就有她：白皙的圆脸，齐耳的黑发，穿着黄上衣，像个漂亮的女兵；一双清亮的眸子，活泼地闪动着，让我耳热心跳。她说她爷爷是富农，能行吗？我说，行，重在表现嘛。她又说她会跳舞，我故作惊喜：太好了！当即批准参加。

其实我"心怀鬼胎"，被她迷住了。

井冈山没有去成，走到北京就散伙了。我和小吕却串联上了。

那时满校园大字报，高音喇叭日夜响，派性斗争如火如荼。我俩爱情的花朵却在这"文革"风暴中悄悄地开了，白天雄赳赳地参加大辩论，夜晚躲在树丛中像一对温柔的小猫，真是妙不可言。那个夏夜，我大胆哼起了一首印尼情歌《星星索》，唱得异常出色，让纯朴的小吕听得满脸羞红，我便轻而易举地搂住了她，印下我的初吻。

小吕住在三宿舍的女儿国里，她的 463 寝室在楼的端头，我去看她要穿过长长的楼道。在夏天，这是很困难的尴尬的"旅行"。走着，走着，常常会撞上出入水房的祖胸露背的女同学，听着那些有点夸张的尖叫声我很生气。更沮丧的是有时小吕不在，白跑一趟。小吕听了我的诉苦，掩口一笑，她说有办法。于是，一盆茉莉花出现在窗口，花在她就在，花不在就别来。多聪明！每天我在楼下望一眼，就知道该不该进楼。小吕得意地说，是铁梅的红灯给了她启示，要像地下工作者那样学会暗号接头。

24 年过去了，不会再有女同学守着那盆花浅笑盈盈地俯视我的到来。那个雪天我闷闷不乐地回到家，对妻说我去母校了，463 室窗口没有花了，也没有那个女孩，只有广告牌子。

妻子一愣，继而恍然大悟，用手指戳我的脑门疯笑不止。我也笑了：那个用花盆做暗号的短发女孩就是我现在的媳妇呀！

1994 年 2 月 13 日

2000：跋涉大西北

一

再有三个多月，就是我在大西北蒙难的十周年了。

冷不丁想到这件事，心里一阵翻腾。不知是否该写点追述的文字，权作为了忘却的纪念；或者立即关紧记忆的闸门，在心灵脆弱之际不要触动往事。我真的犹豫着。

说蒙难并不夸张，当一个人突然濒临死亡状态不是蒙难又是什么？

此刻，我有足够的勇气重新走进那个黑色的三月吗？我问自己。

如果我当时能有一件厚实的皮夹克，里面再有贴胸的保暖内衣，这样就可以抵挡黄土高原早春的猎猎寒风了——可是，出发前我哪知道三月初的陕北并非温煦的江南，高原的风如此猛烈又如此冷峭，我几乎冻透了都握不住手中的采访本和笔。冷啊，可我没有皮夹克挡风。

如果我上衣兜里能装着硝酸甘油、速效救心丸或异山梨酯（消心痛）、复方丹参滴丸之类的应急药品，那该有多好！会在第一时间迅速缓解猝然发作的心绞痛——可是，过去历次出行我从不带这类药，因为未有过心绞痛的体验。自信让我付出了代价。疼啊，可我没有硝酸甘油解危。

如果我和同伴刘庆发赴大西北的采访行程能够悠着点，不那么疲于奔命；如果我们每天的采风、走访、调查、发稿……能够有张有弛，不那么急于求成；如果我以一颗平常心去挥就西部走笔，从容淡定，不那么壮怀激烈；如果当时能意识到失去自我保护是对生命的漠视，我就不会以极度的亢奋去抑制极度的疲劳——

事实是：一次命中注定的危机早已潜伏在三月陕北的寒风中，潜伏在过劳的奔波与写作中，潜伏在开始痉挛的心脏血管中……祸起萧墙。相由心生。古人的断言在我的身上应验了，心有疾患是如何也躲不过去了。

2000年3月12日夜半，我躺在甘肃省第一人民医院心内科抢救室里，被诊断为急性广泛前壁心肌梗死。这是我踏上西北土地的第十一个夜晚。

医生立即签发了"病危通知书"——但我不知道，当时我已痛得不能说话。

二

那条通往北边山梁的黄土路很窄，并不很陡，斜度还不到45度。可是我刚走了一里多就走不动了。我不怕走路，可那个时候就是迈不动步了，只觉得突然胸闷胸疼，有一种明显的挤压感以致喘气都很困难——以往从未有这种感觉。不得不蹲在原地，手按胸部。

同伴刘庆发在前头大步流星地走着，走出好远了，摄影包在他臀部一侧悠荡着……

　　我已无力气喊他等我一会儿。军龄 20 年的刘庆发，是一个粗线条的汉子，其实他早应该察觉到我那几天脸上气色不好，有点发蔫；还应该回头看看，拐上这条黄土路后我为何掉队了？但我不怪他，他不是那种察言观色、注重细节的男人。

　　那天是 2000 年 3 月 6 日上午，我们结束了在延安地区的采访，驱车赶赴晋陕交界的壶口瀑布一带。途中下车，实地考察宜川县驿马窑洞小学的状况，没想到登上那道斜坡不久我就出事了。其实，3 月 4 日那天我就感到冷。那天去延安东郊 15 公里的川口乡采访，那里改造荒山、植树种果、治理水土流失甚有成效，一年多的奋战已改变了原来贫瘠荒漠的地貌。爬上海拔 2000 多米的黄土高原，很累也很兴奋，跟随乡党委书记梁树仁沿梯田绕来绕去，边听他介绍边在本上速记。一个小时后我突感身上发抖，同来的三秦都市报社、重庆晚报社的两位年轻记者见我脸色苍白、嘴唇发乌，问我是不是生病了，我说没事。一直挨到下山去白岬村乡民家继续采访——应该说就在那天病魔已经盯上我了。

　　蹲在路边，挺过艰难的 10 多分钟，胸口的压榨痛逐渐缓解了，我才站起向山梁下的窑洞小学走去——后来在医院回忆，那是我平生第一次心绞痛。

　　对生命的自我保护意识倘若缺失了会怎么样呢？

　　接下来在西安、铜川一带忙碌 4 日。我和庆发有分有合，相继在古老的耀州陶瓷窑、西安人才市场、渭水园采访；忙中抽暇，还去了历经"西安事变"风云的老字号西安饭庄——当年，周恩来就在这里秘密会见张学良、杨虎城。我还特意邀见了阔别八年的文友、《延河》副主编闻频，在这家曾策划兵变的饭庄喝古城啤酒，叙友情共话沧桑……然而，4 天前遭遇了心绞痛打击的我还应该喝酒吗？

3月10日下午3点半，我握不住笔了。当时我正在宾馆房间伏案赶写稿件，那个可怕的压榨痛不期而至，来得太猛烈，让我坐不住也站不住，真个是痛苦万分！我只好躲进卫生间一手扶着浴缸、一手捂着胸口。挣扎着，喘息着……足足折腾了近半个小时。我示意庆发赶快送我去医院。在西安市第一人民医院急诊室，点滴硝酸甘油用去了6个小时。

我应该清醒地意识到这绝对是一个危险的信号：短短5天内已有两次心绞痛急性发作，应该立即中止行程、放弃工作。当时死神的一只手已经拽住了我，可我对危险的步步逼近感觉太迟钝了，打完点滴后在心里祷告不要再出事啦！走出医院已是夜半，肚子饿了，便和庆发打车去回民小吃一条街夜宵，我还喝了半瓶啤酒。

翌日，登机离开西安。完成了在陕西省的采访，还要赴甘肃、宁夏、青海、新疆，任重道远，工作的压力让我没有退路。

的确是压力。我恰恰又是一个愈有压力愈认真对待的人。作为东北三省首批报道西部大开发的记者，我和庆发深知我们肩负的使命既光荣又艰巨，每天要按时发回一篇稿件和现场照片，读者要看到来自西北第一线有独特视角有深度的系列报道。自离开长春那一刻起，沉重的责任感如影相随，我们不敢怠慢不敢松懈，连歇歇身板休整一下的念头都不敢有。是啊，来到古城西安，我俩居然都没去看闻名于世的秦兵马俑，更不必说游览法门寺和登临华山了。一想到报社编委会在数百名记者、编辑队伍中选中我俩作为挺进西部的"新闻侦察兵"，那种壮怀激烈之情就难以言表。视血肉之躯如钢铁，什么疾病、疲劳都不去考虑了。

为了应付意外，我买了异山梨酯（消心痛）、速效救心丸两种药。似乎变得聪明了，可事实证明这并非亡羊补牢。

3月11日抵达兰州，下榻金城宾馆，立即同庆发商议在甘肃的采访计划，敲定的重点是"石化摇篮""百合之乡"及甘肃治理沙尘暴的绿化工程……趁庆发去"黄河奇石馆"拍照，我在整理这十余天的采访手记，以为疾患不会再惊扰我了。

可是，无视医学常识，终酿大祸。3月12日上午到晚间，9：05、14：35、19：10——心绞痛又突然发作三次。

一次比一次严重，胸如重石挤压，痛如爆炸；庆发未归，我独自挣扎。咬牙挺到晚上7点多钟，庆发急送我去甘肃省人民医院抢救。

命悬一线，心绞痛已转为急性广泛前壁心肌梗死。死神用两手紧紧抱住了我——我已疼得说不出话来，无声，无泪，但头脑尚清醒，病房灯光明亮，我眼前却是一片黑；人在濒临死亡时其实什么都不想，都没有恐惧的感觉了。

手里握着那张"病危通知单"的庆发，一脸肃然，是他代签的字。面对同伴的病危，在片刻的慌乱之后他很快恢复了曾是军人的冲锋意识，催促值班的实习医生立即找心内科主任和资深医生——临近子夜，很快来了两位主任医师，其中一位穿着拖鞋急急赶来。迅速问诊、摸脉、看瞳孔、心电、下药……不知什么时辰，我从休克中睁开了眼睛，因为剧烈的压榨痛倏然消失了，胸间像猛地开启了一扇门窗，透亮了，长吐一口气。从濒危中醒来，那一刻我丝毫没有大难不死的窃喜感；那时盘桓心际的唯一感觉就是沮丧——是那种"出师未捷身先死"的沮丧。工作刚刚开始，赴西北采访才第11天，还没到"西出阳关"哩，我的生命之舟就搁浅了，让我感到窝囊透顶！

危险并没过去。3月15日、17日我两次被推进手术台，做心脏冠状动脉造影和十字架术。从此，我的体内多了一个高科技合成的金属钛。不能西行采访了——想到被迫封笔，心情十分难过，从而留下一段终生的遗憾！

三

是的，这种壮志未酬的难过只有苦旅者才体会弥深。

我并非境界多么高尚的大德之士，也非视死如归的英雄，我只是想完成我承诺的工作任务。作为一名新闻记者，我要对每天看报的读者负责，中途辍笔无异于战场的逃兵，那对于我的职业操守真是一种羞辱。而作为一个作家，面对广漠的大西北高原戈壁，我有幸踏入一片陌生而新奇的领域，是多么珍惜这次难得的深入生活的机会，我相信我能写出充满西北浓郁风情的篇什。

出院后不久，坚持写完最后两篇稿件，算作"西部走笔"的补遗。3 月 25 日，我独自来到黄河岸边散步，仰望"黄河母亲"的石雕，雕像栩栩如生，慈爱、祥和、端庄的面容闪烁着博大无私的母爱光泽，让我凝视良久……不知数千里外年迈的母亲是否得知她的儿子在远方出事了，她老人家若知道能承受得住吗？想到这儿，我无法止住泪水的溢出，那一刻真个是"断肠人在天涯"，只觉得我什么都没有了，仅剩下了脆弱。

从兰州归来后，友人的登门探视和电话慰问与 4 月的暖春相约而来。我相信他们是发自内心希冀我在蒙难中站起，重新复活一个刚强、开朗的海南。尤其令我感到慰藉的是女儿江竹发表在晚报上的《愿父亲是棵松》，我的遭遇似乎让她成熟了；可是女儿，我不是松，我没有那铮铮风骨，我只是一棵普通的树，有过生命之绿。

今天，我真的很高兴有足够的勇气重返那黑色的三月，不必回避那个让我蒙受一次生命重创的三月。

追记于苦茶斋

我很喜欢《南方周末》对记者生涯一句形象又贴切的注解："在路上"。其含意很深。

作为记者，既是社会的瞭望者，又是新闻的记录者。认同这两者的同时，我还要加上：记者更是一名跋涉者。文章是写出来的，但新闻是跑出来的，"在路上"正是勾勒出记者风尘仆仆的身影。

真的羡慕当年刘庆发和接替我的徐强，他们出色地完成了采访任务，从新疆大戈壁安返长春，拥有一次完美的谢幕！

今天重拾记忆，我依然感到人生每一次跋涉都值得珍视。倘若有来生，我依然想当新闻记者，在路上。

2015 年 8 月 补记

高家小院奏鸣曲

　　一晃，11 年过去了，我还时而想起高本民这位山东老汉。黧黑消瘦的面孔、终年劳作粗硬的大手……仿佛还在我眼前浮动。

　　若不是在黄海之滨的龙江教授村买了新居，若不是因为新居装修而寻暂时栖身之处，也许这一辈子我都没有机缘结识小院的主人高老汉。

　　那年秋季携妻到山东半岛旅游，偶然得知海边正在建龙江教授村，房价尚不昂贵，且周边生态环境良好，没多想便拍板购下。因装修需要临时租房子去住，便结识了小区附近神道村的高老汉。那天顺沙石路往村里走，正巧遇上他，老汉长脸，黑瘦，一道道皱纹像刀刻似的，两肩落着尘土，正推一辆铁皮独轮车，一看就是终年劳作的庄稼汉。他叫高本民，这名字不错，本分，房子没看先满意了三分。

　　高本民的房子在村西头，独门独院，老式的两扇院门，里面用木栓关门。小院深阔，有半个篮球场大，正南是小园，有两棵枝繁叶茂的杏树和李树，西墙下是废弃的猪圈，两个水泥池积满水，周围杂草丛生；东面是一长形仓房，堆满玉米秸、果树枝条。院北是五间房，东面两间由于长期无人居住结满蛛

网，散放着农具、杂物；中间是厨房，断烟火 4 年多了；西面
两间可住人，但土炕尽是灰垢，北墙潮湿，白灰斑驳。似乎看
出我妻的神色不那么满意，高老汉实话实说："好几年不住人
了，就没收拾。有人住，有烟火，就好了。"接着又补充道："这
是我爷爷留下的老房子，一百几十年了！"说这话时，一脸自豪，
自见面后他第一次露出笑容。

进院后，发现山东半岛海边的农舍同东北农村大不一样，
屋顶高耸，坡面很陡，有点哥特式风格，好处是下雨流速快不
存积水。高老汉告诉我，他们盖房用的是海草，很黏，有韧性，
经久不腐，村里有好几处百多年历史的老房。我立刻想到让搞
电影的朋友来神道村瞧一瞧，这一带民宅建筑饶有特色，很适
合拍外景。谈好租金，第二天高老汉开一辆手扶拖拉机将我们
的行囊拉回小院。

我和妻子足足用了两天整治环境，打扫卫生。擦窗、除尘、
铺炕、挂帘、拔草、扫院、垫土……当然还有烧炕、烧水、洗菜、
做饭。那两天马不停蹄地劳作，十分辛苦，两人都蓬首垢面，
累得都不愿搭话。我偶尔瞥一眼忙碌的妻子，酷似农妇，不禁
哑然失笑，忽想起《天仙配》中董永与七仙女男耕女织的故事，
自嘲何其相似乃尔！

经过一番改造，高家小院变得清爽多了，妻子坐在木墩上笑
眯眯地打量四周，一副雨过天晴的表情，临时的家也是个家呀！

房东高老汉时常来视察，指指点点帮我们料理生活。天阴时
他抱来一大捆玉米秸，嘱咐我要烧炕熏熏潮气；天热了，蚊蝇多
起来，他拿来锯斧帮我们钉好纱窗、门帘。有时他老伴也挎筐来，
一位很和善的农村老太太，筐里有煮熟的嫩玉米、自家蒸的大馒
头和腌好的咸鸭蛋。她话语少只是说"吃、吃——"，这让我们
十分过意不去，就到小区的超市买香肠和酒作为回报。7 月初，

院里的李子熟了，颜色新鲜又水灵灵的，房东真心实意让我们摘着吃，但我们只是摘少许尝个鲜，知道农民栽种的水果是要卖掉换回零花钱的，他们不容易。

晚上掌灯时，高本民偶尔也过来闲聊，盘腿上炕，卷纸烟，因为喝了酒比白天健谈。

那年他71岁，很瘦，胃部曾动过手术。作为土生土长的农村人，他的聪明手巧在当地是有名的，什么技术活儿都会干，种麦子、种菜、编筐、磨面自不必说，还会榨花生油、修拖拉机、修农具，缺人手时他还能当木匠、电工。在乡村这就是名副其实的能人了，老乡有困难都愿意找他，他不要工钱，干完活儿喝瓶酒万事大吉。乡亲之间就是这般相处。在闲聊中，我没想到一脸沧桑的高本民还当过远洋货轮的水手，见我惊讶的样子他一笑："那是年轻那会儿的事，胆子大，出海挣钱多。可胆子再大也大不过海呀！上船后才知道同大海打交道是玩命哪，有去无回那是真的。"他说，有一次在成山头海面遭遇特大风暴，大浪快把货轮撕碎了，颠簸中他的胆汁都吐出来了……折腾大半夜，终于从破船中死里逃生。自捡回一条命，他再也不当水手了，还是觉得农民脚踩在土地上心里踏实。

这5年高家小院荒芜了。自我们租住后，又有了烟火，便有了生气。我们真的很喜欢乡村素朴的生活。除了白天到小区周旋装修的琐事，许多时光是在小院挨过的。海边常有大雾，湿湿的，水汽氤氲，如碰上响晴天，我就要将被褥、衣服全部拿到阳光下晾晒，忙完一身汗。每逢这时我就开始撒野了，插好院门，一丝不挂站在阳光下，一盆清水又一盆清水当头淋下，水柱欢快地流遍全身，流到水泥地上，流到两棵果树下……仿佛又重返童年的时光，久违的野趣令我喊道："返璞归真啦！"躲在屋里的妻子一听，大怒，笃信佛家的她隔窗呵斥："不许歪曲返璞归真！”我没辩解，只是边泼水边哈哈大笑。若不是高家小院安静得无人打扰，我哪有机会这般放肆的裸浴啊！

小院的生活简朴而安详，过了半个多月后却不平静了。这是由癞蛤蟆引起的风波。

盛夏多雨，那正是青蛙最活跃的时候。每逢阴雨夜，我们总要被一片嘈杂的蛙声吵醒。农村夏夜时有犬吠蛙鸣本不奇怪，可妻子烦得睡不着，连续几夜都失眠。只要是阴雨天，群蛙便开始小合唱，蓄满雨水、杂草疯长的猪圈便成了它们快乐的家园。蛙鸣此起彼伏，在静谧的夜里声音显得十分洪亮，就像在窗下放了一台扩音机。有好几次我仔细辨听，发现它们不是乱叫，而是很有规律，先有领唱，大概是气力很足的公蛙独自引吭高歌，声如牛的哞叫，奇了；片刻后母蛙们陆续应答，让人惊奇的是低音、中音、高音各声部齐全；一唱一和，十分熟稔，于是高家小院蛙声嘹亮，乐此不疲……听久了，虽不悦耳也不反感，反倒觉得这是一支训练有素很有敬业精神的合唱团，蛙儿们也是大自然的宠儿，它们歌唱生长，歌唱繁衍，它们欢呼下雨的时光，尽情唱着自己的恋歌，又有何错呢？

妻子却没有我这份闲情逸致，她被蛙鸣扰得无比气恼，睡不安宁，堵住耳朵蒙上被子也无济于事，便坚决要搬家。作为缓兵之计，我不得不承担起驱蛙的重任。

黎明即起，先是用水桶淘尽猪圈的脏水，干了整整一上午累得直不起腰，四五十桶水泼尽；然后又拔杂草，让蛙们无处藏身，猪圈变得空荡荡了。果然当夜安静许多，居然不闻蛙鸣。妻大悦，一笑入梦乡。却不料数日后来了台风，大雨如注，猪圈又注满水，从暗处回归的群蛙复又嘹亮歌唱，让我的驱蛙劳动付之东流。无奈，夜幕下左手持电筒右手提锹脚步轻轻去捉蛙，这都是为了妻子的睡眠，用心良苦啊！殊不知那蛙并非手到擒来，鬼精得很，一有动静迅即入水。好不容易擒到一只，细看，蛙儿原来是癞蛤蟆，鸣叫虽亮却面目丑陋，不敢用手抓，便用铁锹撮起，高高一扬抛到院外，扑通有声。但这活儿操作不易，那蛙不肯就范常从锹面上蹦走，让我懊恼，还得去抓。人类的智商怎么也比动物高哇，我想。于是变了法子，将擒到的蛙用锹颠，将它颠得蒙头转向，颠数下后突然发力一扬臂抛出——经多次演练动作趋于成熟，每当成功将蛙抛出后，心中暗暗喝彩。人蛙大战，初次告捷，回屋说与妻子，以为能受到表扬，却遭来她的痛斥："把蛙都摔坏摔死了，你这不是杀生吗？……"我一听，怔住了，好大一会儿才醒悟过来，妻说得没错，癞蛤蟆再丑也是幼小的生灵，怎能无辜命丧黄泉呢？后来捉到蛙便一只只用锹颠老实了再放在水桶里，提到村里远处排水沟放生。几乎每夜我都重复同样的功课：找蛙，颠蛙，放蛙——那场景颇为滑稽，但我只能不厌其烦地去做。细算起来，住高家小院56日，我驱走160多只蛤蟆。战果也算可观吧，可令人不解的是消停数天后被迁移的蛤蟆又陆陆续续回到高家小院，雨夜复又歌唱……

　　高本民听我诉说这番经历后，拊掌大笑：你费那力气干啥？没正事啊。知道不，蛙认得回家的路。我甚疑，真的？高大哥十分肯定地说：同猫、狗一样，青蛙认得它家门，你赶它们干啥！我一想，服气了。在老农面前自愧弗如，感到城里人很可笑。妻子见我夜里一次次捉蛙太辛苦，终于动了恻隐之心，长叹了一口气："算了，它们愿意叫就叫吧！"也好，我就收兵了，从此人蛙相安无事。

　　8月末装修工程结束，我们搬回新居去住，大楼里当然安静。有一夜，妻子忽然对我说："你说怪不？我挺想高家小院的。"没想到她提出这个问题，便问："为啥想？"妻子没直接回答，望着窗外若有所思，片刻后冒出一句："你说，村里若没有鸡鸣狗叫蛙唱老牛吼……那还叫农村吗？其实庄稼院的音乐挺好的。"没等我表态，她兀自先笑了。

说真的，偶居高家小院那一段时光值得怀念。

2010 年 2 月 19 日 追记

送父亲远行

　　写我的父亲是一个挺艰巨的工程。斗室内，狠狠地吸烟、狠狠地喝茶、狠狠地踱步……

　　折腾到子夜，稿纸上依然空白，一声喟叹：世上，写母亲容易写父亲难啊！

　　迟迟不能落笔，也就愈发焦躁。

　　父亲的一生，是一条曲折的河。流程很远，落差很大，时明时暗，又阔又窄。有时奔流畅顺，来龙去脉一目了然；有时浊水晦暗，隐匿于岩罅野草间。如此单纯又如此复杂的人生之河，留给我一个长长的问号，我不知该怎样理顺它的每一段流域，做出当儿子的评说；以致折磨得心情久久困惑而又沉重！

　　现在，这条生命的河在漂向 80 岁黄昏时戛然而止，前面已无去路。一轮血阳缓缓下沉，天籁无声，地表无声，那条河流也无声。一切都成为记忆。

　　送父亲远行。我终于心静如水写下这一行行文字，为北方黑土地一位农民的后代，为 20 世纪 30 年代黄埔军校的一位学员，为我曾恨过又思念过的父亲。

一

白色的墙壁，白色的被单，白色的输液瓶下是父亲花白的头颅。他的整个身躯都深深陷入这白色的氛围中。这令他伤感，又令他愤怒。他一次次缓慢掀掉白色的被子，那是因高烧而做出的机械反应；他一次次拔掉插在鼻孔的输氧的胶皮管，那是他有意识地拒绝已毫无希望的治疗。

我默默地站在床榻一侧观察他。已是父亲住院的第七个月了，他再也不能下床拄着手杖到院外蹒跚地走一走了，下肢浮肿便溺失禁，生命的最后一个月桎梏在床上。这种身不由己的囚禁让他在心灰意冷中仍生出一丝希望："转院不行吗？"

我仍在欺骗他，一遍遍重复病会治好的，让他安心躺着。而我知道，隔壁医生的病历中夹着父亲最后一张 X 片，印着晚期肺癌已开始扩散的可怖的影像。同所有不治之症患者的家属一样，我们都可怜又可恨地扮演着违心的角色，对病人隐瞒实情，还要学会微笑。那些日子里，因这种怯懦和言不由衷的回答，我的痛苦达到了顶点，人为的虚伪无时无刻不在折磨我的灵魂。可我实在没有一丝勇气面对父亲苦苦追问的目光吐出那两个可怕的字。可到临终头脑一直清醒的父亲，单纯得像个孩子，住院七个月竟从未觉察自己得的什么病，从未留心注意别人的神情，愈那般迟钝，就愈增添我的痛苦。

日历一页页掀过去，父亲眼中的神采渐渐暗了，他连看报纸的力气都没有了，对我挥挥手：都拿回去吧——看我默默收拾床头的《人民日报》《参考消息》《长春日报》，他的表情异常难过。后来我买来一台小收音机，我知道他最关心国内外新闻。那天他对我说："聂荣臻逝世了，他是全国黄埔同学会的名誉会长哩，你问问省市黄埔同学会搞纪念活动不？我要参加。"我点点头，但我知道他不能参加了。这时父亲的眼角溢出两滴浑浊的泪，他知道他永远没有下床的机会了。

他摇摇头，不再说话，眼睛怔怔地盯在对面的墙壁上，就那样久久地盯着，陷入了沉思。白墙仿佛一片银幕，浮现着只有他能看见的历史影像……老人是喜欢回忆的。不知父亲此时是否回忆60年前黑龙江省拜泉县参加抗日学生教导团军训时，在一次放哨中击伤一名日本骑兵、缴获一匹战马？是否回忆参加抗日义勇军第五路在山海关一带打游击时，同战友用机关枪击落一架低空侦察的日本飞机？是否回忆1938年武汉沦陷时他用国民党部队船只掩护三名共产党员及其家属，冒着风险溯流而上直达山城重庆？……那些都是父亲人生乐章中辉煌的音符，他有资格回忆。

回忆中，父亲也许还会想到1938年夏季那个没有星光的夜晚，在汉口中山公园的树林深处同两位共产党员的秘密接头。父亲将国民党化学兵种的情报交给了他们，并接过来一本艾思奇的《大众哲学》；就在那个没有星光的夜晚，父亲成了镰刀锤子旗帜下的一员。但他无论如何也不会想到28年后"叛徒"的罪名能同这件事连在一起，当年作为国民党一名少校教官加入共产党该有多大风险，他清楚。然而父亲已无力去争辩，"文革"中他已被"造反派"打得遍体鳞伤，是我闻讯后用手推车将他推回家的。

回忆总是漫长的，回忆总是一半欣慰、一半痛苦。但在生命弥留之际，回忆是父亲唯一能独自享受、独自完成的工作。他日渐呼吸困难，已不能进食了。

二

但，父亲，你不知道：我在少年与青年时代曾深深地恨过你。因某种变故父亲脱离军队、被国民党通缉后，被迫携家属奔波于鄂、川、滇一带经商维持生计。在那个战乱频仍的动荡年代，什么事情都会发生。父亲变了，从一位英武、有血性的爱国青年，变得今朝有酒今朝醉了，那时父亲失足跌入一段灰色的意志消沉的人生。先是休了我的母亲，与一位姓邓的女人同居；继之倒卖金银首饰，并做起贩毒生意。1948年母亲带着我的哥哥亡奔东北，四处流浪；而我与弟弟在武汉那个心毒手狠的姓邓的女人身边，过着悲惨的童年生活。小时我因寒得尿床病，常常被那个女人打得死去活来，夜半罚跪，白天挨饿……父亲，你不闻不问，照样打牌饮酒，任凭那个女人毒打自己的儿子，是什么让你的心变得这般冷酷？

我再见到父亲已是1957年深秋了。他突然出现在家里，孑然一身，刚从内蒙古农场回来无处栖身便投奔母亲来了。我放学回家，见窄小的屋里多了一位男人，身材很高，肩膀很宽，穿着发旧的蓝棉袄，显得十分寒碜。父亲，当时我直盯盯地瞧你，感到异常的陌生；尽管母亲记着旧恨坚决不收留，可奇怪的是当时我却欢迎你的归来，多希望家里能有一位宽肩膀的父亲，帮助收入菲薄的妈妈养活我和弟弟，那时我们连一袋过节的元宵都买不起。

可怜落魄的父亲，打过日本鬼子又当过国民党军官的父亲，并没有找到好的工作，只好买一台手推车走入流汗苦力的行列，一干就是27年！从此，我的命运同父亲握着车把的手、同父亲一部落满历史灰尘的档案，紧紧系在一起。无论我走到哪里，都摆脱不开父亲长长的投影——

从初中到高中六年的寒暑假，我都是在马路上度过的，帮助父亲拉车。尽管我很不乐意，尽管我身体瘦弱，可我还是以一颗淳朴的心为父亲的沉重的车加一把力。我知道父亲不是体力劳动者出身，他的路走得很艰难，而我也成了假期马路上的少年祥子。为了家，也为了求学，我在东大桥卖过菜，在桃源路卖过香烟，即使后来考入大学，我也没戴过一块手表，穿过一双皮鞋。呵，父亲，假若你的人生之路走得顺一些，赐给子女生活的阳光更多一些，我的青少年时代怎么会这样多风多雨、多忧多愁？

病久了，父亲不爱吃东西，那是因为病理反应很厉害。我和家人轮流买来了鸡、鱼、水果劝他多吃。那天，当我将蒸饺——送进父亲的嘴里，蓦然一个遥远的镜头重又清晰地浮现眼前：父亲一口口咂酒，一口口嚼着猪头肉，眼球红红的，醉了，又清醒地大口吃着。而我和母亲、弟弟在一旁默默吞咽掺了菜叶的窝窝头。多么不公平的对待，父亲，你多么自私呵！在共和国饥馑的岁月里，我和弟弟饿着肚子上学，四两粮票对我们是那么珍贵，而父亲却能吃着十多元一斤的猪头肉，还边吃边叹气。父亲，你真是一个没有志气的男子汉，我当时感到你多么渺小、萎靡而颓唐！

可是，父亲，此时我能要求你忏悔过去的一切吗？能向你诉说因你的"历史阴影"怎样连累了我的参军、入团、入党，怎样给我的心灵造成一次又一次创伤！

我的有功有过、并不完美的父亲！现在你正吃力地熬着人生最后的一点时光，我什么也不会对你说，也没资格请你忏悔什么，因为我面对的是一个非常艰难咽下蒸饺的老人！

三

父亲终于想说什么，那是在连续十多日高烧昏热之后。在我和弟弟的搀扶下他倚着垫高的枕头支撑着坐起来，问北京的《黄埔》杂志邮来没有。问台湾方面谁来信了。问孙子、孙女的学习成绩怎样，让他们抽空来医院，非常想念这两个孩子……父亲惦记的事情很多，絮絮叨叨中表现出一位老人的至诚、仁慈与善良。他又让我找来马院长，费力摆着手，突然提高了嗓门："不要、不要再用药了，那是浪费国家的钱，治疗我没有用了……马院长，我只求你们给我打一针，我要安乐死，我脑筋不旧，邓颖超早就说安乐死好……"父亲哭了，哽咽着，深凹的眼窝里汪着浊泪，目光执拗地盯着马院长。那一刻，我感到父亲异常衰老，又异常真诚。

而三年前父亲尚无衰老的迹象。有一天他收到通知，去参加省政协举办的社会主义学院第一期学习，戴上老花镜把通知书看了又看，自言自语说："77岁又上学了！"快乐得像个孩子，逢邻居便讲这件事。他让我找辆车送他，我嫌麻烦，他几乎吼着："是国家瞧得起我老头子，我要堂堂正正地去学习。"我拗不过他，请来市政府对台湾工作办公室的轿车，那天父亲穿戴一新坐车到了省政协大院，他不要我搀扶，身板挺直，大步上楼，完全是一派老军人的风度。

那几本学习教材仍压在他的枕头下，住院时他执意带来的，时时翻看。枕边还有一个大信封装着邮票，住院头几个月他还给中国台湾、美国、加拿大的黄埔同学寄信，叙离别数十年之苦，叙叶落归根之情，劝国外的旧友归国观光。父亲的信写得很密，为怕超重在稿纸两面写。我知道晚期癌症的父亲每写一封信都非常累，但又无法劝阻他。父亲是执拗的，认准了一件事情便要做到底。有时我常想：父亲的黄埔同学到台湾后大都升了少将、中将，有的在国外成了腰缠万贯的商贾；而父亲成了历次政治运动的对象，苦不堪言。在晚年甘心情愿地自觉地为祖国统一大业竭诚尽力，毫不计较个人政治上的创伤与生活道路的坎坷。这是为什么？

父亲从未回答，也没有时间回答了。他最后的 8 年献给了黄埔同学会在大陆的事业，献给了台湾回归祖国怀抱的统一大计，这有他发出的数百封信笺为证。哦，父亲，我的曾经壮烈过也平庸过的父亲，在他晚年写下了他 80 载人生最辉煌的一笔！

1992 年 6 月 23 日，父亲终于远行了——他留下一部曲折、丰富、明暗斑驳的人生历史，让我读得好累。

一位北方农民的儿子，一位热血沸腾的抗日青年，一位落魄的黄埔军校毕业生，一位在马路上汗流浃背的手推车工人——这就是我的父亲！

1992 年 10 月 4 日 于苦茶斋

百感交集同学会

这些年，社会生活变得莫名其妙起来，有些极普通的东西经人一炒就热，身价陡增。如那些巧立名目、大肆张扬的各种"节"，在中国不下百余个，旗帜林立，煞是热闹。西瓜、啤酒、大蒜……都能办成一个"节"，足见有些人过"节"心切。其实，明眼人一瞧心里都明白，过什么"节"是幌子，热衷的是做买卖，多捞几桶金。

商品社会嘛，借办"节"捞一把钱，发展地方经济，推销自家产品，即使有"拉大旗做虎皮"之嫌，也不必过于挑剔。这类事人们见多了，反而不怪。

却有些如同乡会、同学会之类，近年也被炒热了，方兴未艾，有的还在报纸上郑重登启事，搞得很红火。而我很困惑，一直想不通其红火的道理。说它们是时代的新生事物？却不是，旧社会就有这种民间组织；说它们同社会主义市场经济有什么联系？亦不是，毫无瓜葛。那又是什么呢？想来想去，始终未搞清人们如此看重同乡、同学的缘由，只好归结为一种怀旧心理吧。

但我对怀旧之类实无兴趣。

未料及"同学会"还真的找到我头上了。某秋日忽接到好几个电话，通知翌日某时到某地参加本年级同学会；言辞十分恳切，口气却很坚决，不容推辞。撂下电话，我很犯难，因为对参加怀旧性质的活动毫无激情。挨到翌日近 10 点钟了才决定去，理由就一个：瞧瞧昔日同窗现在是个啥模样。

果真去晚了，某宾馆一间会议室里大家正襟危坐，男同学大都西装革履，有模有样；女同学也特意穿戴一新，彬彬有礼。因我姗姗来迟，便歉意点头一笑，大家也点头，寒暄 3 分钟后我寻一远角坐定，目光开始巡视。老了，大家都老了，32 年前的大学新生如今都齐刷刷坐在知天命之年的位置上。男同学摆脱不了白发、秃顶、肿眼泡的滑稽形象，女同学也无法抹去眼角细密的鱼尾纹……而至少有 1/3 的男女同学面目大变，不经介绍居然无法认出。巡视一圈的结果，令我顿生悲怆之感，那一刻心潮起伏，很不是滋味，觉得无话可说。

不可爱，真的不可爱了——当时充塞心间的就是这么一种奇怪的感觉。什么不可爱呢？指自己还是指这个群体？一时茫然竟说不出。

干嘛跑到这里来，互相展览在时光刻刀的磨砺下形成的老态抑或成熟，展览人生平步青云的富贵相抑或郁郁不得志的寒酸貌，展览毕业后职业、职务、职称的升迁演变抑或播种儿子、女儿、孙儿女的甘苦回报……

是的，大家都在展览，在主持人亲切的诱导下，每个人按座位顺序都要讲遍毕业 26 年来的生活道路。多么认真、多么虔诚的老同学们！有的讲得激昂慷慨，有的讲得泪流满面，有的讲得干巴巴如背诵说明词……一位当上总经理的男同学拍着西服口袋表态："谁有啥困难就来找我，没说的！"一位当教师的女同学低眉细语地介绍完自己，很自豪地扭了扭脖子："平平淡淡才是真。"

对这一大圈自我汇报，我听得挺没兴趣，因为在这一页页单调的人生流水账中，很难听到真实的心灵独白。毕业后的漫长岁月里，"同学"是一个遥远的名词了，每个人都重新塑造了自我，本色与品行发生了很大变化。同学会实际上是一群陌生人的短聚，大家客客气气，谦虚得体，说一些漫无边际或者言不由衷的话，你能瞅得清对方真实的面目吗？瞅不清，那你还指望听到什么呢？

那天，自我介绍、交换名片、发送通讯录、喝酒、跳舞、照相……同学会在既定程序中进行得无可挑剔。大家都觉得重逢恨晚，其实重逢了也没啥激情；大家还觉得深受感动，其实回家一想没觉得感动。可能全国的同学会大同小异，都是这么个过法，也就形成了模式。大家都在这个模式中故作激动地见面，然后坐下来再小心翼翼地探问对方干得怎么样，接着是一脸真诚地抑此扬彼：还是老兄行啊！

那天过去了，我再没想同学会的事。奇怪的是：我没给谁打电话，也没谁给我来过电话。那本崭新的同学通讯录，竟成了一册"尘封的日子"。后来一想，在同学会上突兀生出的那种"不可爱"的感觉，是源于不喜欢、不想回忆我们这个年级。这个年级植根于那个极"左"的年代，人人都热衷于思想汇报，争抢着做所谓革命接班人，却扼制人的个性与创造性，留给我心灵的伤痕难以消弭。

不再参加同学会，因为大家都戴着面具。

1994 年 11 月

此文自发表后，未料及社会反响有弹有赞。有同学说我写这个干啥？太直率又太尖锐。我一笑，不想解释。以后就不再理睬同学会这码事。

　　时光推到 2018 年盛夏。没想到又与同学会搭上了边——不过这是另一种风貌的同学会，让我很开心。有日，偶入南湖北端一家小店充饥，竟与老校友张玉夫不期而遇，他是我下一届的学友，在"文革"中曾并肩"干革命"，友情笃深。他说他正与崔乃瑜、马清海、王剑冰等同学编撰《沧桑五十年》这本书，邀请我届时参加他们年级的同学会。但我是上一届的，似师出无名；见我犹豫，玉夫笑曰：你是咱们系的才子，大家都熟悉你，来参加吧。

　　8 月 3 日上午，老同学张鲁风早早就在东北师大北门口迎候我，让我很感动。又踏上母校熟稔又陌生的土地，中文系教学楼早已改成文学院，重睹校园一草一木令我心潮起伏，感慨良多。在会场见到阔别五十载的学友庞金彦、孙杰、王建民、赵友三……竟一时语迟。应邀在台上即兴说了一席话，还吟诵了一首挥就的诗，同学报以掌声鼓励。

　　这届同学会开得朴素、温暖、真诚，没有任何面具的矫饰。他们赠我一件纪念衫，一枚母校纪念章，很有意义，视之若珍爱之物。在我印象中，1968 届同学是一个富有活力的群体，思想不墨守成规，很活跃也很散漫；他们带有民间本真气息，江湖侠义之风——或许这就是我欣然参加他们聚会的缘由。

　　百感交集，总有一种感受是经得起岁月淘洗的。

2018 年 8 月　补记

手捻银针的时光

人生漫长的流程中，颇为湍急跌宕的一折当数青年时期，那个年龄什么事情都会发生。

1970年秋，我被鬼使神差地推上"五七道路"，落脚于大山深处。插队落户当变相的"农民"，命运同知青无异。貌似反修防修干革命，荒唐的年代总有这种"新生事物"出笼。

山村名唤苇子沟，虽偏僻且贫困，但民风淳朴，尚未染上"文革"中批斗恶习。大队书记见我大学毕业只身一人，本有三分同情；又见我谈吐儒雅，一马车驮来三大箱书，认定是弄学问之辈，更添七分厚待。于是，乡民一致举荐我调教他们子弟。大队书记正愁民办教师无"科班"出身，得我如路遇外财，一脸皱纹笑得荡开，遂派我教农中最高年级课程，免却"五七战士"下地耕耘之劳苦。

感恩知报。那两年我尽心竭力传道授业解惑，将一群憨头憨脑的山野孩子调教得知书达礼。顽童肚中有了墨水，喜得乡民对我另眼相看，每逢年节杀猪，必让我与书记及村干部并坐猛吃猛喝。

可那精神生活的落寞与苦闷能免却得了吗？夜幕垂落后，

空荡荡的校舍唯我独居,伴一盏油灯忧思冥冥。毕业后的失落感,年迈的父母与离别的恋人,未卜的前途……扰我长夜难眠,十分苦楚,苦楚难挨。苇子沟是一处文化沙漠,没有图书馆、电视、文化室……只有一家供销社。年轻,尚未婚配,精力旺盛总该学点什么打发寂寥的时光。于是,开始自修中医,便夜半爬起捻转银针,神游于星辰般的穴位图中,宠辱皆忘。我是在毕业后辗转流徙的时光中自学针灸的,并非有献身祖国医学的宏愿。年轻气盛,悟性又好,一旦钻研入迷竟有所作为。苇子沟两年中,研修了《中医诊断学》《针灸学》等几部医著,循记了人体经络走向,并在自己身体扎熟了百多穴位。白日当“孩子王”,夜晚沉迷于古老的银针;莎士比亚、泰戈尔离我遥远了,扁鹊、华佗却对我闪着睿智的光芒……从文学皈依医学,就发生在那一段狂热而苦痛的年轻时光啊!

　　有一技之长就跃跃欲试。某日车老板抬木头扭伤腰,闻讯,我主动请缨,针刺人中、后溪穴并斜扎双委中穴,针感至腰,辅以按摩,竟能站起;又夜,有学生来报其母高烧,便急披衣登门,跪炕头快针大椎、曲池、合谷穴,病人开始睁目短呻,又取三棱针于十指尖放血,昏热始退。两例告捷,声名大噪,村民每日求针者数几,还车接车送。那时往诊分文不取,无私无畏,深得山民拥戴,却未想到无证行医何等鲁莽?出了医疗事故谁来保护你?那真是一段奇特又冒险的经历。

　　尤其是治疗一位聋哑女孩,竟达到了我业余针灸生涯的顶峰。七队王大娘生了七个孩子,最小的老丫王秀琴患后天性聋哑,那天母亲带着她到学校找我,老丫十二三岁,早该上学了,却不会说话,我不忍看她那双黑亮的渴望读书的眼睛,犹豫半天竟壮着胆子答应了。一个多星期里,我翻看书本在自己耳朵、舌下、脖子上找穴位,哑门、上廉泉、风池、听宫、听会、翳风、中渚、下关、四渎……都是致命的穴位，我竟冒着风险去试扎，有了自身体验后便给老丫行针。两个疗程后，老丫居然有听觉啦！声带振动起来了，奇迹！大娘激动地告诉我：老丫能听见远处汽车的声音，夜里还听见老鼠爬过天棚的声音……我心里也无比高兴。"聋靠治，哑靠训"，老丫虽恢复了听觉，但发音训练没有跟上，在农村没有辅助治疗条件，加之不久我调到县里工作，背起行李离开了苇子沟。后来听说老丫虽有听力却始终未能学会说话。这让我难过了很多天。

二十载弹指一挥间，偶忆起大山深处那段时光，忆起那根银针，别有一番滋味。倘若我晚些时日离开山村，倘若我继续为老丫王秀琴行针疗治，倘若这位农家女能得到正规的专业的发音说话训练……她的命运会柳暗花明，会背上书包乐呵呵地走进学校——可这单纯的希望成了泡影！她面临的是一个无力救助她的年代。

许多年过去了，我已不再行针，因为我不是医生。偶尔打开针灸盒，若有所思，便用手指捻弄银针，忽涌起一番感慨。

"王老师！""王大夫！"已是很遥远的声音了……

1990 年 9 月 6 日 追记

人生须再弄管弦

　　在车笛声、市井声充盈于耳的噪音超过80分贝的都市环境，人们渴望着两样东西：绿地与音乐。前者，有清风拂面，滤去马路交响乐带来的烦恼，绿荫让人感到清爽与安详；而后者，如一脉沁凉的小溪汩汩淌来，滋润你的心灵，听到妙处，你恬静得如一个婴儿。

　　楼厦林立，城市空间兀然缩小，有时要走很远的路才觅得一方草坪；而音乐仿佛随手拈来，这是一个磁带空前流行的时代。可也不尽然，生活节奏加快的男人与女人们，下班归来又被家事、儿女作业、电视什么的网住，时间愈显局促，你能慢悠悠步入柴可夫斯基的天鹅湖或者枕着克莱德曼的钢琴声来一番秋日的私语吗？

　　生活需要音乐，而音乐需要付出时间。人到中年，我常常为不能同时拥有上述二者而窘困不安。

　　常常是伏案劳作至夜半该入寝了，疲惫中偶尔瞥一眼墙上那把久蒙灰尘的二胡，顿生愧意。久不操弓，琴声早已喑哑，似在默默控诉主人的无情无义。这一瞥竟难以成眠，陷入自责中，被冷落多年的岂止是这把音色浏亮的二胡？还有那竹笛、那洞箫、那弹拨得溅珠迸玉的月琴……我曾经神采飞扬地拥有过它们啊！那一道道美妙的音流从我唇边、手指间欢快地流泻而出，是那般鲜活地润绿了我的少年与青年时代。

当年，在长春儿童电影院的小舞台上，我的嫩指第一次揉起二胡悠颤的琴弦，小心翼翼地走进刘天华的《良宵》中……当最后一次登台齐奏热烈的《喜洋洋》，便告别了红领巾的年华。高中繁忙的功课，并未妨碍我将《光明行》演奏得从容不迫；时值三年困难时期，放学后常饿着肚子操琴参加校文工队排练，可谓少年不知愁滋味。毕业那年，向往的沈阳音乐学院没有招生，对我不啻是一个意外的打击。虽与专业音乐再无缘分，但我未舍音符，上大学后继续操练，二胡琴艺渐入佳境，竹笛吹奏《黄莺亮翅》赢得满堂喝彩。周末晚上宿舍冷清，搬一把木椅独坐水房，运弓揉弦，将《江河水》《豫北叙事曲》拉得有滋有味，催人泪下，倒也配合了当时的"忆苦思甜"阶级斗争教育。

不久，"革命样板戏"风靡全国，我在校文工团奉命改拉京二胡和弹月琴。正是音乐牵线，结识了跳舞蹈的一位女同学，遂成琴瑟之好，后来她成了我的妻子。这在大学生中一时被传为佳话。初恋时我谈吐很笨，她听得甚不耐烦，只低眉用手持着身边的小草，有些冷场；情急中我不知怎么忽然唱起印尼那支优美的《船歌》，那是我一生中最为动人的演唱。只会跳革命舞蹈的她，一时听得痴迷，对我顿生好感，一双眼睛在夜色中倏然亮起来。

另一件令我得意、也同音乐有关的事情，是我的一本作曲集在大学印刷出版。时值"文革"烽烟弥漫校园，我却乱中求静，由器乐迷恋上作曲，仗着年轻胆大居然谱写了20多首毛主席诗词歌曲及10余首民歌，当时求助老同学、艺术学院声乐教师朱扶恩定调、修订，合成一集，在东北师大印刷厂印刷发行，当时很是轰动，也被革命委员会归入"新生事物"之列。时过多年，那曲集只剩一册在手，偶翻审视，很为其中乐律不畅之处感到汗颜；不过倒有数首流传于校园，串联时被文艺宣传队从长春一直演唱到北京。

时光流逝，年龄渐长，如今正吃力肩着工作与家庭两副重担，也就渐渐冷落了曾令我深笃迷恋的星光一样璀璨的音符。哦，我的二泉映月，我的空山鸟语，我的雨打芭蕉……莫非真的已成绝响消逝在岁月深处？

不免有些伤感。幸好我与音乐旧情未断，今春伊始坚持每日聆听佳曲，养心悦神，仿佛又年轻许多。感悟天籁之音，得意于其精妙，心境高远，人生须再弄管弦。

最得意的两次登台演出：一是在北京二七车辆厂用笛子独奏冯子存的名曲《喜相逢》，博得工人师傅的满堂喝彩，纷纷上前握手拍打，将我的红卫兵服弄得一片油污。二是在柳河县下乡搞"四清"运动结束时为贫下中农告别演出，我吹奏《黄莺亮翅》，有一老汉听得入迷了，东张西望，还自语道："这礼堂怎么有鸟叫哇？"旁边农妇笑了："那是这位大学生笛子吹的鸟叫。"后来我也笑了，没想到我的横笛双吐、三吐居然能够征服观众，那可是吹笛的高难技巧。

可惜这技艺——随我年龄增长不再吹奏而失去了。

1992 年 6 月 1 日

在风浪中游弋

对一位游泳爱好者来说，北方漫长而严寒的冬季不啻是一种服刑，让人煎熬着又企盼着，那滋味不好受。

斗室里憋久了，就穿上羽绒服到城郊的湖面上走一大圈，听冰雪在鞋下被踩得嘎嘎作响，想象明天坚冰就会融化、一湖春水在眼前荡漾……心境会倏然明亮起来，兴奋地做了几下自由泳的划臂动作，然后在白雪皑皑的冰面上一溜小跑。如此撒欢，全无中年人的稳重风度，便兀自笑了。

北方，只有六、七、八月才能在户外跃入波澜，因而这夏泳愈显得珍贵，除了伏案工作，这三个月就全身心投入做"浪里白条"了，其乐融融。

细想起自己的游泳生涯，颇感自豪。从北到南，游过松花江、嫩江、长江、珠江；游过镜泊湖、松花湖、太湖、查干湖、武汉东湖；游过难以计数的大小水库……一片片阔水，一道道激流，一个个漩涡，就这样伴随我从童年到中年。可以说，同水的感情犹如一坛老酒，时光愈久，愈浓烈。

7岁时由南方迁回北国故乡，过着半耕半读的生活。在乔家窝堡那片乡野，学会了放猪、打柴、铲地、扶犁等农活，也学会了游泳。"谷雨"过了不久，天气渐暖，中午便和一大群童年伙伴光屁股跳进野泡子里戏水，大都是"狗刨式"。也许由于水感好，又有悟性，我无师自通地学会了踩水和蛙泳、仰泳、侧泳，这在农家孩子中算是本领超群了，大人也很称羡。

每年挂锄农闲时，七叔便忙着结网，他喜欢弄鱼，甩一手好旋网。天蒙蒙亮，七叔便带我上路，到七八里外的兰棱河，这是黑龙江与吉林两省的界河，两岸尽是柳丛与蒲草，水流平缓，杂鱼很多。七叔正值盛年，有一身蛮力，两条胳膊一抡，几十斤重的大网甩得又圆又远，回回都能沉入鱼窝中，很少空手。我当助手，将一条条鲫鱼、鲤鱼、草鱼、鲢鱼麻利地抓回筐篓中。最苦最险的是扎入水底"摘挂"，渔网时常被河中横七竖八的树根树枝缠住，硬拽会鱼跑网破，需要潜入河床摘挂，这是我的活了。憋一口气潜下两米深，一分多钟后浮上水面换口气，再扎猛子下底，往返多次才能将网拉上来。那时仰仗水性好，年幼胆大，不知后怕；其实摘挂随时有风险，万一呛水或双腿抽筋，就会有去无回了。

30多年后，在大庆重逢年过七旬的七叔，提起摘挂的往事他一劲儿责怪自己太粗心：怎么能放手让一个孩子潜深水呢？咳。我只是轻轻笑了，并未后悔，童年的野浴及打鱼摘挂，毕竟磨炼了我吃苦耐劳的意志，也练就了泅水的本领，这在日后征服长江的长游中得到了验证。

游长江，是我游泳经历中颇为壮观的一次，每每回忆激动不已。

1969年夏，"文革"中学生大串连开始了，我和同学南下，住在珞珈山上的武汉大学。那时全国红卫兵大串连刚刚兴起，8月16日，纪念毛主席畅游长江一个月，武汉举行横渡长江活动，数千人参加，两岸彩旗猎猎，锣鼓喧天，盛况空前。我随武大同学从长江大桥南端下水，立刻感到一股强大的冲击力冲撞身体，难以平衡，那是在一般河流湖泊中无法体验到的。游上百多米，第一个念头便是"身不由己"，进而有一丝恐惧感，年轻的健壮的身躯在疾奔的狂澜中如一片树叶，苦苦挣扎……瞬间感悟到：人，在长江的伟力面前显得何其渺小！

身随一江波澜向前，前后都是推涌不断的波谷浪峰。平时熟稔自如的几种游泳姿势都毫无用途了，就看你踩水技术如何，穿越大浪的本领怎样。一阵惊惶之后，我终于镇定了，多年养成的水性开始发挥了作用，我很快游到了前列。汉江与长江汇合处是最危险的一段，漩涡滚滚，丈高的浪头劈面而立，又迅疾砸下来，轰然如雷，溅起浪花千斛……无法睁开眼睛，胃里翻腾欲呕，额头、脊背被骇浪拍击得辣辣刺疼，身体在长江巨大的摇篮中忽沉忽浮……我拼命地挥臂划水，在每秒3米多的流速中努力向北岸泅渡。一个多小时后终于在江汉关东面登陆，异常疲惫也异常激动。有了与惊涛骇浪搏斗的真切体验，方能领悟"万里长江横渡，极目楚天舒"的宏阔意境。

后来知道那次横渡有4位大学生在漩涡中消失了。据说，每年横渡长江都有死难者，但这项活动依然举行，"不管风吹浪打"，很有些悲壮色彩。这正是人类与大自然的一次特殊较量。"大江东去，浪淘尽千古风流人物"。壮怀激烈，搏击大风大浪，其深远含义已超越游泳本身了。

不过，"弄潮儿"也并不是好当的。老百姓所说的"淹死会水的"并非一句戏言，实实在在是有科学道理的警告。我虽完成了征服长江的一次壮举，却也有过一回惨痛的冒险经历。

1964年暑假到哈尔滨的姐姐家串门，时值大学二年级，所谓风华正茂却也骄矜好胜。某日下午独自到太阳岛游览，忽心血来潮下了水，却忘了未吃午饭，也忘了松花江正涨水，立秋已过水温下降。见游泳人群只在岸边划水，而我扬长远去，颇有独领风骚的得意感。半个小时后方觉不妙，漂流太远了，太阳岛的轮廓渐渐模糊；下腹空虚而冰凉，先是左脚脚趾抽筋，继而右腿又痉挛。双下肢似乎僵硬了，不能蹬水，我只能用两臂在波浪中支撑着，但很快就无力了，身子渐渐沉下去，便大声呼救……水已浸到脖子周围，我已清醒意识到死神的临近，最后一眼远望西沉的太阳，心头只有空茫与绝望。突然，奇迹出现了，有人拽住了我已没顶的头发——

我得救了！原来江中打鱼的两位老人见远处有人在浪间浮沉，根据经验知道凶多吉少，飞速划船在我沉没的瞬间及时赶到。"立秋过了，你还敢一人横渡松花江？真混哪。"两位老人好一顿骂。我默默流泪听着，心中充满了感激。那一年我才21岁，捡回了一条命，那教训可说是铭心刻骨了。以后游泳不敢再造次。

回顾数十年在风浪中曲曲折折的经历，有喜有忧，回味起来感触甚多；也正如自己近五十载人生之旅，历尽坎坷，从未有一帆风顺的，但也从未气馁过。"自信人生二百年，会当水击三千里"。每每吟诵起这两句诗便周身热血涌流，仿佛又一次游弋在长江……人到中年，击水的兴趣不减，最难忘的是后来在埃及游了一回红海。

1992 年 1 月 11 日

四十八岁的蛙泳冠军

回顾大半人生，值得骄傲的除了伏案笔耕当个文人，再就是钟情于碧波做"浪里白条"，练就了一身好水性。

或许生于长江岸边的缘故，自幼喜水，一见水就亲。连名字都要改成与水搭边。都说"仁者乐山，智者乐水"，我虽不是智者却与水有缘。如"文革"中我斗胆将爹妈为我起的名字"王嵘"改成"王海南"；以后生儿育女，给儿子取名"华川"，女儿取名"江竹"，都同水有关。用"海"来统率他（她）们一道前进。这些年舞文弄墨出版了几本书，那书名也都溅上了水珠。

喜泳四十余载，乐此不疲，却从未想到去参加什么比赛。因为我一向愿到江河湖海领略一番野趣，天高水阔，游起来奔放不羁，真正是"不管风吹浪打，胜似闲庭信步"。而在室内游泳池，采光不足，空间狭窄，尤其是你推我搡，无法挥臂畅游，纯属在那里"泡澡"，有何乐趣可言？所以，我不屑前往，多年也没办过什么游泳证。

1992年夏秋之交，我却作为一名选手出现在长春工人游泳馆，平生第一次参加很正规的游泳比赛，在毫无专业训练的前提下竟夺得一项冠军，想起来令人忍俊不禁。

8 月末市里要举行职工游泳比赛，很郑重地下发文件通知市直各单位。当时我所在市文联是个小单位，编辑、作家、艺术家们加起来不足 50 人，虽然不乏风度，却四肢不勤，缺少体育竞技才能。文联主席很犯愁，竟挑不出参赛选手。若弃权又觉颜面无光。闻此讯我主动请缨参战，领导大喜，问我："你会蹚水？"答："会。"又问："沉不下去？"又答："沉不下去。"领导乐了，他的要求不高，入水不沉即可参加。于是，名单正式上报。

其实，我是一时心血来潮，并没把这件事放心上。过几天就出城钓鱼了，将比赛日期忘到脑后。那天中午我正卧床昏睡，夜钓归来已疲惫不堪，忽电话铃声大作，单位急催我到游泳馆参赛，我这才想起自己还是个选手哩。

急蹬车赶到馆内，5 分钟后带着一身热汗站在起跳台上。瞧一眼全场观众，心如鹿撞，真有点紧张，没见过这阵势，这才知道平素野浴与游泳比赛是两码事。枪响后，一愣，最后一个入水，胸脯拍得生疼，因为从未练过跳水。好在多年闯过大浪，两腿夹蹬有力，一个劲地往前冲，耳畔只闻水声哗哗作响。那时没敢想为祖国争光，却想到为文联那位胖主席争口气。十指触壁后，才知道自己摘取了百米蛙泳桂冠。在文联艺术家们激动的祝贺声中，我并没得意忘形，因为我了解自己的游泳本领，不会名落孙山；只是后来编辑部同仁们的评价："中国文坛第一位 48 岁的蛙泳冠军"，颇让我抱有壮怀激烈之感。

吃了一个面包，稍事休息，又投入 200 米蛙泳角逐，只获决赛第四名。名次所以居中，概出有因：一为竞争不公平，本为中年组却混入数名不足 40 岁的精壮汉子；二为赛前垂钓一天一夜，体力大减。无此二因，我想再度夺冠对我这个游过长江的好汉当不成问题。其实我还隐瞒了一件事：我是带伤参加比赛的。在馆外停自行车时突然被一壮汉的车把撞得很重，因急于参赛就顾不得了。赛后疼痛难忍才去医院拍片，方知一根肋骨撞伤，另一根骨裂。病休数日，自嘲：真是"拼命三郎"。

1993年近知天命之年，我又在水深浪大的松花湖长游，在小船的护送下，居然在水中一口气长游50分钟未上岸，这表明体力尚未衰退，心中窃喜。1994年春末到沈阳采访甲A足球联赛，庆幸能在辽宁体院游泳馆一游，这里曾培养出戴国宏等世界游泳冠军。那个晚上，我们几位长春记者游得十分惬意，感到游泳水平提高了一大截，都说沾了世界冠军的光。

"自信人生二百年，会当水击三千里"。每每吟诵起这两句诗，常怀有一种热血涌流的激越感。到中流击水，方能领悟一种大开大合的宏阔意境，游泳如此，人生亦如此。

1995年6月3日

垂钓之恋

　　每年 10 月 4 日收竿，已成惯例。10 月 1 日至 3 日，时值国庆节休假，也是当年垂钓的最后期限，往后秋风渐紧，水温愈低，鱼儿不爱咬钩了。

　　今年 10 月 3 日黄昏，我很不心甘情愿地收拾完渔具，绑在自行车上，返程还有 20 多里路哩。伫立大坝顶，最后望一眼水库波光渐暗的水面，心中怅怅的，很有一番苦恋，就这样默默地告别一年一度的垂钓时光吗？骑车上路后很久，仍未摆脱那种沉重的失落感……

　　北方钓鱼时日苦短，算起来一年只有四个半月的钓期，10 月来临后秋风萧瑟，钓友们只能望水兴叹了。因而我甚羡慕南方的钓友们，一年四季均可甩竿于盈盈碧水间，不受节令限制，即使隆冬大寒也如柳宗元笔下所描述的"独钓寒江雪"。

　　虽然苦短，可那毕竟是快活的四个半月，钓手们个个走火入魔，天未明蹬车上路，披夜色疲惫而返，乐在与鱼儿斗智。水畔集动静、苦乐、刚柔于一身，充分享受大自然的美妙恩赐，那情趣只可意会，回味无穷。而贪居室内与垂钓无缘的人是很难体验到的。且不说长途跋涉奔赴钓场是一种有益的身体锻炼，而远离尘嚣，置身于青山绿水、鸟语花香之中，呼吸新鲜空气，沐浴和煦阳光，岂能不心旷神怡、乐而开怀？那种近乎禅静的妙处更是钓者方能领悟到的。黎明中，甩竿投钩于涟漪间，便静观鱼漂浮沉，心无一丝杂念，可谓天人合一；那是一种原始的静，童话般的静，蕴含希望的静；静则养心怡神，尘世间诸多烦扰、浮躁与紧张情绪，均被盈盈一水过滤了，宠辱皆忘。

我曾有一首小诗勾勒其景其情：

那情境恬美又神秘
希望，在竿起竿落中浮沉
暗将心智系于盈盈一水
得意之钓可乐极终生

敢与坐禅的和尚比耐力
是世上最狡黠最快乐的人
有谁不懂什么是一往情深
请来看垂钓者那双眼睛

这项活动，近年有专家已郑重归入"渔文化"，在中华传统文化中占一席之地。追溯远古，舜帝曾"钓于河滨"，出土的新石器时代的骨质鱼钩当是证明。不过，垂纶一试，对我纯属偶然，并非因渔文化而有意习之。

1975年夏，我奉命在南崴子村蹲点，白日同社员修"大寨田"，晚间还要组织学习"批儒评法"文件，实是无可奈何。那时工作组生活又累又苦，终日野菜大酱难以下咽；一日忽有鱼佐餐，十分珍稀，众人吃得胃口大开，两盆鲫鱼、鲤鱼尽扫而光。我却纳闷：鱼从何来？当时我们一顿两角钱的伙食费是买不起鱼的。然而每隔数日，必有鲜鱼上桌；且有鱼之日，同伴徐果承必不在工作组。我心有所悟便追查，徐君终于招供：鱼，垂钓而来。这是秘密，外人若知工作组不务正业那还了得？但不花钱而改善了生活，我们头头也暗中应允。

由此而识空手得鱼的巨大效益，我的心陡地兴奋起来，"文革"那年月会有什么能比这事更让人兴奋的？钓鱼的诱惑力实在太大，于是虔诚拜徐君为师，开始学钓鱼经。天未破晓便上路，步行10多里抵星星哨水库，那水面方圆25华里，两岸青山夹峙，十分幽静。挂钩理线，第一次抛竿"牛刀小试"甚是激动，目光久久盯住远处火苗般直立的红色浮漂，那种神秘的期待感是以往从未经历过的。若见浮漂点头或倾斜，心如鹿撞，握竿的手都在抖颤；一旦浮漂猛沉下去，提竿瞬间顿时感到长长的尼龙线被鱼绷紧在水下摆动，那种紧张而又惬意的手感真是妙不可言。初出茅庐，只钓得数尾小鱼，却乐不可支，"文革"以来从未曾有过这般快活！

自那日始便跻身于垂钓者行列，一发而不可收。算来闲理钓丝迄今已有十七载了。钓鱼便同足球、游泳平分秋色，成了我业余生活中的三大爱好，乐此不疲。

尽管垂钓并非每次都满载而归，令人陶醉的经历总是有的。那年秋钓星星哨水库，上午闹小鱼，便用短竿应付，另一支五节长竿拴长线系重坠甩出17米远，钓饵用两粒煮熟的玉米，这叫愿者上钩了。日渐中天仍不见鱼，便起身小解，头却转回观察水面；刚尿一半，忽见长竿兀自脱离支架徐徐漂走，大惊，不及系裤飞奔水中，几乎没顶方将长竿抓住上提，这一提顿时"弯弓射大雕"，尼龙线绷得铮铮作响大幅度扯动。大鱼！忙惊呼，岸边渔友跑来两三人相帮，遛鱼足足有半小时才用抄网兜上岸，两尺半长的草鱼哩，八斤多重！这是我最高的手竿纪录。在周围观者的称羡声中，我心花怒放。多少年过去，我仍不时回味那半小时中与大鱼斗智斗力的紧张场景，余兴未尽。

与鱼斗毕竟不太伤神，而与鱼的主人较量要耗用较多心智。水库承包者往往狡黠，当年每支竿收费 3 元至 5 元，将钓者集中到水清无鱼之处，让你枯坐终日空手而返；而主人早已用豆饼或牛粪撒好窝子，游鱼不再旁去。今年初秋，与报社三位朋友钓于光明水库大坝，数十钓者皆无所获，近 4 米水线可谓深矣，却不见大鱼踪影。我一想"春钓滩，秋钓潭"的谚语并不适于北方，便背道行之，沿岸觅到一处有水草的浅滩，深不及一米水温却高。坐有片刻，浮漂便点头有反应，继之猛扎入水，顺势提竿，一条一斤多重鲤鱼到手，大喜，连钓三条。忽闻妇人背后吆喝：此处不准钓鱼。力辩道既花钱岂有不准之理？那妇人撒泼用石击水，好男不同女斗，悻悻而返。

喜忧参半，希望与失望并存，垂钓者饱经风霜，什么样的滋味未尝过？一支《渔光曲》唱来动听，实则苦涩居多。长途跋涉于野路山林，劳其筋骨，无坚韧的意志岂可坚持到底？渴饮山涧，饥吞野果，烈日下大汗淋漓，暴雨中瑟瑟发抖……苦不堪言。实乃一项非常人甘愿从事的"职业"。然天下垂钓者皆矢志不移，几乎没有洗手不干的，"从一而终"，其情绵绵。

想我十七载心系钓丝，岂为鱼虾填腹？只眷恋山光水色，陶冶品性，觅一份清新自然，宁静致远，于返璞归真中再思人生。时值寒冬不能临水试竿，便捧一册《中国钓鱼》读得津津有味，似闻鱼尾溅浪之妙音——

最美的一次妙音，是在 1992 年 9 月 6 日悄然奏响的——

那天，我偶入某航校院内水塘试试运气，该水塘只有篮球场大，中间最深有六七米，所谓锅底坑。有钓者寥寥，均无所获，漂以下水线 4 米，看来深水钓大鱼也并不奏效。我便寻一向阳浅水处甩出钓丝，4个小时过去鱼漂仍纹丝不动，心中暗暗叫苦，这5元钓费算是白交了。时已过午，饥肠辘辘，正欲收竿，忽瞥见浮漂轻颤继之上斜，恐小鱼作怪，便顺手提竿，竟拽上来一条250克重的鲫鱼，大喜，于是静神再钓，心不再浮躁。过半小时又钓上一条400克左右重的鲫鱼，可之后便不再有鱼咬钩了。一直等到日西斜，两腿坐得酸软，便站起活动筋骨，弯腰间忽见浮漂欲升又降，猛一提竿，好沉！竿做弯弓状，尼龙线被鱼拉得铮铮作响，遛鱼那几分钟间心如鹿撞，惊喜伴随紧张，终于用网捞上一条鱼。附近钓者围拢过来一瞧，惊呼连声：这么大鲫鱼，没见过——

归家一称，重1400克。后来众钓友听说鱼已入口，皆顿足：怎么不放水箱养起来？我亦追悔莫及。

临水而钓，其乐无穷。这条大鲫鱼上钩，又给我的垂钓史写上得意一笔。

1992年9月21日

足球：男人心仪的"灰姑娘"

1

我曾对朋友说过：如果你觉得人生的痛苦还不够，那你就去看中国足球。朋友很信我的话，果真去看了，看了很多次；等再见面，朋友那副咬牙切齿的表情让我不忍卒睹。

沉重的中国足球总是在艰难中滚动，这注定了球迷跋涉的路也满是泥泞。

1987年9月末，我又上路了，向广州进发，完成一次漫长而辛苦的看球经历。那是汉城奥运会的前一年，中日足球争夺出线权。10月1日，我风尘仆仆地赶到羊城晚报社，如约见到范柏祥，一位资深体育记者，他热情地帮我办了采访证，并安排我在该报宾馆下榻。坐电梯上12楼，进了房间，冲完澡后才想起床位价格，一问吓了一跳，每宿16元。其实这在当时的广州是最便宜的宾馆价，可对自费来看球的我却是一笔昂贵的开销，要住4天哩。最终还是抱歉地退了房，觉得很对不住范柏祥。

像个流浪汉似的在街巷绕来绕去，总算在《南方日报》招待所找到了栖身之地。虽然是地下室，湿热难耐，但房费4元多便宜，还有蚊帐与风扇，也就很满足了。那几天，买来一大摞报纸，从中日足球开战前的报道中分析信息，替主教练高丰文排兵布阵，研究得有滋有味。兴奋之余，还特地去拜访了军旅著名诗人韩笑，在他寓所喝了一下午茶。韩笑是吉林省九台市人，见到老乡来访当然高兴，他是广州万米长跑的领头人，被誉为"长跑诗人"。听说我从长春跑这么远的路自费看一场球，他很惊讶，感叹当球迷辛苦。

可是我的辛苦却没有换来舒心的时刻，以 1 球告负的中国队让我的羊城之行成了苦涩之旅。10 月 4 日晚，天河体育中心 6 万球迷的助威喊声随着日本球队的进球而哑然了。那一刻，我发现我左边的日本体育记者三村和男站了起来，却不敢欢呼，只是双拳紧握激动地晃着，采访本掉在了地上。在我右边的《北京青年报》记者王俊，退场时一句话也没说，只是在日本记者的采访本上狠狠踩了一脚。

往事如烟，14 年前那一幕隐退了，中国足球的史诗还没有诞生。我的心会明亮起来吗?

2

家庭——温馨的港湾。一个极具迷惑色彩的比喻，几乎令所有的女人为之感动;她们无疑是这片港湾忠实的守望者，祈愿它四季恒温，风平浪静。可是她们想过没有，无风的港湾只是一个时隐时现的童话。

当四年一度的足球风暴呼啸而来时，女人们还能守住港湾的平静吗? 她们听到男人凶狠的声音:当生活中没有战争时，足球就是战争，懂吗? 主妇们不懂，或者不想懂。但这些都没用，能将"世界杯"关在门窗外的家庭是不存在的。

我把足球战争引入家庭始于1982年。20年间经历五届"世界杯"，时而仰天长叹，时而开怀大笑，一位球迷的心路历程如黄河九曲。但我不是一个幸福的球迷，每四年就会经历一段夫妻反目的时光，因看足球而争吵，如今回想起来不免有一丝伤感。三代人的家庭，局促的环境，一台电视机，足球转播的声音无孔不入；再加上我的大呼小叫，当然要影响老人与孩子的睡眠，还要干扰妻子的备课、写教案。妻子是一位中学地理教师，把地球讲明白就是她的工作，她无法容忍足球对地球的干扰，就冲过来闭上电视机。尽管我已把转播的音量放到最小，但隔墙有耳，妻子还是在床上捕捉到一脚射门的欢呼，大怒，无端惊梦的妻子作河东狮子吼，拔掉电源没商量。好男不同女斗，忍了不看。

最让我心痛的是1986年那个夏夜，巴西队与法国队上演绿茵场"世纪经典"之战，美妙的脚法，如蝶穿花的配合，一波一波推进的韵律感，将足球演绎到出神入化的境地，这是人类真正的艺术，全世界的球迷都陶醉了！可是那场经典之战我只看了上半场，下半场披衣而起的妻子凶神般站在我面前，电视闭了，她告诉我翌日她有一堂公开课。我忍气吞声躺下，眼角有泪。后来听说巴西队输了，让我难过了好多天。

但我仍是胜者。除了个别场次不看，重要的比赛从子夜到凌晨必须看完决不让步。妻子说：每逢"世界杯"，你就变得六亲不认，像一头野狍子，真可恶。

其实女人们不懂四年一届的"世界杯"是我们心仪已久的"灰姑娘"，这黑白相间的足球对于球迷男人是多么重要。她朴素，漂亮，活力四射，男人真的喜欢看她在绿茵场上跳来跳去，喜欢她在空中划出那道美妙的抛线，尤其喜欢她钻入网窝那乖顺的样子。说穿了，男人喜欢足球，是因为崇尚宇宙间一种强大的征服力。

今年夏天，"灰姑娘"又如期而来。我的妻子居然平静地看着她来到我的身边，这真是个奇迹。一切都达成和解。6 月 1 日晚上，她老老实实坐在我钓鱼用的帆布凳上陪我看球，国家队的惨败气得她咬牙切齿，我却偷着乐了，为妻变成球迷而乐。

2002 年 6 月

冬夜，我站成一个雪人

1999 年 12 月 21 日雪夜，我骑车离开报社回家，仅骑了一小段路便只能推着自行车艰难前行。对长春来说，这是一个多雪的冬天，而我那夜遇到的是今冬最猛烈的一场雪，漫空狂舞的雪花让我怪异地想到向低空密集俯冲的海鸥的羽翼……天地间一片白茫茫，阒无人迹，路灯辉映中的雪景堆金砌玉，朦胧而神秘。那一刻我不想走了，扶着车把在原地呆望许久，晶莹的大雪让我感动；甚而十分同情地想到南方的读者朋友，他们没有机会在此刻赏看这一幕无比瑰丽的雪国景象。

那个冬夜我心中充满了一种温暖，这并非因新千年即将莅临而生，而是缘于刚刚落笔完成我的第一部长篇小说《城市游鱼》。如释重负之际，恰逢大自然今宵在尽情表演美丽的降雪，当时我站成了一个雪人，从头到脚像罩上一件银袍，真是一种天人合一的惬意，我的心灵沉浸在宁穆中温暖无语，那一刻我觉得能写出自己钟爱的作品十分欣慰。

作为一名新闻记者，为采访而奔波，还要肩承文学写作的使命，无异于扮演人生舞台上的双重角色，当然活得很累。这是一种重轭下的生存状态。没有激情又不能吃苦，最好不要经历这样的体验。而我挣扎着完成了这种体验，在年复一年的编采工作中出版报纸，尽职尽责，剩下不多的时间再去"爬"另一种"格子"。严格来说，这部长篇小说是把 1999 年所有的星期日捆绑起来当"创作假"完成的，当然还要加上那些无眠的夜晚。就其创作速度来看，我已尽力冲刺了，30 多万字的《城市游鱼》也让我"游"了一次马拉松。

作为一名业余作家，我出版了几部散文集、诗集、中短篇小说集，当数小打小闹；一旦有了长篇小说问世，就好像踢球的男人从英甲转会到英超，拥有了一身蛮力与球技。如果读者朋友问起第一次写长篇小说的感觉，我的感觉就是：开阔。是那种走出密林与山岗蓦然发现一片大峡谷的开阔。这不仅仅是指视野上的冲击，还意味着作家所拥有的生活积累与艺术空间都同以往不一样了。

尽管因第一部长篇小说的诞生令我在那个雪夜生出温暖的感觉，但没有窃喜的成分。在长篇小说的沃野，我只是一名迟来的耕夫，怯怯地观望着不知该怎样开出第一犁；但多年来如影相随的冒险精神与浪漫情怀帮助了我，不再茫然四顾，带着新鲜的冲动开始了这部长篇的写作。事实上，追求困难的写作才是真正值得倾心关注的写作，那是一种磨砺。我很看重这种磨砺。既然是尝试，这部作品不求深刻，但求真实。因此我不回避当前社会万象中一道道灰暗的风景线及若干病态的人物，我们本来就生活在阳光与风暴、绿地与陷阱并存的世界，真实的展示正是作家应该完成的一项工作。一个名字，多种欲望的载体，最后是一堆记忆……这就是人。人，其实还拥有另一种宇宙：心灵，同样博大。只是大部分常人耽于物欲将其荒芜了。物欲横流，趋利务实，对于我们这个民族当然是一件可怕的事情，但仅仅归结为商品大潮带来的，显然是一种肤浅的认识。其实更深刻的原因还是应该回到人性上去探究，而作家的使命就是去审视人性并在作品中创造一个世界与真实的世界竞争。

那个雪夜，我站了好久。凝望远处雪雾中的万家灯火，忽然想到作家刘心武说的一句话："市井人物是城市的珍珠，是城市文化的烟火。"是的，城市中每天演绎的故事都离不开万千面孔各异的市井人物。在《城市游鱼》里，那一群特殊的打工妹——"陪侍小姐"，成功地引出色彩驳杂的男人们：官员、经理、企业家、司法人员、个体老板、商界暴发户、知识分子、大学生……林林总总的人物构成了欲望盛宴上的众生相。但我并没有以道学家的面孔鞭挞什么、嘲弄什么，只是冷静地向读者揭示这个商品社会真实的一幕。我清楚生活中不只有善恶两极，还存在着道德的模糊地带。很多人都在这模糊地带游来游去——

　　一尾尾城市游鱼
　　一尾尾欲望的载体
　　我们要游到哪里去？

我不是社会学家，能做出明晰的严谨的回答；我只是一个普通的作家，含蓄的结论都隐寓在作品勾勒的一幕幕社会场景中，读者会去思考。其实，城市是一片半明半暗的海，优美起伏的下面有暗礁蛰伏，人们哪，都想恣意地畅游，但要小心啊！

这就是作者要说的话。

1999 年 12 月 30 日　于苦茶斋

　　未想到 13 年后，我又重操旧业，落笔完成了第二本长篇小说《记忆汹涌》。

　　没有雪夜，我不会再站成一个雪人——那是 2013 年 5 月的一个雨夜，我从桂林路一家打字社兴冲冲取回小说的打印稿，冒雨往家赶。箭杆雨临空倾泻，将我浇成落汤鸡般狼狈，打印稿紧紧裹在衣服里，这我就放心了。有几分钟，我索性站在街头，任大雨淋头，想到 6 个半月的伏案笔耕终于将这部长篇杀青，甘苦寸心知，我无声地笑了。

　　长篇精神分析小说《记忆汹涌》，是一部代表已逝岁月重新发声的警示之作。直击十年"文革"浩劫，警示后人反思历史让这一幕悲剧不再重演。但好事多磨，由于题材的敏感性，以致投稿数家刊物及出版社均被退回。直至 2014 年夏出现一束光亮，大型文学杂志《钟山》毅然刊登此稿，"为一段尘封的历史开辟了生路"。继之，国际文化出版社于翌年出版了这部书。

　　前事不忘，后事之师。历史这部大书是一页页积累起来的，任何断页与残缺都会给后人留下思考的黑洞。上一代人发生的事理应如实告诉下一代人——这正是我写这部作品的缘由。那就尊重历史，捍卫记忆。

　　那个雪夜、那个雨夜都泊在我的梦中……

2015 年 6 月　于苦茶斋

生活多棱镜

前郭尔罗斯三唱

　　一年中阳光最炽热的季节，我们流着汗站在靴子形的前郭尔罗斯原野上，举目眺望。茂茂青草遮没了辽金塔虎城遗址，"野火连天烧"的荒凉景象已从记忆中抹去，代之以高耸的现代化的"采油树"与炼塔。百里长的草原运河——引松人工河，宛如一条抖动的银练，将明镜般的查干湖系在雄浑的松花江上。闻名关东的前郭灌区像一块巨大的绿毯，星罗棋布着红砖灰瓦的稻区人家。

　　美丽富饶的前郭尔罗斯。在我们的视野中渐次呈现出她迷人的风采。撩人的热风中，我们奔走得很累，我们的眼睛望得酸疼，7100 平方公里的前郭尔罗斯啊，我们热情的双臂只能拥抱你小小的一部分。

　　牧人的杯盏，总是浓烈的。作为痛饮过查干花草原烈酒的旅人，今宵让我举杯三唱前郭尔罗斯的人、草原和歌……

苏赫巴鲁，谢谢你

　　7 月 20 日薄暮时分，长春作家、记者采风团一行 16 人步出松原站，第一个迎接我们的草原主人是你——大名鼎鼎的蒙古族诗人苏赫巴鲁。塞外的漠风与阳光似乎永远不能灼黑你的皮肤，57岁的你面庞依然白白胖胖，矮壮的身躯活力不减，深度近视的眼睛闪露着真诚的笑意。那笑意似夏日清凉的风，一下子拂去我们旅途中的倦意。16位来访者，一齐将好奇的充满敬意的目光投向你——

这位挥洒4500行长篇叙事诗《嘎达梅林》的蒙古族诗人；

这位曾受到国家领导人乌兰夫接见、在前郭尔罗斯草原耕耘36年的蒙古族人民的优秀儿子；

这位夺得首届世界蒙古文学作家大会特别奖的中国作家。

苏赫巴鲁，蒙古语中是"威虎"之意。乍一看其体表形貌，既不彪悍，也无咄咄逼人之气，倒像个羽扇纶巾的儒生；可翻开他的创作史，17部著作赫然入目，人们这才领略到苏赫巴鲁果真虎虎生风。我于1972年秋在全省一次文学创作会上初识苏赫巴鲁，交往并不频，但印象颇深；每届作家代表大会，他都笑眯眯倾听别人发言，从不作滔滔不绝状，其实他是善于将激情隐于沉稳中，弃浮躁，拒张狂。只有在与好友品酒入佳境时，方高歌放语，两眼炯亮；或在书房仰而思，俯而读，偶得佳句时会大吼一声，拍击书案，惊动妻子其木格冲进书房嗔道："疯了，又一声虎啸。"

此次松原之行，他释手中笔陪我们6日，接触多了才知道笑眯眯的苏赫巴鲁曾跋涉过一段多么艰辛的路，苦楚都刻在他眼角的鱼尾纹上。不公正的待遇，似鞭子将27岁的他及全家从县城驱赶到100公里外的查干花乡，这一去整整17年。割过野草、拾过牛粪干的苏赫巴鲁，披着岁月的风霜行进在乡间小路上。他的确很苦，三尺小圃，五尺茅屋，露雨代茶，研血著书；但他也很甜，蒙汉文化丰足的乳汁滋养了他的心灵。多少个暗夜里，一盏油灯伴他写《嘎达梅林》，写《成吉思汗传说》……

投以牧草，报以乳汁。当苏赫巴鲁真正从查干花草原上挺起腰杆时，中国蒙古族文学的丛林便亮出了一面旗帜。1993 年 7 月，世界蒙古文学大奖：一枚纯银制成的成吉思汗虎头令牌——奖给世界游牧民族最尊贵的作家。那就是你，苏赫巴鲁。

哦，我的兄长苏赫巴鲁！在前郭尔罗斯采风的日子里，我们的行旅都重重压在你的肩头，你付出的辛劳永久留在 16 位友人的记忆中——这就是我为什么会在告别的酒会上忘情地流泪拥抱你！苏赫巴鲁，谢谢你，谢谢你的诗，你的歌，你的酒，你的一颗金子般的心。

醉看查干花草原

古老的勒勒车，歪歪扭扭、深深浅浅的勒勒车辙印，已嵌入历史记载与牧人遥远的回忆中……

7 月，灼人的夏风，我们乘一辆空调面包车前往前郭尔罗斯西部——查干花草原。一块巨型绿毯，宽坦地卧在我们的视野中。这里原是蒙古族聚居的地方，随着岁月更迭，人口迁徙，目前蒙古族仅占全镇人口的 34%，但哈尔金、达尔罕、昂格来、胡家围子等村落，仍保留着蒙古族的风情民俗。远客来到这里，会尝到最美的食品：金黄的炒米拌乳白的乌日莫，放在嘴里一嚼，又脆又香。

查干花年轻的王镇长热情地迎接来自长春的客人，这位纯朴的蒙古族干部话语不多，却富有哲理。他说草原是牧业的载体，牧业的发展又促进了草原建设；80 年代以来，他们彻底摆脱了小农经济的束缚，全镇的畜牧业已进入科学养殖、规模经营的轨道。目前绵羊存栏 4700 多只，占全省第一位；黄牛今年要发展到 3000 头，农民养牛积极性很高，黄牛交易市场每天交易达300 头；全镇人口 18000 人，去年人均收入达 1200 元。王镇长的声音里掩饰不住喜悦之情，他有理由为查干花农牧业的腾飞而自豪。改革开放以来，查干花的草更绿了，花更红了，牛羊更多了，生活更富了，歌声更美了。有位青年农民，秋天卖完葵花子和粮食，兑出的人民币数不过来了，只好用自行车的货架驮回去让媳妇好好数一数。这个真实的故事，在草原一时被传为美谈。

鲜美的手把肉、热腾腾的羊汤、醇香的科尔沁白酒……好客的蒙古族牧民在午宴上让我们一个个大汗淋漓。

不知是酒醉，还是心醉，当我们来到镇东北的英台草原，都有些晃晃悠悠了。醉看连天碧草，一波一波漾动的是美妙的绿浪；醉看远方蜃气飘摇的地表，一排防风林竖起了草原绿色的屏障。

查干花草原真美！除了这句，大家似乎找不出更明快的赞语。在草原上留个影吧，于是摄影记者齐润辉成了最忙碌的人，而苏赫巴鲁却是最受欢迎的合影者。

寻觅牧歌长调

北中国最美的歌谣是蒙古族牧歌。

蒙古族牧歌的精华是长调。

今夏郭尔罗斯之行，同行者怎知深埋在我心底的一个夙愿：我是为寻觅草原长调而来的。在所有的理由中，这是唯一不可替代的理由。

说不清从什么时候开始，自从第一次听到草原长调，我就深深迷恋上了，百听不厌，如痴似醉，以至迷恋到拒绝别的音乐的地步。这长调，无歌词，甚而无内容，完全是牧人在草原即兴式的咏叹；旋律悠长，时而高亢，时而低回，韵味美极了，可谓天籁之音。奇妙的是长调的发音方法，唯蒙古族歌手方能驾驭，别人学不到它的真谛；其发音酷似骏马的长长咳鸣，又似深谷石罅间的泉水时急时缓……唱长调，再配以风味独特的马头琴，你就闭上眼睛听吧：

一部草原岁月，一部世界游牧民族的历史，折叠起来，折叠成一支长调，钻进你的耳朵；于是，你的耳膜渐渐嫩绿起来，于是，你的耳轮渐渐芳香起来，于是，你的灵魂震颤起来……长调的歌头蜷卧在耳孔里，而歌尾甩出一条我们走了一生又一生的小路。神奇的长调啊，让人听醉了，让人听呆了，你真的觉得自己长卧在草原上，静静地化作一顶从古到今的牧民帐篷。

这不是陶醉，这是牧歌长调对人类的征服。

可惜这次来松原没有听到真正的长调。因为不是所有蒙古族人都会唱长调，也不是所有蒙古族歌手都能唱好长调。虽然在一次聚会上，苏赫巴鲁邀来三位歌手助兴，其歌声嘹亮悦耳，仍非正宗的长调。我对长调的热爱确已到了近乎挑剔的程度。

带着深深的遗憾回到长春。翌日，忽想起有一盒磁带《啊，前郭尔罗斯》，是苏赫巴鲁分手时馈赠给我的。急急翻出，听了，这是4位优秀的歌手拉苏荣、乌日哲、金花、刘良慧演唱的，顿时令我激动了。尤其拉苏荣演唱的每首歌的开头都有一小段韵味浓郁的长调。当时我兴奋得真想给苏赫巴鲁打个长途电话，告诉他：我终于听到牧歌长调了，前郭尔罗斯之行没有遗憾了！

是的，不爱长调的旅人别来草原；把心掏给草原长调的客人，有资格在毡房上座捧起第一碗奶茶；听长调听得泪流满面的异乡人，是牧民最信赖的朋友。

打马鬃的季节，挤羊奶的季节，选草场的季节，开那达慕盛会的季节，跳安代舞唱《婚礼歌》的季节，草原 12 个月都有马头琴 4 根弦的震荡，都有长调的起伏，唱成吉思汗，唱森吉德玛，唱嘎达梅林……

　　长长的咏叹的折叠成草原之路的牧歌长调哟。

1995 年 7 月 30 日　松原—长春

醉听牧歌

在生活中听说过醉酒、醉茶，并非罕事，可你听说过醉歌吗？

那酒，那茶，一浊一清，乃男士喜嗜之物，猛饮而醉之，不足为怪；那歌，却视而难见，妙不可触，又怎会醉人呢？若真的听歌而醉，人生该当怎样一种境界，不啻是遇到天籁之音，将心灵净化得如清风明月。

说起听歌而醉，于我已发生过多次，并非戏言。那一刻，必独处清静一隅，将人生浮躁与嘈杂市声都关在门外，面对录音机潜心听马头琴声从悠远的地平线传来，依次欣赏蒙古族四大歌王哈扎布、拉苏荣、腾格尔、扎格达苏荣充盈天地间的雄性歌唱……其时其境升自心灵深处的禅悦是无法言喻的。对我来说，那天籁之音即草原牧歌长调，它在我心中的神圣地位是任何音乐都无法替代的。或许这种情感近于偏执，但至今我也解释不清为什么会对蒙古音乐情有独钟。

几十年追逐牧歌的旋律锲而不舍，也是一种人生苦恋。吉林艺术学院音乐教授朱扶恩大概不会想到，他在 20 世纪 50 年代用童音唱的那首《嘎达梅林》会让我深深迷恋上草原民歌。当时我俩是长通路小学同窗，朱扶恩常登台演唱，是校园里公认的天才歌手。自从第一次听到《嘎达梅林》，我幼小的心灵便飞向遥远的草原，以后又聆听到马思聪的小提琴曲《牧歌》，无伴奏合唱《森吉德玛》……凡是声波中传来蒙古族音乐，必洗耳恭听到了痴迷的程度。令我十分惊异的是一个马背上的游牧民族居然拥有如此宽广、深厚、醇美的音乐，尤其是它的长调是世界声乐中独一无二的，富有荡气回肠的艺术魅力。长调，来自古老的蒙古民族的文化宝库，它音调悠长，节奏自由，情感起伏，具有强烈的叙事特点，煽情性极强。无论到过草原和没到过草原的人，只要长调响起，你一生一世都会记住它！的确，这是一种催人泪下、瞬间俘虏心灵的音乐，你无法抗拒它的魔力。

追逐牧歌长调，我曾两次踏上草原呼吸青草的气息与马奶酒的醇香。1995 年 7 月，一年中阳光最炽热的季节，16 位作家流着汗穿行在靴子形的前郭尔罗斯原野上。那次草原采风，全程陪伴我们的是著名的蒙古族诗人苏赫巴鲁。我们脚下的查干花草场曾是苏赫巴鲁当年"流放"之地，他曾在这里割过野草，拾过牛粪干，在茅屋油灯下写过《成吉思汗传说》……谁也不曾想到总是笑眯眯的他，双肩竟驮过那么多人生的苦难。这位夺得首届世界蒙古文学大奖的中国作家，似乎知道我对蒙古音乐的喜爱，特意赠给我一盒磁带《啊，前郭尔罗斯》，让我爱不释手。在几次酒会上，都听到了当地歌手助兴演唱蒙古族民谣，可惜不是正宗的草原长调，让我遗憾不已。

所幸一年后的盛夏，我终于在蒙古包里听到了原汁原味的长调，许多年的苦苦寻觅让我面对马头琴幸福地流泪了。那次走得很远，来到毗邻国境线的锡林郭勒大草原——世界著名的四大天然牧场之一，它占地 20 万平方公里，何其辽阔！如毡如毯的连天碧草逼迫你睁大眼睛，辽阔的绿野让每位来客一瞬间感受到奔涌而来的强大的生命力，在如此美丽而庄严的大自然本体面前,我们惊讶得无话可说,只是塑像般立在尺高的青草间,默默感受远古岁月的深沉与眼前草原的纯真,让自己真正陶醉一回。

有过一回醉卧草原的经历是在西乌旗巴音高勒苏木乡,洋溢浓郁民俗民风的那达慕盛会让全国各地记者兴奋不已,锡林郭勒日报社的海·宝音陪我们在蒙古包盘腿而坐,饮马奶酒,吃手扒羊肉,与牧民交谈……听歌而醉就发生在那日黄昏,听呼德古德唱长调,她是一位年轻的孩子妈妈,牧民最喜爱的歌手,小女孩坐在她膝头上,听母亲随意地唱着一支又一支不知名的牧歌长调。没有现代音响,没有录音棚,只有一柄马头琴伴奏。记不清自己喝了多少杯马奶酒,只牢牢记住了那日黄昏在锡林郭勒草原一顶帐篷里,我听到了人世间最醇美绵长的牧歌长调。出了帐篷,迈步踉跄,我一头栽倒在草地上,醉了,真的醉了,后来的事情茫然不知。

的确听歌而醉。北中国最美的歌谣是蒙古族牧歌,牧歌的精华是长调。1996 年 8 月,我寻觅长调驻足在中国最大最美的牧场, 我终于听到了一个游牧民族自历史深处升起的咏叹调。醉卧草原,那就闭上眼睛听吧,一部草原岁月,一部马背上的日升日落、游牧民族马蹄下溅着火星的历史,在你眼前折叠起来折叠成一支长调,钻进你的耳朵。长调的歌头蜷卧在耳孔里,而歌尾甩出一条我们走了一生又一生的草原小路——神奇的长调真的让我听醉了,仿佛长卧草原静静化作了一顶帐篷。

离开锡林郭勒数年,余兴未尽,一直想把长调永久留在身边,时时都可谛听。可是在长春市跑遍大大小小的音像门市部,居然买不到一盒用蒙古语唱的长调磁带,而流行歌曲磁带倒是遍地都有。想起来哑然失笑,偌大的城市视长调为天籁之音的能有几人? 不甘心便将电话打到遥远的呼和浩特市长途台,商请帮我找一个能买到牧歌磁带的朋友。这本是一件十分困难的事，如大海捞针；然心诚则灵，女接线员居然在几万部电话中找到一位退休的蒙古族文化干部达仁沁。当我与他接通电话并说明我的心愿后，他高兴极了，不久一箱磁带寄来，当天我就迫不及待地赏听哈扎布、宝音德力格尔、德德玛、腾格尔等这些著名歌唱家的作品，尤其是"草原歌王"、周恩来侄女婿拉苏荣的长调，他对蒙古族传统牧歌特有的华彩装饰音的演唱，令人回味无穷。

痴心守住对牧歌的这份爱。我对自己说。

2001 年 5 月　于苦茶斋

呼兰河畔的断想
——记于萧红故居

一

又是暮春四月。

北方的风很猛，很冷峭，掀起漫天灰尘……远远地看见那座小城，那条呼兰河，我的心蓦然不平静起来。因为萧红的名字，那座落满风沙的小城，那条搅翻着浑浊波浪的河，还有蜿蜒河岸上那隐隐透出一抹鹅黄的柳树，都平添了一种亲切的情感。也许因为同是北方人，淳朴的乡情会很快消除了地域的陌生感，我睁大眼睛望着车窗外这片土地。一本《呼兰河传》所勾勒的20世纪中国20年代农村风俗画，不就是沿着这赭黄色的河岸向岁月深处铺展开的吗？

我终于来到这座小城。"生活是充满了各种各样的声响和色彩的，可又是刻板单调的"小城。这里曾留下萧红寂寞的童年回忆，她天真的笑也是沉重的，或许在香港弥留之际呈现在她眼前的，依然是小城灰暗的日常生活背景前那粗线条的大红大绿的带有原始性的色彩。可她走得太早了，听不到今天呼兰河湾里停泊的满船欢笑和起锚的汽笛声……

我终于站在萧红故居前，迟迟未跨入门槛，只是凝望那牌匾和故居瓦脊上那几只盘旋的鸽子。

> 春天到了，
> 去年在北平，
> 正是吃青杏的时节；
> 今年我的命运，
> 比青杏还酸！

萧红的诗，萧红的独吟，仿佛就响在我的耳畔。想到她"比青杏还酸"的命运，心中怆然。旧时代就这样吞噬了一个才华横溢的女作家，让她的青春毁于炮火与病魔之间。

想起茅盾那一声沉重的叹息："她的寂寞的悲哀恐怕不是语言可以形容的。"

可今日萧红故居却不是寂寞的。纪念馆主人说，自去岁端午节故居正式对外开放后，已有中外 3 万多参观者纷至沓来。

门前重叠的脚印还在递增。

二

那后花园呢？我透过窗子望着，忽然想起鲁迅笔下的百草园。这两代作家都那样眷恋童年时那块纯净的乐土，眷恋那一草一木。

> "那园里的蝴蝶，蚂蚱，蜻蜓，也许是年年仍旧，也

许现在完全荒凉了。"

"小黄瓜、大倭瓜，也许还是年年的种着，也许现在根本没有了。"

那花园里其实没有什么优美的故事，萧红却难以忘却，身陷香港病重时还在回忆。那是一缕割不断的乡恋。1934 年秋至 1936 年夏，萧红在与鲁迅相处的珍贵日子里，她会不会向先生讲起后花园中的韭菜、樱桃树、狗尾草…… 讲起有一次捉了个特大的蚂蚱跑着送给祖父……我想会的，先生也一定爱听北方的童趣。或许萧红那明亮的目光又暗下来，对坐在藤椅上的先生讲起老胡家的小团圆媳妇怎样被逼死去，磨倌冯歪嘴怎样拉扯两个孩子奋争在生命线上……她以含泪的微笑回忆后花园中曾出现的芸芸众生，先生是会理解的。

在旧中国灰色的天空下，南方的鲁镇与北方的呼兰县，都同样萧索。对故园的勾勒，萧红的文字美丽而忧伤，而鲁迅的笔触是凝重的。

三

呼兰河畔，母亲故乡人情的温暖令我感动。人思故土，马恋旧林，白山黑水，我当再来。

在洁白的宣纸上，著名华裔作家赵淑侠女士挥笔泼下了比墨还浓的情意。她在萧红故居落下了泪珠。岂止华夏儿女，美国研究萧红专家葛洪文（美国人）、日本国御茶女子大学前野淑子教授等，都不远万里来访。中国北方一座普通的小城，一套普通的五间大瓦房，在萧红故去 40 余年后突然光辉起来，像一颗被拭去灰尘的珍珠向世人展示出了自己的价值。呼兰人民为自己的女儿萧红深感骄傲，"萧红小学"活泼健壮的红领巾们为自己的校名而自豪。读过《呼兰河传》的中外读者都不会忘记：旧中国美丽而忧伤的才女萧红，曾为 20 世纪奉献了一篇叙事诗，一幅多彩的风土画，一串凄婉的歌谣。

　　站在萧红故居前留影，我的心是悒郁的——为 31 岁而夭折的萧红。可毕竟是片刻的悒郁。

　　哗哗流淌的呼兰河呵……

1987 年 4 月　于呼兰

小草恋山 野人怀土

匆匆赶来，又匆匆离去……

当车轮开始隆隆转动，一声悠长的汽笛提醒我即将同这座小城告别时，我的心怦然一动，眼睛顿时潮湿了。

我挥着手，窗口闪过我又苦又甜的笑……长离乡土的滋味原是这般酸酸的又辣辣的，让一个男子汉不想体验可又必须品尝。那一刻，我蓦然想起著名华裔女作家赵淑侠为萧红故居的题词："人思故土，马恋旧林，白山黑水，我当再来。"她在呼兰河畔挥笔泼下了比墨还浓的情意。我这才理解这位女作家为何在萧红旧居落泪，与其说当年萧红比青杏还酸的命运唤起她深深的同情，莫如说如火的乡情令海外归来的游子激动得难以自制。

远了，又近。近了，又远……

永吉县，口前镇——我青年时代 9 年的时光曾投掷在你的风霜雨雪中，至今难以忘怀。

其实，我重访这块乡土往返只 3 日，短暂得是时间长河中的一瞬，竟也在心头掀起一场感情的波澜，归来后许久不能平静。有时兀自好笑：人已中年了，思绪怎能再像青年那般易于波动？

可当你重新驻足于那块熟稔的曾洒过汗水的土地上，岁月往事如潮般冲撞在你心头时，你能沉默得像一堵赭青色的岩壁吗？你能躲开那一声声震颤耳膜的乡音的诱惑吗？

谁也不能。人世间，"乡愁"实在是一种博大的、深厚的、坚韧的、温暖的力量。是一座山峰，你不能不仰望它；是一片海洋，你不能不拥抱它。

哦，忘不了这个鹅黄浸润柳林的时节，早春透明的风，为我送来一缕缕温馨的呼吸……这片拥有 74 万人口的原野，在明亮的阳光下弹奏着龙年之春热烈的音符。我急匆匆扑进县城怀抱里，走在变得陌生又新鲜的街巷上，走在五光十色的牌匾下，走在农具门市部车水马龙的队伍中，阔别 8 年的小城，告诉了我什么？

小城，有一位年轻的县委书记。他熟悉北方土壤学，也钻研现代商品经济，有空还喜欢写散文。

小城，有一位骨骼粗大的工厂经理。他的毛纺产品却又精又细又美，在订货会上让外商眼睛一亮。

小城，有了电视台。居民坐在荧屏前，看自己的人自己的事，津津有味。

小城，家电修理业开始了竞争。

小城，华尔兹和探戈舞挺受欢迎。

小城，个体面包车还在增加。

小城，《天鹅湖》乐曲同二人转小调为夜晚平添了组合音响。

这个早春，小城讲给我一个又一个挺普通又挺动人的生活故事。我并未特别惊讶，可我的心却是欢悦的。改革的时代大潮正在冲击着这块乡野，曾是灰色的小城终于呈现出五彩明艳的面容，生机勃勃的创造为它安上了一双腾飞的翅膀。

欢悦之余，又忽生一丝沉郁之感，那些早已逝去的苦涩的记忆从岁月深处泛上来，令我又感到隐隐的历史阵痛。其实，乡恋是一种复杂的感情集合体，包蕴着人的苦苦甜甜的记忆。犹如路旁的蒲公英，有过凋谢的时刻，也会有复活的日子。

那些风雨如晦的岁月里，我的饱经苦楚的乡土发生了什么？全县修梯田任稻谷荒芜的悲剧值得重温么？乡亲们边借返销粮边唱样板戏的滋味值得再咀嚼么？还有我，大学毕业后的宝贵时光投掷在下乡揪资本主义尾巴的闹剧中，同面带菜色的农民们在地头、炕头熬着没有春天的日子……那些畸形的政治生活、忧伤的人生故事还值得追述吗？

我真不愿令人屈辱的记忆，又在小城春夜绚丽的灯光里重现，我怕勾起酸楚的泪溅湿今天这片喜悦的乡情。可是不该遗忘的东西，你能遗忘吗？不记住故乡的昨天，你能认识故乡的今天吗？即使过去的故事已凝固成一片没有生命的化石，可它们毕竟是生活赐给你的真实而严酷的纪念，你应该正视、反思、警醒。

是的，故乡的小城，在归来的日子里，请允许我在那缕绵长的、温热的、甜馨的乡恋中，保留一丝又咸又苦的记忆吧。否则，我的人生的歌是不完整的。

但我并非只为寻觅旧日的残梦而来，也不是为祭奠被销蚀的青春年华而来；不，我只是一滴回归的春雨，来这里拜谢曾承受过我全部重量的那一寸热土。那一寸热土啊，才是我为之献身的世界。

故乡，请接受龙年之春一位游子深深的祝福！让我说，每一个从这片乡土走出的男子汉，都是一块不会风化的岩石。呵，"白山黑水，我当再来"。

当马头琴响起

认知了马头琴，其实就是认知了这个"马背上的民族"。认知之后当然就是热爱。记不清第一次听到马头琴音是在何年何月，我只知道那是在电视尚未进入寻常百姓家的年代，当时我栖身在一座小县城，家中只有一台两个巴掌大的收音机维系着我与外面世界的沟通。但就是这台其貌不扬的收音机，偶然间引出了一段马头琴音，令我精神一振！

那真是一个美妙的时刻。我刚从乡下归来将行囊撂在火炕上，顺手拧开收音机的旋钮，想听点什么缓解一下疲劳；不经意间就听见了低沉、舒缓而浑厚的马头琴声，伴着一曲动人心魄的草原长调，从蒙古包，从青青牧场，从萨日朗花盛开的小路上，向我悠悠淌来……听着，默默无语地听着，眼睛一下子湿了，马头琴触动了我的心。那是一个精神贫困的年代，八个"样板戏"取代了我们所有的文化，如此寂寥与枯燥中竟会听到来自民间的纯朴而动听的乐音，无异于在沙漠中觅到一泓清泉。美妙的琴音响在耳畔，那一刻我似觉得那间斗室灌满了早春清新的风。

这就是我与马头琴最初的结缘。或许是我酷爱音乐曾练习作曲并拉过十几年二胡的缘故，对马头琴这种草原弦乐的独特韵味十分敏感以至入迷，它的悠远的苍凉感、浓郁的抒情性和极富表现力的叙事特色，具有一种叩人心扉的艺术穿透力，令听者无不为之动容。而当我面对面地聆听马头琴演奏，已是20多年后了。

1996年盛夏西行采风，双足踏在锡林郭勒大草原上，这是世界著名的四大天然牧场之一，蓝天白云，草色新雨，水汽氤氲，令每位造访者心旷神怡。在西乌旗巴音高勒苏木乡举办的那达慕盛会，更让人兴奋不已。暮色四合时我们进入蒙古包，边饮马奶酒边听草原牧民即兴演唱的长调。为歌手伴奏的是一位身穿蒙古袍的小伙儿，微晃着头神情专注地拉着马头琴，他已全身心沉浸在只有牧人才能领悟的那种境界中。我始终盯着他拉琴，但不知曲名，当听到第五支曲子时，我激动地脱口而出：《天上的风》。我的激动是有理由的，那是一支马头琴名曲，已成为马头琴演奏的经典。《天上的风》出自当今最负盛名的马头琴大师齐·宝力高之手，我虽没有机缘与这位大师谋面，但有幸多次聆听他的演奏录音。《天上的风》乃天籁之音，一次次让我听得心潮起伏，如痴如醉，可以说能征服人类心灵的音乐才是真正的音乐。齐·宝力高后来走出国门，有幸在奥地利金色大厅演奏，让欧洲观众真正领略了中国草原马头琴的魅力。

2006年夏末，我又一次陶醉在马头琴声里。时值前郭尔罗斯50周年县庆，开幕式上我有幸目睹了"规模最大的马头琴齐奏"。1199名穿蒙古袍的小学生坐在宽阔的草地上一齐运弓，琴音铮铮，风声呼呼——想想看：那1199把马头琴共鸣的音响该何等宏大，那场景又何等壮观！我几乎听呆了，听醉了，无语享受着一次巨大的心灵震撼！当最后一个音符戛然而止，片刻沉默后全场万名观众报以海潮般的掌声……继之，吉尼斯世界纪录英国总部主管马克先生宣布："规模最大的马头琴齐奏"申报吉尼斯纪录成功，并当场颁发证书。我真的很庆幸能来到"中国马头琴之乡"，亲眼看到了科尔沁草原上这激动人心的一幕。

聆听马头琴，便是聆听一部草原史诗，便是聆听"马背上的民族"一千三百多年间长途跋涉的足音……

2006 年夏 于前郭尔罗斯

雨夜听惊雷

惊叹于大自然的伟力，常常是因为亲身体验过大自然对人类的施威。一次体验就足以令你心有余悸。

人类史册上记载着一篇又一篇战胜大自然的辉煌史诗，令我们感到自身的睿智与魄力；可在地震、海啸、洪水、龙卷风、火山喷发面前，人类又显得如此孱弱。

1988 年盛夏我领略了一次海上惊雷可怖的景象，那印象难以磨灭。

时值疗养住在辽宁兴城市海滨，这是渤海湾一隅，风光旖旎，沙滩上游人如织。我下榻的八一疗养院四号楼被绿荫环抱，大海近在咫尺，推窗望去，几乎伸手可触涌来的波浪。那些天风和日丽，大海温柔得如一位新娘，将恬静的心性充分展示。

可那天夜里一切都变了。

周末，许多疗养员就近回家了，楼里很空荡。夜幕降临不久，忽风声大作，一阵比一阵猛，似有无数顶帐篷猎猎抖动。起初，我还在灯下看书，不久就坐而不宁了，因为那风声中挟带尖厉的口哨刺痛了耳膜。我在松辽平原长大，还从未听过如此奇异的风声……某种不安的感觉袭上心头，半个多小时过去，风势依旧猛烈，继之箭杆雨唰唰射下，窗外混沌一片，玻璃噼啪作响。慌乱中，我忽然想到走廊有的窗户还开着，夺门而出，关闭第五扇窗时，第一道雷突然炸响，来得猝不及防，我仿佛被击中似的颓然坐在地上，那一瞬间真蒙了，竟不觉暴雨从未关严的窗隙斜淋头上。

清醒后，跌跌撞撞摸回室内，第一声雷响后全楼的灯都熄灭了，漆黑更添惶悚。雷声一发而不可收，似动地鼙鼓，似火山爆发，铺天盖地而来，铿铿鞳鞳，惊心动魄……那道道惊雷仿佛并不来自遥远的天庭，分明就在窗外数米远的海面上空接连爆炸，并触发了一次海啸。45岁的年纪，我也算见识过世界，却从未听过如此巨响、如此骇人、如此持续不停的低空雷暴！当时蹲在离窗最远的墙角，瑟作一团，那惊惶又狼狈的境况是终生不忘的。

夜半，雷声依旧不止，再也捱不过去了，忙逃至邻室，来自沈阳的苏姓朋友却呼呼大睡浑然不觉。推醒他为我壮胆，两人同坐一床。每见闪电一亮，便迅疾蒙被躲避那雷声……

那雷声隆隆竟响至破晓前方止。

一夜未睡的我，憔悴已极，如害一场大病。披衣下楼，满院一片肃杀景象：倒树、断枝、垂落的电线、颓残的花池、散布的碎玻璃……一幅雷雨袭击后的凄惨场景。而那密密麻麻倒毙树下的家雀儿，更让人目不忍睹。后来听说有几只返航的渔轮在兴城海面遇险——

当美丽的大自然兀地展露另一种恐怖的面目，人类往往生出无法防范的悲凉。所谓"人定胜天"其实是虚妄的。宇宙飞船成功巡天与百慕大三角海难，就这样喜忧参半地演绎着，人类与大自然的相互征服将无休止地进行下去。

1992年1月20日

燕子之殇

　　残雪尚未消融，街路上仍有薄冰，这里的人们早晚还穿着羽绒服，严冬的余威依旧活跃在料峭的春风里。北方就是这样，春的脚步总是姗姗来迟，春脖子又很短，嫩柳抹绿、杏花绽开不久，夏的气息就扑面而来，让人们猝不及防，忙不迭地脱掉毛衣毛裤。

　　但毕竟"惊蛰"已过去一星期了，春的大幕已经拉开了，人们不太在乎天气还有点凉。就在这个时候，我蹲在七楼的门外，边吸烟边想着一件事。那事很简单：清明一过，燕子又要回来了，会不会还来造访天棚下的旧窝呢？每年秋末落叶缤纷时节燕子便飞走了，飞到温暖的南方过冬，暮春时再飞回来，它们是大自然界非常听话的孩子。

　　我搬迁到这座楼已有 14 年了，住七楼虽高，却很肃静。在城市闹中取静是很必要的。每当阅读或写作累了，我就想抽一支烟缓冲疲劳，但妻子三令五申不许在室内吸烟，为不影响她建设一个环保家庭，所以我只好到门外吞云吐雾。我习惯蹲在台阶上吸烟，这样我的目光经常要穿过六楼半的窗户，从窗外飞进一只苍蝇都逃不过我的眼睛。也不知从哪一年开始燕子就光临这里了，先是飞入一只燕子，旋即又飞入第二只，它俩上下左右盘旋，速度极快，像一道道黑色的闪电，在七楼天棚下制造出一圈圈抛物线——看得我眼花缭乱。我不知这一对不速之客闯入楼内干什么。觅食吗？可是这里没有它们能吃的东西。

后来我才知道这一对燕子是来侦察环境的。第二天上午又飞来了，不是两只而是七八只之多，叽叽喳喳地叫着，它们轮流从窗外飞进来，直奔七楼天棚右角，在墙壁上啄来啄去。起初我没看明白，它们啄什么呢？仰头细看，发现棚壁下面糊上了泥，这才明白：燕子在垒窝哩。这可是一项古老的工程，我思想上立刻重视起来。为了进一步观察，我蹲在那儿多抽了一支烟。星星点点的泥巴渐渐扩大了面积，那泥中还带着草棍起黏合作用，没有水和泥就用唾液代替，泥、草、唾液三者黏在一起，才能牢牢凝固在墙体上。小小的燕儿们怎么会想到这一点呢？是谁教它们的呢？惊讶之余又多了几分佩服，继之感叹：燕子小小的尖嘴一次只能衔一口泥、几根草，筑成一个完整的窝该需要多少呢？对于这些一二两重的幼小生命，垒窝可是一项很繁重的集体工程，窗里窗外飞来飞去不知要往返几百回，何其辛苦！还有，小燕的尖嘴虽是筑巢的工具，毕竟不如人的双手灵活，啄在墙上的泥、草坠落在地上的也不少，这真是一项事倍功半的工程。让我看着都有点心疼，可是那些天燕子们义无反顾地往返楼里楼外一点一滴地垒窝，就在我眼前呈现"精卫填海"的版本。

妻子下班后，我将这件事很动感情地说给了她。她好奇地瞅瞅我，目光里的意思是：真没想到你一个大老爷们还有这副细腻的心肠。然后不温不火地说了一句：世上让人感动的事儿多着哩。

自从燕子垒窝后，我就多了一份劳动：打扫掉落在地上的泥蛋草屑。

记不清过了多少天，等我到另一个城市短游归来后，才发现燕子垒窝已大功告成。天棚下的巢呈环状，虽粗糙却有模有样，似运动场的模型。

我的好奇心随着燕窝的垒成也告一段落，便不在意燕子了，忙着自己的事儿。

谷雨那天刚要出门，不经意地往上一瞅，发现天棚下的燕窝派上用场了，窝里趴着一只燕子，露出黑黑的小脑瓜，听见有动静，一双眼睛眨来眨去警惕地看着我。我无声笑了，心里对它说：我怎么会伤害你呢？到这时我才释清一个疑团：燕子为何将窝筑得那样高？它们是怕人哪。紧挨天棚的泥窝离地面足足有 4 米多高，没有梯子是够不着的。太聪明了，这些幼小的精灵懂得怎样保护自己。在路上我还在想，禽鸟趴窝是要孵育下一代了。据老百姓讲，燕子筑巢孵蛋是要选择好人家的，有恶名声的住户它们是不去的。看来燕子是把我们归到贤良人家之列了，这样一想不免有些欣喜，当然更有自勉。

春去秋来，人与燕和平相处。连续三个年头燕子在我家七楼天棚下趴窝，一共孵出 13 只幼燕，这是三对燕子夫妇爱情的结晶。看见那些幼燕一天天长大，终于战兢兢从窝里飞出来，扑棱棱又飞出窗外，箭矢般飞向广阔的蓝天……那种喜悦的心情油然而生，我似乎也添了一份母性意识，那些可爱的生灵平安降世也离不开我的呵护啊！当母燕第一次孵蛋时，我就将八开的打印纸贴在六楼半窗户上，上面写着"母燕趴窝，请勿惊扰"，还真有效果，上下楼的居民及来客都瞧见了，脚步便放轻了。收拾楼道的清扫工也注意了那纸上的提示，干活时不再乒乓作响。在百姓心目中，燕子同鹤、鸽子、喜鹊一样是吉祥的动物，从不招惹伤害它们。

世间的事情总是相生相克的，有喜亦有悲，十全十美的人与事并不存在。仿佛为印证福祸相依的道理，不幸的事还是发生了，当然同燕子有关。

去年，第四对燕子夫妇光临，照例是母燕趴窝，公燕在天棚下的铁管上守望，分工明确。当母燕飞出觅食，公燕就守在窝旁，偶有别的燕子闯入，便遭到公燕驱逐，双方啄来啄去，一次次飞过我的头顶，战斗异常激烈。看来"一山不能容二虎"的丛林规则对燕子也适用，孵蛋生育的领地是不允许它燕侵扰的。

初夏一天，我蹲在门外吸烟时忽然听见细微的叽叽叫声，抬头一看，燕窝外沿伸出一排小脑袋，好奇地向外张望。哦，生出乳燕了！它们不安分地叫着，一定是饿了。正想着，两只燕子唰一下飞进来，轮流喂食，我站起观望，没想到乳燕细细的脖子伸得那样长、小嘴张得那样大；喂食也就一秒多钟，嘴对嘴就完成了。公燕母燕旋即飞出去继续在树林、草坪找小虫、蜻蜓、蚂蚱……周而复始。孩子多，争嘴，父母当然辛苦。我动了恻隐之心，回屋取来小米和水用盘子放在窗台上，要帮它们一把。妻子发现后，一笑：它们不吃小米，喂红烧肉也没用。说得我很尴尬，看来这个忙是帮不上了。妻望了一会儿，问窝里几只燕子？那窝太高，楼内光线不亮，乳燕们又挤在一起，真的瞅不清也数不准。我来了认真劲儿，没有望远镜那就回书房取来有长焦距镜头的相机，对准燕窝一照，乐了：不多不少，

6只。妻没乐，皱着眉头说：养不活那么多！——没想到一语成谶。

那些日子，6只乳燕叽叽的叫声在楼内终日叫个不停。饥饿，它们为饥饿而叫。这个门栋里的10多户居民，无论大人小孩谁都不会注意这件事，只有我留心了，却爱莫能助，帮不了那6只嗷嗷待哺的小家伙。每日看着它们的爹妈飞出飞进拼命地觅食喂食，来维持后代的生存，十分同情。爹妈奔波得太疲累了，有好几次我瞧见母燕撞在窗棂上，那是体力透支的结果。

看到这情景，让我这个文人又添了一份多愁善感。真是的，生得太多了，咋不计划生育呢？可是想到自然界一个物种要维持生存与发展，必须不断地繁衍、不断地补充能量、不断地适应环境的变化，这个生命的进程如此漫长又如此艰辛，若其中一个环节出了意外，肯定面临被淘汰的危险。大自然的法则就是这样严酷。6700万年前的地球上的"巨无霸"——恐龙的消亡，就是一个显著的例证。

又过了一个月。晨起刚要推开门，就听到走廊一片不寻常的喳喳叫声，开门一瞧，乳燕们都从窝里探出大半个身子，跃跃欲试，那架势是想要离窝，而它们的父母不停地在空中一圈圈盘旋，似乎在引导——看了一会儿，我明白了小燕羽翼渐丰该练习飞翔了。试飞，是鸟类存活于这个世界重要的一步，飞不起来就意味着淘汰。过了五六分钟，终于有三只乳燕勇敢地飞出窝了，除了一只落在窗台上，那两只跟着大燕在楼道上空盘旋，一起欢快地叫着……片刻后，它们飞出窗外。试飞成功了！让我看着特高兴。而那只落在窗台的小燕急了，拼命地扑闪着翅膀，却怎么也飞不起来；更急的是留在窝内的三只燕子，押着细脖大叫。目睹刚才这一幕，我才知道孵出来的乳燕有强有弱，只有健壮的才能飞出窝飞向天空。正想着，窗台上的乳燕欲飞又坠，掉在了地上，我赶紧下了楼梯把它捧起，这还是第一次接触燕子，掌心里一团热乎乎的小生命，它飞不起来了，无助地叽叽叫着，令我顿生怜悯之心。怎么办？趴在水泥地上它要受凉的，再说晚间人们上下楼容易踩着它。想了想，回屋找来一个空纸盒将它放进去，心想大燕子会来管的。果然，下午从外面回来，见盒子里有半只蜻蜓，显然是它吃剩的，窝里那三只乳燕也不叫了，大概也喂饱了。让它们都增强体力再试飞吧，我想。

谁知两天后出事了。地上趴着三只小燕，其中有一只死了，我判断是摔死的，从窝到地面4米多高哩，人掉下来都得骨折。唉，它们试飞失败了。没办法，我只好将那两只存活的放在纸盒里，原来在里面的那只却不见了。这是咋回事儿？地面没有，我下到六楼去找，找到了，已奄奄一息。我估计是它一次次飞不起来，便往下滚落到楼下。我将它重新搁回盒子里，三只可怜的小生命同病相怜，命运真是多舛哪！

我不知道它们是否还能站起、是否还能存活，只知道以后那几天它们的爹妈仍旧来喂食，盒子里有吃不完的虫子、蜻蜓。但那几个孱弱的后代耷拉着小脑瓜不思饮食，一天天衰弱下去。终于有一天，它们都死了。我一共埋葬了4只出世不久的乳燕，我不愿将它们同垃圾袋混在一起，因为它们有过生命有过呼吸。我将这4只夭折的小燕放在院外樱桃树下挖好的坑内，填好土，然后在胸前画了个十字。

这件事彻底结束了。可这件事弄得我心情很压抑，好多天都缓不过来。那一年，从燕子垒窝、孵蛋、试飞……我目睹了全过程，也付出了担忧、焦虑和关爱。这是我第一次同小动物打交道，也是第一篇用工笔细细地记叙小动物的散文。6只可爱的乳燕，两只会飞了，4只夭折了，它们相继在我眼前演绎了生命的强壮与生命的脆弱。对此，我该说什么呢？忽然想到佛家所云，对宠物和小动物不杀不养，颇有道理。该存活的与该淘汰的都是由大自然的法则说了算。

同人世间的苦难——譬如印度洋海啸、汶川大地震、海地大地震、智利大地震殉难的数十万人相比，那4只乳燕的夭折也许根本不算什么；但对我来说悲情是一样的，因为都是地球上的生命。

燕子之殇，一支生命的挽歌。

2010年3月16日 于苦荼斋

秀发飘逸的美人松

华夏多山，山必有松。游览胜地黄山、泰山、华山、武夷山、雁荡山……那千姿百态的青松，或虬卷，或高直，或挺秀，或粗犷，为崇山峻岭平添一派雄气。在世人眼里，松是高洁而坚韧的象征。

物以稀为贵。蜚声中外的黄山迎客松只几株，而北疆长白山脚下却珍藏一片国内仅有的美人松纯林，蓊蓊郁郁，方圆20里，虽因地处偏远游人很少知晓，但在国际生物圈的名气却很大。

初夏，我同几位作家、诗人到二道白河镇访问。二道白河镇是通往长白山天池必经之地，有"中国林业的窗口"之称。晚间打开电视，听到一支旋律优美的《美人松之歌》，是作曲家吕远谱曲，由彭丽媛专为林业工人演唱的。听罢，我稀里糊涂问了一句："美人松在什么地方？"惹得主人笑了："美人松是咱们白河的特产啊！"我忽然想起，在车站是见到几株高挺俊秀的松树，但不知其名。以后几日，便格外留心了。采访之余，常一头钻进美人松林流连忘返，见它们主干通直，树形优美，枝冠如伞张开，十分惹人喜爱。有的高达30米，如钟如塔，气魄雄伟；有的亭亭玉立，秀发飘逸，颇具美人风姿。后与林学家交谈方知，那美人松学名为长白松，在松类中是出类拔萃的，因树种珍稀已列入世界生物圈重点保护。白河林业局附近有一片纯林,形成独特的森林公园,国际友人观赏后每每惊羡不已,乐津津地摄下许多美人松的彩照。

夏日黄昏,主人陪我们在美人松林散步。我忽然想到,北方城市街道大多是老化的杨柳树,每到入夏杨花柳絮纷扬如雪飘落,不仅恼人,而且影响市容,又给清洁工人增添了劳作;若将美人松移栽入城,它终年碧绿,姿态高雅,岂不为城市现代化风貌增添了魅力?张国彪主任听了我的想法倒很赞同,说美人松的观赏价值和实用价值很大,它喜光、耐旱、抗瘠薄、生长迅速且寿命长,绿化庭院和美化街道是很理想的。不一会儿,他口气又转了:"美人松故乡在长白山,主要生长在由火山灰发育形成的轻沙质土壤或山地暗棕色森林土中,若改变环境移到城市,土质差且有工业酸雨、烟尘的污染,恐怕……"我急着插嘴说:"这么说,我们城市就养不活一棵美人松了?"老张笑了,很理解我的心情:"目前北京、辽宁、吉林、黑龙江等地已开始引进栽种美人松,前景可观。"

我问:"这么说,真正美的东西是应该传播的,在大自然界,科学实验会带来各种奇迹。对不?"老张点点头,又忽然止步冲我叹一口气:去年兴安岭大火无情烧掉了一批美人松树种。我们的目光又黯然了,一时无语。

告别二道白河镇前夜,窗外风声伴沥沥雨声……想起那片美人松林,竟引出眷恋之情。索性爬起,打着伞步入丝丝雨帘中。冥茫夜色,风飒飒,雨潺潺,美人松此刻会是怎样一番模样?沿庭院甬道缓缓走着,忽想起著名民间音乐家阿炳那支名曲《听松》,心弦蓦然被拨动起来。听松,这名字多有意境,多引人遐思,高洁的青松原本是有音韵、有语言、有精魂的。我的心飞到不远处那片美人松林中，它们高挺的躯干该被淋得精湿，它们云伞形的华冠和鱼鳞状的树片该沾满晶莹如玉的雨珠，哦，潇潇雨中的美人松该是怎样的秀美绝伦啊！

听松，听松，今宵长白我在醉听雨中美人松对人类的歌唱……

1987 年 6 月　于二道白河

二泉在阿炳琴弦间流淌

　　腊月访无锡，我们既为鹿顶山周围一幅优美的天然水墨画所迷醉，也被锡惠公园园林典雅工巧的韵味所倾倒。这里，草木花树葱茏争艳，奇山怪石竞相生辉。缓步间，忽闻一支叮叮咚咚的乐声悄然入耳。寻声而觅，终发现前面假石夹峙中潺潺流出一道细细的溪流，萦回九曲。陪伴小倪说这就是有名的"八音洞"，让我仔细辨听。果然，石阶落差有高有低，促成溪水时缓时急，跌宕成不同声响，岂止八音！当我得知八音洞源头在二泉时，蓦然想起无锡艺人阿炳那首著名的二胡曲《二泉映月》，便急步追源而上。

　　在一株400年古银杏树前，见到亭内有一长石，表面平坦可偃卧休憩，刻有"听松"篆字。忽想起唐朝诗人皮日休曾题诗此处："千叶荷花旧有香，半山金刹照方塘。殿前日暮高风在，松子声声打石床。"当年石床周围松柏森森，是观赏山景静听松声的好地方，阿炳那首《听松》二胡曲不正是在此获得灵感而奏出的吗？寻访阿炳踪迹的心情愈加急迫，索性一路小跑，终于见到闻名遐迩的"天下第二泉"。泉水清冽深澈，我俯下身久久凝视，心潮翻涌难以平静，想象着当年衣衫褴褛、双目失明的阿炳，月下坐在这里运弓揉弦，奏出那首优美而悲怆的《二泉映月》，琴声伴着松涛，在两根弦间如山泉淙淙流泻……诉说着对祖国山河的眷恋和对噬人世道的憎恨。在惠山松林深处，我们拜谒了"民间音乐家华彦钧(阿炳)之墓"，无锡市政府于1983年10月将该墓迁建于此，碑字是音乐家杨荫浏手书的。就是他于1952年专程从京华来无锡，从病得奄奄一息的阿炳身旁抢救了那首名曲，使其免于失传。

据报载，《二泉映月》作为中国十大名曲之一传遍欧美各国，这是值得骄傲的事情。更有趣的是，无锡市电台每天播音结束的乐曲竟是《二泉映月》。或许是听了家乡艺人的琴音，无锡市民们方能安然入睡吧。

谈及这支传播到海外的中华名曲，不能不想到小泽征尔——日本人，美国波士顿交响乐团首席指挥，是国际乐坛久享盛名、极有魅力的指挥家。

粉碎"四人帮"刚两个月时，小泽征尔陪伴年迈的母亲访问中国，并热诚地为刚刚复兴的中国音乐事业做了一些有益的工作。在北京，他第一次听到中央乐团演奏的《二泉映月》，竟止不住流下了泪水……小泽征尔哭了，是什么征服了这位著名指挥家富于激动的心灵呢？也许凭着对音乐的深刻理解，他从抖颤的琴弦上听到了无锡惠山淙淙流淌的泉声，听到了瞎子阿炳和乡民如歌如诉的忧愤心声，或许因为他出生在中国，童年生活在沈阳和北京，对中国有真实了解和笃深的感情。但更重要的，难道不是这首深沉、优美的二胡曲中回荡的民族感情和爱国主义旋律，才深深叩动他的心弦吗？后来，小泽征尔索取了这份乐谱，把它带到太平洋彼岸，亲自指挥波士顿乐团演奏《二泉映月》，受到欧美广大听众的赞赏。据纽约很多报纸评介说："这样高尚美好的音乐，是属于全人类的。"

因此，给我们深刻的启示是，只有民族的东西才能走向世界。

1986 年 1 月 无锡——长春

友情是一盏灯

　　特别珍惜这次南下的机会，执意独行闯荡，不惧梅雨热风，不惧舟车劳顿之苦；由京华直奔巴山蜀水，再沿长江东去入海处……万里之遥虽只身孤寂，心情却怡然平和。从烦嚣尘世走进大自然，快乐得像个孩子。

　　旅途中常想：为何都市的人们总是渴望与大自然亲近而获得一种精神补偿？固然，与山水风景的亲和是人类的一种本性，但也同都市人际关系中的疏离感有关联。在楼厦林立的挤压式的生存空间中，在"没有金钱是万万不能的"危机感中，人与人的种种纠缠竟成为一种沉重的负荷。友情，毫无功利的友情，反倒日渐淡漠了。商品大潮的冲击莫非真的会造成"六亲不认"？我隐隐有一种悲哀。

　　但忧戚之余依然坚信，现代文明的发展无论带来怎样严酷的竞争，友情却是不能泯灭的。人类永远呼唤友情，就像大地永远呼唤春风。

　　不由得想起此行中结识的第一次谋面的友人们，他们是怎样以素朴而诚挚的友情温热着我一颗孤单的心灵。

　　船泊长江岸边的万县，已是深夜了，斜雨飘零。有一位叫侯德川的年轻作者应约来接我，我们从未见过面。他在船舷旁双手高举写着我名字的木牌，木牌下面是一双亮亮的焦灼期待的眼睛。见面后当我知道因船误点他已在码头伫立了三个半小时，同样熬着时光的还有他身旁的妻子。我心头陡地涌起一道热浪，感动得说不出话来。我只是一个普通的过客并非达官要人，何劳这对夫妻将小女儿锁在家里、在雨夜码头痴等三个半小时？那一刻我心中的不安真是无法表述。

他们执意邀我到家中小坐，那可是"添酒回灯重开宴"，我还是第一次吃到这么香甜可口的糯米粥，我知道这是特意为我熬做的。那晚一位北方中年人同一对四川青年夫妻谈锋甚健，仿佛早就相识。友情拥有一种迅速消除陌生感的魔力！半年前从未见面的小侯突然寄来一摞厚厚的诗集《长跪乡土》，邀我写序，我居然毫不迟疑地尽心尽力完成。彼此信任，无须客套。事情就是这样简单。

丝丝雨帘中小侯送我回船，望着码头石阶上他挥手的身影，忽然怅惘想到若干年后三峡工程会有水淹万县那一天，小侯夫妻将迁移何处，我又何时能再品尝他们做的甜软的糯米粥？

航行中由小侯馈赠的那一网兜杏黄的枇杷果，又忆起旅居重庆时那一顿难忘的火锅，李元胜清清瘦瘦的形象似在眼前晃动。这位潇洒精干的重庆日报社记者，为了帮助我搞到一张船票，停止了手中的电脑写作，打出租车满城奔波，忙得汗流满面。我很过意不去地连声道谢，他笑了："现在很多城市时兴起问路要付钱，中国人这是怎么啦？真缺那两个钱花？你是普通人，不是官，出门困难不少，兄弟帮点忙还不应该吗？"一身豪气的他，不仅为我花了几十元出租车费，还盛情在朝天门码头请我品味一顿很讲究的火锅。

后来我竟忘了那火锅里下了多少鲜美的佳肴，可我记住了比火锅还热还辣的一位重庆青年的友情。黄金有价，而人间真情是无价的。

漫长旅途中不知多少回受惠于友人的相助，可我却没有机会为他们做点什么。在上海车站"被宰"竟困于一家破旧的旅店中，忽想起一位未见过面的朋友洪国斌便试探联系，应该说他是我的一位远方作者，我曾编发过他的一组诗。电话那端立刻传来他安慰的声音，立马赶到，救我于困境，给我重新安排了住处，侠义之风顿扫那种上海人"只顾自己屋檐下"的偏见。好个国斌，毅然丢下承包的某公司生意，置经济损失于不顾，陪我走一遭著名的乍浦路，陪我到杨浦大桥工地采访……那几天他流的汗比我多。

忽然想起巴金的一句话："友情在我过去的生活里就像一盏明灯，照彻了我的灵魂，使我的生存有了一点点光彩。"那该是一句多坦诚多生动的表白。

1993 年 7 月 7 日

告别雪国的女子

A

友人说：爱是神秘的，我们理当拥有这部传奇。

可我刚刚闯入这部传奇，你要南归的消息就在日历中爆炸了。这个隆冬，让我多了一束寒风……

原来，这部传奇也有结冰的时候。我不知该不该用一柄錾子敲开它的下一页。

……那如蝶纷舞的六角形雪花，原本是愉快的精灵，在茫茫雪原上追逐着我和你。

因你羞红的一吻，素洁的风景画上添了一瓣红梅。

感谢你娇小而勇敢的唇烙在我的额头。一瞬间我变成北方高原上一株橡树，被你轻而易举地伐倒了——

只有倒下时，我才领受了爱情风暴的力量怎样征服了男子汉的坚挺。

冬天的恋情，原本是这般纯真而浓烈啊！我才知道北方冰河下的激流为什么不会冻僵。

依然是白亮亮的阳光白茫茫的雪。可这个冬天，是你与我握别的分界线——

B

友人又说：何必弃你而行？人海里相识并不一定相知；何必循你而去？人海里相知并不一定相许。

友人的话有辩证法，又有禅机。

我与你在冬天里相知，却又要相离。那潇洒而来的雪花，对我不再是可爱的天使，而是漫空撒落的凝着咸咸思念的细盐……

一缕多余的寒风，居然令我倏然脆弱，眼里飘闪雨云。可是，北方男子汉是闻着大森林的呼吸长大的，是攀着岩鹰的翅膀长大的，是梦中相伴着早春冰河粗暴的开裂声长大的，是把流汗的脊背交给拔节的青纱帐长大的——

可我竟有咸咸的泪珠挂在眼角，我这个失败的北方男子汉啊！

倘若是爱情让我有一段脆弱的岁月，今生我情愿有这一次。

哦，我的同我一样误入这部传奇的恋人，命运是初一的彩云追赶十五的圆月，我们不必占卜我们只能祈祝，我们没有长聚，我们只有遥望——

苦苦的，是爱而不恋；

甜甜的，是爱而不渝。

C

友人最后说：有你在遥遥注视，有你在遥遥祝福，我才感觉出做人的一点滋味。他真是一位天才的牧师。

终于，我听见你悄悄的一声叹息，宛如雪花落地一样轻。那是同 19 个冬天的一声诀别。19 年前的大风歌迎迓你北上。小小的脚陷在深深的雪窝里，少女的心是不快活的。知青岁月，在你瞳仁里缩成一幕忽明忽暗的人生戏剧。

可你毕竟长成了北方原野上一株亭亭白桦，南方女孩柔弱的身躯注入了坚韧。不再怨艾生活，不再躲避岁月的风霜雨雪，倘无生活苦苦甜甜的磨砺，怎会有你成熟的美？

好吧，这个风雪黄昏你终于踏归 19 年前的路。走出我长长的、湿漉漉的、永不夭折的视线——

于是，在那条著名的山阴路，我远远看见你窈窕的身影融入早春梧桐的光斑中。

哦，什么都可以老去，唯有向往之树常青！

1987 年隆冬

寄语竹君

这个夏天真值得纪念。

这个夏天，我们分明感受到渤海湾上空骄阳的烤炙，感受到猎猎海风的强劲，同时还感受了比阳光更温热、比海风更透明的情思。

因这情思不邀而至，旅程的最后两日倏然变得短促而让人留恋，让人不忍投足踏上归途。毕竟有分别，挥手之间彼此郑重的一瞥突然蕴含了不寻常的人生况味。

原本单纯而明快的这次渤海之行，却有了一个彩云追月的结尾。简单的生活流程一下子被打乱了，这给我们带来了小小的惊讶。朋友，在这个七分炎热、三分奇诡的夏天，什么事情都会发生，一部生活的大书常有突来之笔。我们无须惊慌，也不必苦苦理出什么头绪，只要将心如鹿撞的话语用牙齿轻轻咬住就行了。我们都知道，东方的文化美在含蓄。

这个流汗的季节，我们风尘仆仆从辽东半岛跨海直奔山东半岛，九个日日夜夜跋涉在大连、蓬莱、烟台、威海的土地上。喧哗而繁忙的现代化新港，日新月异的经济开发特区，欣欣向荣的渔岛……一幅幅充满改革新气象的彩色版画，递次展现在我们的视野中。每个采访者的心头都漾着从未有过的新奇与喜悦。说起来我们这支小小的队伍很有意思，有厅级待遇的老诗人，有中年的文学编辑与电影剧作家，有第一次坐上海轮的北疆业余作者，还有稚气未脱的小学生……当然还有你。

我只是在旅程的最后两日，在经历了一连串的紧张而疲惫的舟车行旅之余，不经意地瞥上你一眼的。这一瞥，心头竟有了一次震撼。因为这是一次艰苦的行旅，没有当地主人的迎迓与车接车送，投宿、问路、找车、买票……途中种种细节劳作全凭自己解决。但我一向乐意这样做，并具有独闯社会的能力。而你却是第一次踏上这样陌生的行程，同男人一样在烈日下汗流满面，裤管中挟着一路风沙，毫不羞涩；鼓胀的旅行袋沉重地压在你的背上，两条带子紧勒肩胛，三步并成两步地在公路上追随我们……就在回头一瞥间，你娇小的身躯在我眼中摇曳成一棵树。朋友，男人与女人之间的友情往往是从赞佩伊始而延伸为倾慕的，无须解释。当时，有海风吹来，将你一头黑发荡成美妙的一缕……我心里感动极了。朋友，那一瞬间我记住了你。真的。

而用心记住的，再也不会忘。

那个港口之夜，经历了暑热、拥挤与长长队伍蛇一样缓慢地蠕动，我们终于奇迹般穿过万斛浪花似的密集人群登上了甲板。瞧你用手拭汗、惊魂未定的样子，我无声地笑了，为旅途中太多的磨难不公平地压在你娇弱的肩上。当一切都安静下来，我们才发现枯坐一夜在船舱是很难熬的，于是便有了那整夜的摇颤每根神经的谈话。

你娓娓而谈。谈蹲在县城街角卖野菜的童年，谈深秋打谷场上的知青岁月，谈第一次迈进大学门楣的新奇目光，谈新闻采访道路上最初的屐痕……一位女人37载色彩斑斓的生活，如一条丰满的小河哗哗流淌进我的心灵。你视我为一位合格的倾听者，我居然正襟危坐，整整听了半夜，毫无倦意。我为我如此卖力而深受感动。这并非因为面对一位美丽的女性，实在是由于咫尺间迎迓你真诚而清纯的目光，我的灵魂是快活的。

是的，我平生还从未听过春蚕吐丝般宁穆而圣洁的谈话。听人讲真话真是一种享受。是你，给了我这种愉悦。好多天后我都在思索：你从县城到大都市，从一位乡野老石匠的女儿到一位惹人注目的新闻记者，你所走过的小小的足印，缀串起来是一道素朴闪光的人生诗歌。当分手后的某天夏夜，推开窗子遥望星汉灿烂，静静梳理这个夏天的海上之旅，我尴尬地发现忘却你的名字是一件挺困难的事情。你的面影如一轮皎月不可阻挡地升起在我视野的上空……

　　你望一颗星，有两个动机，因为它是发光的，又因为它是望不透的。你在你的身边有一种更柔美的光辉和一种更大的神秘：女人。

朋友，这就是我的一段自白。无法对这个炎热而奇诡的夏日做出什么解释，但海风的确过滤了我们的情思，这就足够了。今夜，当那片蔚蓝的海水又摇荡在我的枕边，我忍不住唤出了你的名字：竹君。这使我想起了洞庭湖君山，想起了一竿挺秀的生命。

1992 年 8 月 13 日

海边朦胧诗

那一年夏天，曾发生一个说不太清楚的故事，我有点难以启齿，因为这瞬间美妙的激动只适于在烛光下对友人悄声讲述，可我没讲。

就这样过了若干年，当我重新审视那个故事的全过程，觉得时光冲淡了它的神秘性，因而心中便释然了。

那年盛夏在渤海湾开了一次笔会，各路作家与编辑们都兴冲冲而来，还有一群业余作者，50多人聚在这座美丽的海滨小城蓬莱。除了煞有介事地讨论一番文学与人生，大块时间都泡在海里了。招待所距海边百多米，每天都拥抱湿漉漉的海风，大家心情舒坦，一个个像快活的鸥鸟。

那些天我除了给作者改稿便去游泳。自由泳与蛙泳是我的强项，能在许多人目光的注视下展示梭鱼般穿浪的技能，给了我小小的满足。每当抖落一身水花上岸后，都发现一位叫梅的女作者在阳伞下对我友好地微笑，我也友好地挥手致意。我曾问她为何不下海游泳呢？梅说她不会。我说：你是怕烈日晒黑了脸，怕风浪割粗了皮肤，那你就当不成海的女儿了。梅一怔，露出晶亮的牙窗笑起来。梅曾写过一篇散文诗《海的女儿》，我有印象，便借故提醒她。

梅，高挑的身材，秀发垂肩，白皙的面孔透着一种忧郁的美。以前因江城友人举荐认识了她，并多次修改过她的散文，也就得到她的信任。梅来自工厂，后来上大学进修，我很不满意她来稿的字迹，并一直弄不懂许多漂亮的女孩字写得都不漂亮。

这次又见到梅。她总是举一柄小巧的阳伞坐在岸边看海，一副若有所思的模样，我知道美丽的女孩都喜欢独思，其实她们思考不出太重要的事情。梅很愿听我侃谈，但我的活动太多顾不上她，她有点怏怏不乐。那天下午从刘公岛游览归来见到梅，顺嘴说一句：晚上逛渔市，你同我们一块去。梅很高兴地答应了，可我却忘了这件事，从渔市回来才发现梅孤独地立在门口灯光下，她说她一直守在招待所等待我去喊她。梅的声音有一丝愠怒，又有一丝伤感。那一刻我真的不安了，梅是一个笃守信用的女子，而我的健忘竟刺伤了她的心。愈解释愈显得苍白，我很尴尬。

梅在灯影下瞥我一眼，黑发一甩，转身向门外走去。我居然不假思索地随她身影而去，俩人默默无语走过一条甬道，穿过一片梧桐林，经月亮门来到海边。后来我反复回忆这一细节：梅何以自信能无声地将我带走，而我怎么就鬼使神差般地随她而去？真是不可思议。我只好归结为海滨夏夜的某种神秘现象。

那夜无月无星，苍穹下幽暗的大海愈发显得深不可测，只有点点渔火在辽远的天际眨闪着暗红的光亮……梅同我并坐沙滩，聆听海浪的声音，几乎沉醉于海的呼吸，因而无语。只是我们的手不知怎么就握到了一起，但我没感到惊讶，因为在海风的过滤中心灵如此安详。奇了，当时我觉得仿佛置身在一篇童话中，只是在这篇童话的结尾——返回时梅在月亮门前突然不走了，我也站定，夜幕下梅的目光似乎告诉我应该做点什么。

于是，我轻轻揽过梅，吻了一下她光洁的额头，时间不很长。梅无声地笑了，而我则做了一次深呼吸，心想以后再总结这件事。接着我们就回去了。

　　这就是那个海边的故事，没有什么波澜；偶尔忆起，觉得像一首朦胧诗。

1994 年 12 月 24 日　追记

挺直记者的脊梁

想到不曾谋面的同行汤计，我就想到这个题目。

全国从业的新闻记者有多少能挺直脊梁、恪守良知，又有多少不能挺直脊梁呢？这实在是我难以回答的问题。我只知道，一支队伍有开路先锋，也有软骨头。

我之所以在马年与羊年之交向不曾谋面的汤计投去一束敬意的目光，是因为他是一位充满正义感、脊梁正直的记者——这个理由足够了。汤计是内蒙古新华分社的记者，勤勤恳恳工作，毫不张扬也就默默无闻。直到2014年岁末，年近六旬的汤计"一夜成名"，成了新闻人物；其所以声名远播，概因他九年磨一剑，锲而不舍地为一起冤案揭真相，为一对访民夫妇讨公道，五次上书"内参"鼓与呼，他的努力感天动地，终于撬开这起积案的顽石，法院重新审判，真凶毕现，为冤死者正名。这起轰动全国的、沉冤十八载的流氓杀人案水落石出，记者汤计功不可没。

9年多，汤计不停奔波于公检法各部门，走访当年刑侦人员、律师、知情者、死者家属……写内参，逐级反映案情，一次次大声疾呼，其辛劳及遇到的各种阻力可想而知。但汤计都挺过来了，"不信东风唤不回"，神圣的信念支撑他奋然前行。这样的记者能不让人由衷钦佩吗？

　　这里，有必要还原这起案子当时发生的情景，事实与证据至关重要。

　　1996 年 4 月 9 日夜晚，19 岁的蒙古族青工呼格吉勒图，在呼和浩特毛纺厂值夜班，忽听到附近女厕有拼命呼叫声……他赶紧到警亭报案。数名警察赴现场后，凶手已遁，一女子被强奸后扼颈杀害。继之是一系列的调查、侦讯，奇怪的是报案者居然成了犯罪嫌疑人，新城公安分局局长冯志明拍板认定呼格吉勒图是元凶。无辜的呼格当然不认这莫须有的罪名，但他的申辩与抗争在逼供的淫威面前是孱弱无力的，一场噩梦不期而至——当年 6 月 10 日被判死刑。从事发到枪声落幕，仅用 61 天，一个年轻的生命就消亡了！这就是后来震惊全国的被人诟病的"4·9 呼格案"。

　　含辛茹苦将儿子养到 19 岁，他却倒在刑场，消逝了。李三仁夫妇哭得昏天黑地，无法想象他们是如何承受这丧子之痛！作为无权无势的贫民，他们口袋里连请一位律师的钱都没有，只能走上漫长的上访之路。

　　似乎是天意，汤计露面了。2005 年，他从一个想相助却又无奈的律师口中得知这一积案，了解真相后拍案怒起，11 月 23 日挥笔写了第一篇内参，从此开始长达 9 年的匡扶正义之举，为"一个永远无法追回的年轻生命"，9 年鼓与呼，历经的艰辛及阻力不必赘述。这时，一个令汤计意外的转机出现了：真凶赵志红如实交代了当年那起女厕命案是他所为。此语一出，可谓石破天惊，令警方大惊！汤计抓住这一契机，连发 5 篇内参，穷追命案真相，终于惊动高层做出相关批示，也引起各媒体关注。尽管颠覆一件铁定的积案阻力重重，但依法治国的大幕已经拉开，经缜密的复查，被扭曲的命案重见天日。2014 年 12 月 15 日，内蒙古高院宣判呼格吉勒图无罪。这虽是迟来的结论，但对全国司法界却是一个昭示公正的重要标志。继之而来的是另一个插曲：当年的办案人、后升迁为呼市公安局副局长的冯志明，因草菅人命而被审判。

新华社为汤计记一等功并隆重召开表彰大会；李三仁夫妇给汤计送上锦旗，醒目的大字是"百姓的记者，无冤的青天"；许多媒体相继采访他，宣传其"九年磨一剑"的事迹……荣誉接踵而来，但对这位老记者来说都是云过远山。他最大的欣慰是沉冤十八载的呼格案终于昭雪了！

我没有机会目睹汤计与呼格父母相拥而泣的那一幕，但我注意到他在新浪博客中发的一帧照片：盘坐于山巅，双手合十，背景是群峰，题词是"我在寂静的峻岭中天人合一"。思忖其寓意是遵奉天理。我猜汤计是蒙古族，这是一个崇敬"长生天"的民族。作为一名有良知的记者，他在这场为呼格申冤的正邪较量中，坚信"正义撼天地，公平得人心"，将新闻人的职业操守表现俱足。

在记者的队伍中，像汤计这样的并非凤毛麟角，为民请命的大有人在；却也毋庸讳言，远避风口浪尖、精神患软骨症的明哲保身者也在其列。三百六十行职业，为何要有记者？作为社会的瞭望者、记录者，记者的一项神圣使命是义不容辞地为公理发声、开道。挺直你的脊梁！——这是公民对新闻记者的真切祝愿。

写于 2015 年 2 月 22 日

好好梳理你的头发

头发对于女人的重要性，有如园林的剪枝，盆景的工艺，是马虎不得的。长长的发丝，本是生命恩宠给女人的一件天然礼品，是美的延长，男人是得不到的。可惜的是有些女人，对头发这道风景的疏于爱护或粗俗改造竟到了令人不忍目睹的程度。

譬如，好端端一头秀发本是顺理成章，偏要"爆炸"起来，似万千细铁丝拧成环状，其形貌真如"河东狮子吼"，你还相信她是个女人吗？类似这般的发型还有许多，均以怪异引来别人惊异的目光，这是同自己过不去。太怪了，就不美了，道理就是这样。更可怜的是那些已婚的女性，总以忙为借口，从不精心梳理，将乱蓬蓬的头发随意一扎，就敢去上班或逛街，她们的胆子真够大的。这些女性自以为做了主妇，为我们民族大家庭生了孩子，心中胀满了成功的喜悦，兴趣便转移到家务上，懒于梳妆，不善修饰，忘却了一个女人的青春再创造。如此"一头乱柳"在职业女性中并不鲜见，哪个单位都有。

其他的情形也屡屡可见，如将一头青丝染成亚麻色，冒充洋姑娘招摇过市，其实她一句英语也不会。又如有的女孩干脆将头发故意剪短，只差剃发为尼了，"假小子"模样是另一种极端，可能是对"头发长见识短"的反叛。再如为模仿影视明星，有的女性全然不顾自身的个矮脖短，也来一头长长的披肩发；有的忘了自己额窄脸尖，却刻意搞成一头"大波浪"；这些东施效颦式的尴尬，皆缘于对美学的无知。

本来，长发如何打理纯属女人内部业务，守旧也罢，"新潮"也好，我等不宜评说，更不宜干涉。说得尖锐了，会惹得红颜一怒，掷给你一句"狗咬耗子——多管闲事"，这又何苦哩。

且慢，这长发虽一端长在女人头上，但另一端却飘在男人的视野中，就有了社会效应，哪能漠然视之并且无动于衷呢？男人都有母亲、姐妹、恋人、妻子，在单位还有工作为伴的女同胞，因而对异性发式这仪容的一部分焉有浑然不知之理？所以，议论几句，帮助女性提高认识，也无可厚非。唐代诗人元稹有诗云："闲读道书慵未起，水晶帘下看梳头。"他读的是正统的道书，却有情致欣赏女人在帘下梳头；而《诗经》里那首四言诗《伯兮》中写道："自伯之东，首如飞蓬；岂无膏沐，谁适为容？"说的是一位因丈夫出门东行而无心打扮的女子，头发乱如稻草般，既有同情，也有批评。

由此可见，男人对女性头发这道风景的关注，古已有之，爱美之心常表现在"心细如发"。那不经意的一瞥，实则是暗记心中。哪个男人愿意自己的女友或妻子"首如飞蓬"呢？而那些兰心蕙性的女子，更懂得将一头青丝洗得清爽、梳得有序而取悦于钟爱者，至于割一缕发丝作为爱情信物相赠对方，古今中外都不乏其例，那真是将头发的文章推向极致。

而当代女性的误区之一，恰恰在皮肤、时装、首饰的"推陈出新"及"三围"的改造上付出那么多心计，花了那么多钱，也浪费了那么多精力，却偏偏在头发的料理上毫无智慧可言。或者搞成奇形怪状，破坏了天然美，或者懒于梳理，胡乱一束。

这两种情形的女性，每天都在男人们的眼前晃来晃去，可男人们又能说什么呢？他们貌似粗心，其实对美与不美十分敏感，且很着意，否则"女为悦己者容"无从谈起。

倒是那些商人们比女性更重视头发，纷纷办起大大小小的美发厅，主要是给年轻与中年女性美发的，在头发上大做文章，当然赚了一大把钞票。

但无论如何，秀发不是商品，虽然每天的电视广告中都有秀发甩来甩去。女人的秀发受之父母，又伴随青春渐生渐长，便同自身的仪表、气韵与修养联结在一起了，甚而成为女性精神世界的外化。从这个意义上讲，秀发是女人的一道重要风景，是女性美的延伸，并不过分。也正因为如此，男人们有责任对那些怪异发式或"首如飞蓬"的女人，说一声"不"，然后大步走开，绝不再看第二眼。

这并非男人的偏激。实在是因为女人们丝丝缕缕的头发，联结着男人们丝丝缕缕的心事，他们很难宽容对"这道风景"的恣意破坏。而且，男人们大都有过这样美好的回忆：你的恋人或者你的妻子，曾经在你身边梳理沐浴后湿漉漉的长发。而安详又认真梳理头发的女子总是动人的，她侧着脸是那样的小心体恤，那样的自爱自惜。你在不经意的一瞥中，突然发现了某种美，你真的有些感动，那一刻你都不必看她的脸。

是的，顺理成章的秀发是女性仪容中不可漠视的一部分。既然如此，那就好好梳理你的头发，然后再出门。这可不是小题大做。

1995 年 11 月 12 日

音乐，被赶进 KTV 包房

A

音乐的流域越来越狭窄了。

当人类丰富的音乐在许多城市、许多角落开始等同于唱歌，等同于唱流行歌曲——我突然萌生了某种疑惑，甚而忧戚不安：从什么时候起，唱歌就成了音乐的代名词呢？

倘若这种替代不可抗拒，中央音乐学院何不更名为唱歌学院？

如此更名似乎有些滑稽。但是，电台、电视台以"音乐节目"名义播放的却是清一色的"唱歌节目"。不信，你就竖起耳朵听——

于是我们不得不默认这样一个事实：改革开放的年代，人们的社会生活变得多姿多彩而富有活力，音乐却走向了单调。单调得从儿童、中学生到成年人都摇头晃脑地唱着同一面孔的歌曲。

音乐的流域的确越来越狭窄了。似乎没有多少人留心并思索这个问题，同人们时刻关注的工资、就业、住房、物价、医疗、入学等热门话题相比，音乐毕竟退居其后。当年的孔子一日不听韶乐就难受得要命，如今老百姓可没这份雅兴，当物价的起落时时牵动他们敏感的神经，菜篮子、米袋子显然要比音符更具有实用性。

尽管如此，音乐并没有被社会遗忘。由于市场经济大潮的涌起，文化不得不被商业裹挟制约；于是，经过刻意包装的能换来钞票的音符，便流萤般铺天盖地飞入我们的生活，几乎不分昼夜地充斥于耳膜。

这就是近些年来颇有冲击力的"点歌风""唱歌风"。此风显然胜于曾在全国各地流行一时的"呼啦圈"旋风。"呼啦圈"是短命的，舞了一阵就没人舞了，让那些赶时髦大批生产它的厂家叫苦不迭；但"点歌风"却长盛不衰，广大歌迷与追星族的狂热居高不下，那些歌星们因腰包一鼓再鼓而笑逐颜开。

这么说，目前很"吃香"的音乐如此流行，歌风如此劲猛，何来"单调"之说？

B

问题在于不是人们理睬或不理睬音乐，而是真正的音乐已"落荒"到十分贫瘠的地步。

想想看，在这座城市或出门在别的城市以及乡镇，你听到的音乐会是什么呢？那些歌词、那些千篇一律的歌词，除了诉说生与死、爱与恨的十分浅薄的表白，你能指望听到更真实更丰富的人生内容吗？不能，你听到的只是人生苦短，爱情如梦，一切都是雾里看花；于是，听了之后突然感到一种刻骨铭心的孤独，你仿佛置身在一座孤岛，你变成了当代鲁滨孙，远离尘嚣，但最终你还得返回尘嚣去工作去养家。还有，那些旋律，那些千篇一律的旋律，以一种梦呓般的声音反复摩挲你脆弱的耳膜，于是，你真的脆弱了，你觉得活得很累很没劲，你开始苦恼看不清自己也看不清别人，由于苦恼你就想再爱一次或者再恨一次，可是女歌星软绵绵又空洞的声音帮助不了你什么……

如果我们抛开对流行歌曲的某些偏见而认真想一想，想一想这类歌曲所代表的文化品位，我们就会很惊讶又很难过地问道：它们就是人类所渴盼所钟爱的"天籁之音"吗？我们就在它们的熏陶下培育思想情愫的细胞吗？那些面孔甜甜的或苦苦的男女歌星们就这样教我们读一部当代音乐史吗？

是的，我们的诘问很惊讶又很难过。因为音乐常识告诉我们：这个拥有 46 亿年历史的地球，在人类文明火种的辉映下，有那么多音乐种类、那么多伟大音乐家的作品，而我们偏偏选择了或者说被灌输了一种俗气的单调的音乐，并让它弥漫了从城市到乡村的生活空间。

这不仅仅是我们音乐生活的误区，而是文化的悲剧。

贝多芬、柴可夫斯基、莫扎特真的远离了我们；聂耳、冼星海、马思聪、郑律成也变得模糊而陌生；那我们也包括我们身边的儿女又都熟悉谁、亲近谁呢？难道不是那些富得流油却装痛苦、珠光宝气还要贪婪索取的红歌星们，正在挤眉弄眼、嗲声嗲气地俘虏我们的感情与有限的人民币吗？

当我们反思为什么疏远贝多芬与聂耳的同时，还应该惭愧地想到作为音乐的支点——乐坛，居然满目荒凉。是的，那些古今中外美妙动人的各类器乐，似乎不再属于音乐范畴。打开收音机或电视机，我们想听到一首完整的钢琴曲、小提琴曲、竖琴曲、单簧管曲、小号曲，或听到一首完整的二胡曲、琵琶曲、笛子曲，真比听到"侏罗纪"的恐龙叫还难。

因而，当中央电视台曾经每晚"天气预报"的前奏曲《渔舟唱晚》轻轻响起时，便唤起了我们某种遥远而亲切的回忆，因为那是一支正宗的民族乐曲……

C

当代表人类智慧的高雅音乐被不公平地关在我们文化生活的大门之外时，那些廉价的浅薄的媚俗的音乐便乘虚而入了，并成功地俘虏了一大批粉丝。

作为凡人，我也未能免俗。前些年因手头拮据而远避高消费的夜生活，有时对灯光迷离的歌厅、夜总会投去好奇的一瞥。现在情形不同了，跟随几位有钱的朋友或同学居然也堂而皇之地坐在 KTV 包房内，饮酒品茶听音乐。包房都有两本厚簿：菜谱与歌谱，前者掏钱就可买来一桌佳肴，后者掏钱后也能买到一屋歌曲。有限的几次经历，令我对 KTV 包房听歌与唱歌的感受难以准确说出。

一屋男男女女酒意正浓时便要唱歌了。十几双充血的眼睛盯着电视屏幕，神情专注，可电视画面中的漂亮女郎却不专注，她总是走来走去，甩发，扭腰，把脸蛋晃过来晃过去，好像得了多动症；女郎的眼神总是郁郁寡欢，一副失恋后又企盼的表情，这使我很不满意，因为她没用心唱歌，我还不满意那电视画面与歌词内容毫无干系。除我外，包房里所有歌者都满意，他们像认真的小学生同电视里那位女郎对口型，严格按字幕速度唱，唱得有板有眼，唱得声情并茂，唱得感天动地。渐入高潮，大家都来唱，因为经常出入 KTV 包房受过训练因而都会唱，并且深恐不会唱受别人揶揄便争先恐后唱……

那一幕惊心动魄真让我大开眼界，继而困惑不解：这里不是维也纳，怎么涌现出这么多"音乐家"！简直什么歌都会唱，唱《水手》、唱《花心》、唱《雾里看花》、唱《迟到的爱》、唱《美酒加咖啡》……望着一屋子人伸长了脖子齐唱一支流行歌，我蓦然间恍惚起来，分不清昨日与今天，只觉得时光倒转，仿佛又看到20多年前全民齐唱"样板戏"和"语录歌"的狂热一幕，而今天却在齐唱色彩温和的流行歌曲。虽然社会生活背景有异，但这两幕"唱歌风"情景的深处，有着某种相似的东西。

我并非有意嘲笑KTV包房的"歌唱家"们，他们花了钱对酒当歌有何错？况且我也曾在那包房试练过歌喉。只是听过之后闭上眼睛，脑海中轰鸣作响的却只剩下一类歌词、一个曲调、一种嗓音。犹如上千只蚊子活泼地包围着你，而你最终只听到一种叫声。于是，兴致勃勃之后你突然感到自己很可怜，并发现KTV包房无法成为音乐的摇篮，因为它太华丽、太调侃作乐、太充满酒菜与脂粉的气息了。而音乐应该是高雅与圣洁的。

当高雅的音乐进入KTV包房命运又如何呢？我曾见到一位商人点了一支《梁山伯与祝英台》，附上100元，"下海"来餐厅的女提琴手演奏得可怜巴巴，在包房闹哄哄的气氛中有谁会聆听祝英台含泪的叙述呢？

歌坛年年推出多如毛毛雨的原创新歌和港台流行曲，在中国几百个城市作"地毯式"轰炸，于是"点歌风"更兴盛了，架子鼓与电子琴在中国大地嘭嘭作响，随处可闻。

当音乐开始等同于唱歌，等同于唱流行歌曲，则意味着音乐开始单调而贫血了。于是，在目前歌坛表面的热闹繁荣之下，正掩盖着一种可怕的雷同，所有会唱歌的人几乎都在重复一种声音。这个月大家都唱《纤夫的爱》与下个月大家都喝秦池酒，毫无区别。

电台、电视台与音像出版部门，是否该意识到自己负有提高听众欣赏趣味与音乐水准的责任？我的呼吁是否有效，则拭目以待。

当洪水突来时，总要有人提前喊一嗓子。

1995 年 4 月 15 日

斑斓的域外投影

（之一）

卡廷黑森林的悲歌

　　将镜头对准那片从未涉足的陌生而新鲜的大陆，心头涌起的兴奋如同眼前蔚蓝起伏的地中海……欧洲，你好！我终于来了，从遥远的中国匆匆赶来，一次迟来的造访让我领略了你的秀美、丰茂、整洁所体现的现代文明仪容。

　　尽管双足踏上欧洲的土地已经好几天了，可我依然像初到时那般兴奋。我庆幸选择在色调泼辣而明快的秋天出行，亲手触摸欧洲的脉搏，一流的生态环境与人居环境呈现出永恒的绿意；祈求和平与安宁的生活，是欧洲各国人民真诚的向往。

　　2005年9月29日，我坐在水城威尼斯的栈桥上小憩，边想着心事边看风景。一个小时前我们登客轮游览威尼斯湖，然后来到圣马可大教堂广场参观。那片湖通往地中海，活泼的海鸥飞来飞去欢快地叫着，追逐游客向空中抛出的面包片……不远处，造型别致、高高翘起的贡多拉游艇，穿梭于一条条蜿蜒的水巷中，不时溅起远道而来的游人尽兴的欢笑声。我虽然没有尝试坐一回贡多拉，但也很尽兴，因为我在教堂广场一路狂拍了鸽群与人嬉戏的场景，非常过瘾，长长的胶卷上印着这个秋天美好的映像。近千只鸽子与人和谐共处，随意落在人们的手上、肩膀上，彼此没有歧视，没有排挤，没有伤害，共同的语言是 PEACE（和平）。那场面让我感动，心里漾着一股温情。

世世代代拥抱一个和平的地球——不正是人类最朴素最基本的愿望吗？所谓"让世界充满爱"，人类一直在唱着这支歌，那是不同信仰不同肤色的各民族心底的呼唤。然而，一个不幸的事实是这个地球除了爱还有仇恨！仇恨制造了一次次悲剧和灾难。

拍摄人与鸽群留在心中的那股温情，数天后在荷兰的 DAM 海港消失了。7 位截肢的老兵让我想起了二战，冷不丁从暖秋跌回到了寒冬。

10 月 7 日是一个很温暖的日子，海边没有大雾，只有丝丝微风。我们正在 DAM 港口一家酒店品尝鲜美的鲱鱼。平生还是头一次吃到鲱鱼，味道真是好极了！这让我的心情好得像窗外阳光一样明丽。就在这时，不经意间我瞥见了一列轮椅沿海滨大道慢悠悠驶来，一个、二个、三个……我认真地数到第 7 个，轮椅排成一行缓缓前进，像自动接受游人的检阅。轮椅的主人是谁呢？我好奇地走上前，发现是 7 位风烛残年的老人，胸前都佩戴着一枚枚奖章，从脸上、脖颈、手臂上的老年斑就可以看出他们太老了，但令我震惊的不是老态而是他们的身体没有一个是完整的！截肢，可怕的截肢！有的缺腿，有的缺臂，还有的缺五个手指。他们熟练地摇动轮子，相互说笑着什么，渐渐从我的视野中远去——我没从老人们的脸上看出悲伤，也许悲伤早已凝固了。

这一幕如此刺激我的眼睛，好多天都感到心在隐隐作痛。

后来从翻译和荷兰老司机那里只知道一个简单的事实：他们是二战时期幸存的老兵，平均年龄 85 岁左右，没有家也没有亲人，靠抚恤金在海边疗养院安度暮年。

这是欧洲之行一个意外的插曲，却让我的心情久不平静。不知道这 7 位老兵是在哪次战役负伤的，又是怎样在截肢后保住性命的，我想他们的人生故事一定非常曲折。我以为奥斯威辛集中营、辛德勒名单、诺曼底登陆、易北河战火……早已成为尘封的记忆，60 多年后谁还刻意寻访它们的踪迹呢？但我应该想到眼前崭新的欧洲是在两次世界大战的废墟上重新建造起来的，活着的人们是没有资格抹掉历史的印痕的。

从欧洲回国后，一个偶然的机会让我了解到卡廷森林那桩惨案，本已恢复平静的心又翻腾起来。这是一次令人惊悚的大屠杀：1939 年 9 月，纳粹德国和苏联先后侵入波兰，根据双方秘密签订的《苏德互不侵犯条约》，德国占领波兰西部而苏联得到东部。这是一次赤裸裸的瓜分与吞并。1940 年，苏军逮捕了两万多名波兰军人和知识分子，押解到苏联境内的卡廷森林将他们全部谋杀。这起骇人听闻的惨案，竟然被隐瞒了半个世纪！直到 1990 年 4 月戈尔巴乔夫承认卡廷事件是"斯大林主义"的严重罪行；1992 年 10 月，叶利钦总统将相关档案副本转交给波兰政府。真相终于大白，卡廷惨案对于每一个波兰人都是难以磨灭的记忆。

让我惊骇的不仅是那次屠杀的惨烈，更想到的是"斯大林主义"对波兰人灭绝人性的施暴与纳粹分子对犹太民族的仇恨又有什么区别呢？

其实，很多人并不知道卡廷惨案，它解密得太晚了。但波兰人却永远不会忘记对那次屠杀的记忆。著名的波兰导演瓦依达在他 81 岁时终于拍摄成《卡廷惨案》，将 60 年前发生在卡廷森林的屠杀用电影的方式公之于世。一组经典的镜头让人久久难忘：一条生死攸关的钢铁大桥传来杂乱的脚步

声，波兰难民正在拼命地跑着，因为后面有德国士兵一路追
杀；可是难民却在桥中央停下来，大桥对面又是一大群人跑
来，绝望地喊着："快跑——苏联人杀过来了！"两面受敌，
波兰人的痛苦表现到了极致。这部影片荣获 2008 年奥斯卡最
佳外语片提名。

到过欧洲旅行的各国游客，大概没有多少人能知道卡廷惨
案，不知道那片黑暗的森林 60 年前发生过什么；而一旦知道了，
又会怎样想呢？……

2010 年 2 月 3 日 追记

写完此篇，就搁置在案头，以为不会再写有关卡廷的文字了。
谁知时隔不久，就获悉一起猝然降临的空难让波兰陷入极度悲
伤中，而空难竟同纪念那桩遥远的卡廷惨案不可分割。这让我
震惊之余大惑不解：怎会发生这样的事情？

4 月 10 日，波兰代表团乘总统专机赴俄罗斯参加"卡廷事件"
遇难者纪念活动，不幸在俄境内斯摩棱斯克坠毁，包括总统卡
钦斯基及军政要员在内共 96 人罹难。噩耗传来，波兰在哭泣，
全体人民几乎难以承受这场悲剧。因为这不是一般的民航事故，
而是波兰政坛一次空前的灾难。罹难者都是波兰各界的精英，
除政界各派领袖外，包括波军总参谋长、陆海空三军指挥员，
还有金融界、法律界、宗教界等重量级人物。这真是一次巨大
而惨重的打击！因为他们都是波兰未来发展的栋梁，左右着这
个国家的命运。

我是 4 天后才得知这一迟来的消息的。4 月 14 日下午，我
刚从印度、尼泊尔旅游归来，在北京机场休憩时偶然从报纸上
读到这起空难的报道，当时十分震惊。这 96 人是专程为悼念卡

廷惨案同胞赴俄罗斯的，却又葬身在俄罗斯，卡廷悲剧 60 年后竟又续写了新的悲剧！真是老天不公，世事难料。读后放下报纸，久久无语。

2010 年 5 月 19 日　补记

二战炮声还在撞击耳膜

在 20 世纪人类历史的重大事件中，除了俄国十月革命诞生了世界上第一个社会主义国家，居次就是第二次世界大战了。战争恶魔希特勒推行的种族灭绝政策，给地球带来近 10 年之久的腥风血雨，人类陷于空前的大灾难中。那是一笔永远也不会抹掉的恐怖的记忆！

记住二战，只记住奥斯威辛集中营的炼人炉就足够了，炼人炉上空日夜喷吐的滚滚黑烟是几十万活人的焚烧……

尽管苏联红军坦克攻克柏林的欢呼声已过去 56 年了，但二战的冲击波及带给人们心理上的影响却未消失。人们仍在谈论二战的话题，有关二战的内容的电影、电视和各类文学艺术作品仍在不断地播映与出版，这是一个庞大的数字，是记录，是纪念，是反思，是警示。现代工业文明发源地的欧洲为什么会产生法西斯主义，二战给世界的进程带来了什么，这一系列命题已带入 21 世纪，留给人类继续思索。

2001 年的秋天，在俄罗斯旅游的日子里，我发现俄罗斯人很少去触及二战的话题，那毕竟是遥远的昨天的事情，他们更多关注的是普京总统进行的社会改革及国家经济的复苏。公民希望手中的卢布能买到更多的生活日用品，不希望再发生库尔斯克号核潜艇沉没的悲剧。平时，他们有许多事情要做，他们不会去想二战，想二战有什么用呢？对俄罗斯人来说，二战已写进历史，写进课本，二战已凝固在那些纪念性雕塑与博物馆中。他们不愿再触动那些太沉重的历史资料，而眼前许多活生生的国计民生课题已够不轻松的了。

但公平来讲，俄罗斯人民不是一个能轻率遗忘什么的民族，他们知道自己应该去做什么。他们并没有丢下"二战情结"，只是将这种情结保持得淡淡的，长长的，像一条河流不干涸也不泛滥。这是一个聪明民族的理智做法。对比之下，日本人的"二战情结"就显得过于锋芒毕露，每年政要官员对"靖国神社"的朝拜既猖狂又愚蠢，为爱好和平的人们所不齿。这是一种阴暗的"二战情结"，暴露出"大和魂"中那种以奴役别人为快、妄图东山再起的卑劣心理。

作为胜利者的苏联，掩埋了二战中三千万具尸体，赢得其胜利的代价太沉重了！沉重得让人欲哭无泪。但这个民族没有用同样战争的手段去报复德国人和日本人，他们只是在心灵深处铭刻着这笔仇恨，在大地废墟上耸起纪念阵亡将士的一尊尊雕塑物，作为无声的凝固的永久的纪念，以示后人。

抵达哈巴罗夫斯克的第一天，我们就参观了胜利广场。广场临近阿穆尔河，是为纪念苏联卫国战争胜利而建造的。那天秋风很猛烈，游客都戴不住帽子，照相机都无法端稳，在开阔的广场上被大风吹得东摇西晃。大家要相挨靠得紧紧的，在秋风中艰难地行走，并拍摄下旅俄的第一组照片。胜利广场是哈巴罗夫斯克人民的骄傲，这里高高耸立着巨型纪念碑和铭刻二战中阵亡的苏联红军将士名字的纪念墙，纪念墙是一座造型奇特、扇面形的建筑，有六七十米长，它采用复合式的结构，在矩形的平面墙中又放射状竖起一道道书脊似的折墙，上面密密麻麻刻满数万反法西斯战士的姓名。纪念墙中央是绛色的嵌有苏维埃勋章的图案。从远处看，这面扇形的纪念墙给人以巨大的视觉冲击力，仿佛面对一个军团肃立的战士队列，崇敬之情油然而生。

10月2日上午，我们游览莫斯科胜利公园，卫国战争胜利纪念碑就耸立在公园中央，十分醒目。那天没有猛烈的秋风，却下着淅沥的小雨，仿佛在为为国捐躯的亡灵而哭泣。这是旅俄期间我们第二次直接感受"二战情结"。胜利公园坐落在波科龙山上，占地20公顷，四周松柏深碧，草坪如毡，环境开阔而清幽。此公园又称胜利广场，是莫斯科最大的广场，内有博物馆、纪念雕塑、露天展厅和教堂等。博物馆为长方形，建于1983—1995年，上部为厚重的圆顶，博物馆对面是美观的喷泉群，门前是笔直宽阔的"战争年代"中央大道，通向库图佐夫大街。中央大道的左侧是莫斯科的保护神圣乔治·巴别多诺谢茨（常胜将军）教堂。博物馆的半圆形的白色大理石柱廊面向胜利广场，后面为博物馆方形主楼。

这里最显目的当数广场中央耸立的140米高的纪念碑，又称胜利柱，如一柄长剑直刺青天，造型挺拔，气势雄伟。蒙蒙细雨中，仰视也看不清它的顶部，它太高了，用长焦镜头都未能摄进它的全貌。回来后，用放大镜细看当时拍摄的照片，才知道这尊纪念碑顶部是胜利女神妮卡的青铜雕像。女神肩后部长着一双翅膀，她伸开双臂像拥抱什么，右手持金黄色的胜利花环；女神下方左右各有一位小天使，吹奏一管长长的铜号。

除了直插云天的胜利柱，最令我心灵受到震撼的是那组人物雕塑。数十个年轻男性全部裸体，从右下方依次斜靠到左前方直立，互相支撑着，一种很奇诡的积木式人物排列，把观者正常的视觉搞乱了。那些高大而瘦长的裸体一律灰褐色，骨骼与肌肉块夸张地突兀着，手臂与大腿不合比例地伸延着。凝视许久，那些灰褐的男人在我眼中忽而是一片大树的古化石，忽而是一群正欲复活的木乃伊……我怔怔看着，什么也说不出来，心灵仿佛受到巨大的撞击，因为我的确从未见过这种将怪诞与逼真融为一体、将人的灵魂鲜活展示的雕像。那一刻，雕像的作者如何运用一种抽象的变形手法并不重要，直接冲击我视觉与心灵的是这些用俄语向我倾诉的阵亡将士，他们是逝去半个多世纪的战场亡灵，但分明又是以赤裸裸的血肉身躯向世界展示其忠贞与清白的俄罗斯男人！过去我们看过太多表现战争题材的传统雕塑，而眼前这组人物群雕却以赤裸、怪异的造型逼迫你一下子进入人性的深处去思索战争。这是一种艺术的征服。

走过去很远，我还回头看那组雕塑。用不着谁对我去讲述当年苏联卫国战争的严酷、惨烈与悲壮，那组雕塑已足够了，他们是三千万亡灵的化身。

回国3个月后。某日，友人王霆钧从长春电影制片厂打来电话，说有一部美国大片《决战中的较量》很精彩，刚刚调来要放映。我匆匆赶到"长影"，看了，果然不错。这是一部表现1943年斯大林格勒保卫战的电影。战地背景开阔，拍摄得很真实。据说是美国人投资、波兰人导演。我只是不明白，应该由俄罗斯人完成的题材却如何被美国人"鸠占鹊巢"？难道俄国的"二战情结"还不如美国人深厚？谁都知道二战中苏联人民遭受的苦难与创伤是巨大而深重的。但看完这部影片，我得承认美国人拍得很成功，特别是对德国与苏联两位战场狙击手的形象塑造富有个性，深刻揭示了战争与人性这一主题，给观众的印象非常深刻。

那个苏联小男孩被高高吊死的那个镜头，刺痛了我的眼睛。

　　过了许多天，耳畔还响着男孩小鸟一样清脆的童音，可是我再也听不到了……

　　二战，对我们地球上所有死去的和活着的人都是永远的痛！

　　近日，从报上读到一则消息：2002年1月27日，圣彼得堡市民在胜利公园举行冬泳活动，以纪念二战时期苏联军队突破德军围困该城58周年。消息配发一幅大照片，一群青年男女与中年人正跃入冰冷的水中畅游。我清楚这则新闻的意旨不是在宣传冬泳活动，而是借此悼念二战期间殉难的50多万市民。当时，列宁格勒（圣彼得堡）曾遭受德国军队长达900天的围困，但这座英雄的城市并没有屈服。

　　看了这则消息，我相信俄罗斯人的"二战情结"并没有淡漠，他们懂得："忘记，就意味着背叛！"

迟来的梦游

　　多年的出行经验告诉我，让映像缤纷的旅游来一个漂亮的收尾，最好的办法就是追忆。在行囊甫卸之后沉静下来，追忆每一个细节，追忆让你感动的东西。这既是一种精神补偿，也是旅途的延伸。凡是追忆的东西，都会成为永久的存念。

　　此刻，我正在做追忆这件事。北方的第一场冬雪如期而至，撒欢儿飞舞，窗外已是一片白茫茫。而我的思绪还在意大利的橄榄林和法国的葡萄园里蜿蜒穿行——虽是秋季可那里的绿色依然丰厚，即使是阿尔卑斯山下瑞士乡村的草场，秋霜与湿雾仍不能抹掉那片盎然的绿意。我的思绪还在扩大，还在远行欧洲大陆的山形水系，有时我真的觉得归来后的追忆比匆匆行旅时的印象更清晰、更饱满。

　　这个一年中最沉静的季节，我终于将履痕印在心仪已久的欧洲，那些天眼睛因持续兴奋的观察而刺痛而充血；可是对于一个贪婪的旅行者来说，你无法漠视闯入你眼帘中那些美好的值得记忆的东西，这些东西正是出行前你身处的社会环境中所失去的。是的，欧洲大陆一流的生态环境和人性化的民居环境，让我由衷赞叹，让我若有所思，可这一切都是真切的，并非梦幻；

然而，我还是陷入一种梦游式的恍惚状态中，因二战而造成几千万亡灵的伤痕累累的欧洲，是什么力量能让一片废墟变成今天的人间乐园？东西方不都是在战后的重建中一同起步吗？

那种梦游般的感觉，真的让我说不清。也许是心灵封闭太久了，眼睛一旦"与世界接轨"，那种色彩过于强烈的差别反倒令我恍惚起来。

访欧的日子里，梦游感几乎一直相伴。10月1日下午，我们来到意大利文艺复兴的摇篮——佛罗伦萨，驻足在但丁、达·芬奇、薄伽丘等一代名人的乡土上，一切都是新奇的；但走马观花式的游览只能让游客傻看，却来不及思索什么。我终于见到米开朗琪罗的旷世之作《大卫》雕像，激动却无语，仰视许久，很想伸手触摸一下，可是大卫太高，我避开拥挤的人群远远地摄下《圣经》中记载的这位传奇人物。

太多精美绝伦的雕塑与建筑构成了这座历史名城不朽的交响乐，让人目不暇接。花之圣母玛丽娅大教堂、高达81.75米的乔托钟楼，宏大而庄严，丰富的大理石凸出了几何形状，冷峻而理性的线条将哥特式的尖锐与罗马式的圆润融于一体，建筑艺术具有魔幻之魅力。而主教堂的圆穹顶，是世界建筑史上最优美的一座穹顶，乳白的拱肋相间着赭红的马赛克，在秋日阳光的照射下辉煌无比。那一刻，面对这幅立体的人类杰作，我除了仰视还是仰视，除了惊叹还是惊叹，的确是看傻了。一时恍惚起来，以为是在神话中，然而这座庞然大物实实在在屹立于此，近六百年来阅尽人间沧桑。而那座斜而不倒、越斜越值钱的比萨斜塔，更高龄，建于公元1174年，是我这次欧行中见到的最滑稽的钟楼，人们不相信它会斜得这副模样，可一旦亲眼所见却又相信它应该斜得举世无双。在现场，我发现各国游人在惊奇观看它时几乎都歪着脖子，还有的在照相时伸直双臂作用力扶正状，那情景很让人发笑。在久久凝望中，我似乎又进入梦游状态，觉得那塔在浮游着，浮在蜃气飘摇的地表，是一座与蒙娜丽莎的微笑同样神秘莫测的象征物，任人们去想象。

我就这样在半梦半醒一样的感觉中匆匆走过欧洲。文明而富裕的欧洲，美丽而安详的欧洲，本身就具有一种梦幻之美，无论天上的风、云朵，还是地上的青草、流水，都似波提切利笔下的春之寓意画。这就是我愿意在朦胧中细细品味它的缘由。欧洲，我来迟了，我在心里悄悄说。早在青年时代，我就向往能够穿一身滑雪服燕子般俯冲在阿尔卑斯山雪坡，或是沿塞纳河岸寻访雨果的旧居，一页页翻看《悲惨世界》的手稿……虽然迟来 30 多年，我仍为一睹欧洲的真容而欣慰。

10 月 7 日，最后看一眼荷兰乡村的牧场、奶牛、风车和高空热气球……带回一个真实的梦回国。梦中想起《割掉耳朵的凡·高》那幅画，忍不住想笑。

2005 年 11 月 22 日

145

漫步阿尔巴特大街

从俄罗斯回国后，常常回忆曾经驻足过的一些角落，有的印象十分鲜明，也有的模糊不清很快忘却了。但莫斯科那条古老的街道——阿尔巴特大街，却是无论如何也不会淡忘的，它像一条每时每刻都喧闹不息的河流冲击着我的记忆；但用不着提醒，我会知道那里每天响着的都是俄罗斯民间真实的声音。阿尔巴特大街，让我联想起北京的王府井大街、上海的南京路这些热闹、繁华的去处，它们都是一座城市最有代表性的角落。但严格来说，王府井与南京路是以商业繁华而名声大噪的，阿尔巴特大街却不同，让游客纷至沓来的是它浓郁的民间文化气息。

2001年10月3日下午，我们慕名游览了阿尔巴特大街，在这里度过了逗留莫斯科最后的时光。这条大街其实不大，宽20米，长约2000米，在莫斯科只是一条普通的街道。我不知道它的名气由何而来，凡是来莫斯科的外国游客几乎都要到这里逛一逛，我只知道苏联有一本禁书《阿尔巴特大街的儿女们》曾风靡一时，或许由此而提高了它的知名度。但不管怎么样，我还是兴致勃勃地沿大街走了一个来回，差不多花费了近两个小时，结论是一个地方若出名自有它的道理。

阿尔巴特大街的特色在于它是画家、音乐家、诗人、流浪艺人和手工艺者云集的地方，因而成为莫斯科一条充满艺术氛围的短街。

因是步行街，各种车辆一律禁止通行，所以游客都放心从容地在这里漫步，用不着躲避什么。整条街都装饰成统一的仿古风格，楼房建筑大多为 18 世纪以前的俄罗斯式样，保存完好，一般都在三至四层，最高六层，古朴而雅观的建筑都饰有精美的浮雕，富有动感和艺术趣味，为这条街带来浓厚的文化气息。有的外国游客特地在大街摊床购买望远镜，细细观察楼顶一尊尊镂刻精细的雕塑，赞叹不已，那些数百年前的雕塑充分展示了俄罗斯文化的魅力。

"阿尔巴特"一词源于东方，意即城墙外的地方、郊区。"阿尔巴特" 被记入史册是在 1493 年，当时阿尔巴特街起于克里姆林宫的三圣塔楼之下，当白城的城墙建成后，这一部分变成了郊区。俄罗斯历史上诸多事件都与阿尔巴特大街息息相关。克里米亚的鞑靼人总是从这里向克里姆林宫发动攻击，他们在克里米亚浅滩涉过河水后，无法从普列奇斯坚卡和奥斯托任卡继续前行，因为这两条街尽头的壕沟阻碍前进，他们只好先沿花园环线行进，然后通过阿尔巴特街迂回进攻。到了 18 世纪下半叶，阿尔巴特变成了时髦的贵族街区，以其特有的繁华区别于其他街区。

阿尔巴特和其交叉的小巷保留着许多古建筑，它们与一串响亮的人物名字相连：戈尔琴、雷列夫、普希金、莱蒙托夫、果戈理……这些精巧的小胡同，都因这些俄罗斯名人而为人知晓。斯巴萨宾斯基胡同的小教堂，曾留下诗人普希金的足印；而著名画家波列诺夫在他的"莫斯科小院"里所描绘的就是这座 18 世纪带有雕花钟楼的古朴的小教堂。

那天下午逛阿尔巴特大街，我依然独行，与俄方导游不在一起，遗憾的事情便发生了：我想寻觅阿尔巴特街53号，却怎么也找不到，想向行人打听又不通俄语。这的确留下深深的遗憾。因为阿尔巴特大街53号是普希金的旧居，是诗人在莫斯科唯一的住所，我多想能进去看一看，拍摄几帧照片，哪怕能待上5分钟也好。可惜这一夙愿落空了。1831年2月18日，普希金与他热恋的娜塔莉·冈察洛娃完婚，就住在阿尔巴特大街53号的二楼，他们在这里度过了一段平静而幸福的时光。6年后，诗人竟死于一场决斗中。据说，那里已改建成普希金纪念馆，室内陈设与一个半世纪以前诗人在此生活起居时一模一样。

阿尔巴特大街最多的艺人是画家，那天我见到的至少也有二三十位，大多是中青年男人，不修边幅，穿着随便。他们不像卖货的高声吆喝来吸引顾客，而是静静地或站或蹲于画框前，等你端详得差不多了，才上前问你买哪一幅画，声音很和气，举止彬彬有礼，对顾客绝不强拉硬拽，也不献媚讨好。公平来说，这是一群有教养的画家，很自尊，也很自信，尽管是在街头出卖艺术品，而不是在富丽堂皇的展厅。

那天下午在阿尔巴特大街，我接触最多的就是这些在野艺术家，浏览最多的也是他们的作品。虽然我不是搞绘画的，但我从小就喜欢赏画，文学与美术总是有些相通的地方，两者是可以相互交融的，一幅好画所产生的艺术震撼力绝不亚于一部小说力作。阿尔巴特大街的画家们展示的大都是俄罗斯风光、教堂和人物肖像这三大类，他们虽不是列宾一类的大师，但都具有深厚的艺术修养，并非等闲之辈，尤其是风景油画功底很深，内行人一看便知。有的风景油画卖到8000卢布，物有所值，游客中也不乏伯乐倾囊购之。从远处看，那些摆放在木架上的一幅幅绘画，五彩斑斓，非常醒目，像深秋季节默默开放的菊花，构成阿尔巴特大街一道独特的景观。一天过去了，有的画家可能一幅画都未成交，可是第二天他们照旧来这里推销自己的作品；或者当场为游客画肖像素描，他们将艺术生命交给了这条大街。我深为这种执着的精神所感动，那天我唯一能做的就是用照相机将这些街头画家摄下来，作为永久的纪念。

阿尔巴特大街不时飘来一阵歌声和一片乐曲声，令游客停下脚步去赏听。这里的街头音乐家都来自民间，从十几岁少女到七旬老人，年龄参差不齐；也有腿上装假肢的残疾人，用电吉他自弹自唱；还有的三五人，不唱只演奏乐曲，拉手风琴或吹长笛。这些街头音乐家无论歌唱还是演奏，都极为认真、卖力，表情十分虔诚，感情非常投入，他们甚至不去管眼前的听众有多少，只沉浸在如泣如诉的旋律中……他们的脚下，放着小木箱或布袋，由游客随意向里面扔些"赏钱"，有卢布，也有美元、英镑、马克，无论多寡，他们都默默致谢。在莫斯科，既有誉满全球的芭蕾舞《天鹅湖》的经典艺术，也有阿尔巴特大街一平方米范围的演唱；既有乌兰诺娃这样的功勋艺术家，也有不知名的街头乐师；想起来，很有意思。虽然后者带给人们一种悲怆的意味，但那些歌声、那些乐曲因来自民间街巷，让人们真实感受着一种贴近心灵的朴素与亲切。不需要办理演出许可证，也不需要交税，更没有警察或政府官员之类来干预，阿尔巴特的民间艺术家每天都自由自在地表演他们的节目，观众就是那些操不同口音、东瞅西望的各国游客。卢布、外币、再加上掌声——这就是他们一天的欢乐。无奢望的人群自有其快乐。

除了绘画、流动的音乐，就是工艺品交易了。这是阿尔巴特大街最主要的三样特色。这里，俄罗斯工艺品很丰富，最出名的当数手工织品、银器和纯白桦木雕刻绘彩的套娃。中国游客偏爱的是做工精致的银器和物美价廉的套娃，几乎每人都要买一些带回去。高倍望远镜和俄罗斯航天纪念邮票，也很受中国人欢迎。这条步行街虽然没有铺面很大的商厦，但小商店里却摆满来自世界各地的货物：日本的电器、中国的丝绸与瓷器、美国的香烟、法国的香水与葡萄酒、意大利的皮货、瑞士的手表、非洲的木雕、德国的啤酒、新加坡的口香糖、荷兰的鲜花……那些进口商品琳琅满目，但价格也不菲，有的标明只收美元。我逛了几家商店，虽然看得眼花缭乱，但一样也没买，并非不敢掏腰包，实属对购物一向不感兴趣。

在阿尔巴特大街，我只掏了两次腰包，也是为了完成逛这条街的纪念。一是用 10 卢布买了一杯红茶，因为那天下午秋风很冷冽，不得不喝一杯热茶暖暖身子。二是用 30 卢布买了一包巧克力，从大街往一家大超市走，迎面遇上一位十四五岁的小姑娘，头戴围巾，围巾下面是一双圆圆的蓝眼睛，非常秀气。我用照相机比画着想给她拍一张照片，谁知她不答应，摇摇头，转身要走；我连忙掏出 30 卢布放在她手上，她明白了，递给我一包巧克力。我后退几步，摄下了这位在大街卖巧克力的俄罗斯小姑娘。当时我还想，她怎么不在学校读书呢？也许是放学后帮助大人到这里卖点食品。

集合的时间快到了。我依依不舍地告别了阿尔巴特大街，快步向集合点走去。突然发现街拐角一处小花园内，立着一尊雕塑，周围有放学后的儿童跑来跑去。近前细看，是普希金的铜像，安立在花岗石基座上。心里一阵惊喜，没找到阿尔巴特大街 53 号普希金的故居，却在这里见到了他的铜像，也算没白来吧。于是，求一位路人帮助拍摄了我与普希金雕像的合影，毕竟我也是一位中国诗人，都醉心爱过那位诗神缪斯。

晚 8 时 30 分乘飞机离开了莫斯科。升空后，俯视这座万家灯火的大都市，心头掠过一丝怅然，哦，阿尔巴特，一条被历代诗人与歌者反复吟唱的老街，我还会再见到你吗？

游了一回红海

4月12日下午，面包车从尼罗河东岸调头向东北方向的红海西岸进发。

我推开车窗向卢克索最后望了一眼，目光里含着深深的遗憾——因为不能到阿斯旺去。阿斯旺在卢克索南面，是上埃及的重镇，又称"非洲之门"，是非洲最大的贸易集散地；但最著名的是阿斯旺高坝形成的世界最大的人工湖——纳塞尔水库，我就想到那里看一看。但看不成了，导游很理解却爱莫能助，无法为满足我的一厢情愿而更改行程。而驾车自助游一族却没有这样的遗憾，可惜我不是，想去哪儿却去不了。

其实我们那天要落脚的地方也很美，赫尔格达（Hurghada）是红海西岸漂亮的旅游区。翌日上午我在湛蓝的海水中畅快地游泳，也似乎补偿了不能去纳塞尔水库的遗憾。

途中，要穿过大片的阿拉伯沙漠，车窗外是黄澄澄的色调，这里是沙子的世界，见不到一隅绿地，连耐旱的仙人掌和橄榄树都没有，偶尔会俯见低矮的棘丛，至于奔跑的小动物更是连影子都捕捉不到。视野中尽是凸凹起伏的砾漠和裸露的岩丘，它们沉寂无声，生命仿佛在这里消失了。极其单调的景色让人昏昏欲睡，但我又不甘心耷拉着头，那种萎靡不振的情状连自己都瞧不起；那就想一些旅途中有意思的事情打发时光，于是我就想到了火车、老服务员……那些细微的琐事真的叫人难忘。

4月11日晚9时，我们在开罗登上开往卢克索的火车。这是我第一次乘坐埃及的火车，很有些新鲜感，但上车后很快就失望了，设施陈旧，过道狭窄，整个给人的感觉是不敞亮不舒服；这样的火车怎么还能继续运营呢？在中国早就被淘汰了。后来发现列车没有散座，都是能安置两人的小包厢，便于夜里歇息，这是它唯一的优点。

行装甫卸，乘务员便送来晚餐，没想到是一位老者，头发已花白了，一脸皱纹，身体倒很硬朗。因为语言不通他只是微笑，一眨眼工夫就将门旁折叠的小木板放下来，变成一张小巧的餐桌，快得让我都没瞅清。入睡前他又来了，用一只扳子将座位上的靠背变成上铺沙发床，并将四角的支撑棍安好，这一系列操作只用了半分钟魔术般搞定，手法非常熟练。我不知道这列看来陈旧的火车、狭小的包厢还会有这般精巧的装置，餐桌、睡床可以折叠不占地方，衣柜也是一道门，推开就是卫生间，这样既节省了空间又很实用。我和妻子环顾左右，好一阵赞叹。更让我们感动的是这节车厢只有他一人忙前忙后，除了早晚两次送餐、安放包厢的吃睡设施、打扫卫生，还要为乘客煮咖啡……看来他在铁路辛劳大半辈子了，非常敬业，非常勤勉；让我不解的是怎么仍在起用老者做乘务员呢？或许是因为"老将出马，一个顶俩"。经验就是财富。

路上我还在回想他，觉得心里暖暖的。

终于见到红海了。我们下榻在星海（SEA STAR）大酒店，五星级，说真的这是我在亚洲、欧洲、非洲旅行中住得最满意、心情最愉悦的酒店。它外表并不富丽堂皇，里面的设施却是一流的，客房宽敞明净，阳台非常漂亮，咖啡屋富有宁馨的暖色情调；餐厅很大，有近百种东西方菜肴，可以满足不同国籍顾客的口味。让人更钟情的是它优美的环境，临海的庭院像一座大花园，棕榈秀挺，花草繁茂，长廊藤椅净无纤尘；院内有两个游泳池，水清见底，院外是一片金黄的沙滩，游客可以尽情地拥抱红海。

没想到在阿拉伯沙漠的边缘地带会营造出这样一片毓秀的环境，让人恍如置身于美丽的童话中。我真有些受宠若惊，可能是这大半生衣食住行常与素朴相随，没条件享受人间的奢华，一旦享受了反倒像刘姥姥进大观园心里慌慌的。

最惬意的时刻是跃身于红海畅游一番。刚下去时海水没膝觉得凉，便小站一会儿，待到水浸胸背时就冷得发颤了。没想到 4 月上旬的红海竟如此寒凉，可这是热非洲啊！这时我开始埋怨自己这辈子脂肪积攒得太少了，畏寒，在牙齿打战的那一刻欲打退堂鼓，可瞧见那些外国游客在水中兴高采烈的样子，便横下一条心，就当一回泰坦尼克号的船客从冰海中杀出一条生路——其实没那么严重，向深海奋力冲刺了几分钟后居然没有冷的感觉了，完全适应了，周身血液变得温热起来。我游的是自由泳，一种速度最快的泳姿，双臂与双腿轮番击水，动作要协调，身体呈流线型在水中阻力很小。来回疾速地游了小半天，虽然累得气喘吁吁，心情却无比畅快，是啊，游过中国的长江，又游过埃及的红海，没白当一回"浪里白条"。那一刻我真是十分得意。

回头见妻子穿好泳衣，却迟迟疑疑站在浅水中张望，大概也是怕冷。我大声鼓励她，她向前迈了几步又停住了。我便游回去，向她身上泼水并激将说："你是高中地理老师，给学生多次讲过红海，真的到了红海却又当观潮派，真是叶公好龙啊！没出息。"不知是我的激将法产生了效果，还是她赌了一口气，我的话音刚落，妻子就扑通一声跳进海里，浪花四溅……游的是蛙泳，还行。后来，我们上岸后余兴未尽，又到院内的游泳池玩了一个时辰。

午餐后出发前，我又来到海滩眺望。我真的很喜欢红海，水非常清澈，一点也没有污染，周围不允许有工业设施和餐饮市场，岸边只有干净的细沙。

哦，红海的对面就是埃及的西奈半岛。半岛毗邻约旦、沙特阿拉伯，面积约6.4万平方公里。半岛最南端是著名的穆罕默德角，已列为国家公园。我之所以知道西奈半岛，是因为它是《圣经》描绘之地，相传摩西在这里接受上帝的训导，在石板上亲手刻上了"十诫"，还登上了圣卡特琳山——埃及的最高峰，海拔2637米。我曾看过美国在20世纪50年代拍摄的一部电影，艺术地再现了摩西接受"十诫"并率领犹太人逃离埃及法老奴役冲出红海的故事，那场面波澜壮阔，印象很深。

2009年10月20日 于龙江教授村

四马桥：惬意的拍摄

　　在圣彼得堡参观游览的两天时间里，我有一次自由自在的游历，独自逛街，即兴走来走去，毫无目的地漫游。伴随我的只有那台美能达 X-700 型照相机，我用它拍摄了涅夫斯基大道两旁的风光与建筑。

　　在国外，一个人游走在陌生的环境，心里总有些不踏实，但习惯了也没什么，只要记住出发点，顺原路走回来就不会丢失。这些年走南闯北惯了，我很自信辨认方位的识路能力，当年在泰国曼谷、芭堤雅，在中缅边境，在海参崴，我都是一个人闯来闯去的。

　　从喀山教堂向南沿格里鲍耶陀夫运河行走数百米，便拐上一座行人桥。桥不很长也不宽，但建造得很精致，两侧铁栅栏的图案像美丽的刺绣。后来才知道这是当地很著名的银行桥，为何称为银行桥？不得而知。这座桥上有两对半狮半鹰的怪兽，造型很奇特，狮头高高昂起，威风凛凛，后肩头长着一双金黄色的鹰翅，狮嘴里咬着吊桥的铁链。显然这是根据神话传说而设计的，雕刻者是索科洛夫，桥与怪兽建造于1826年，很古老了。

　　拍完照片，过桥沿运河东岸又折回喀山教堂。教堂比银行

155

桥更古老，始建于 1801 年，距今整整 200 年。教堂中部的后面是 96 根圆柱，呈弯弧形一字排开，顶天立地，站在圆柱下面人显得十分渺小，举头仰望 96 根擎天柱构成的巨大建筑，深深被它庄严的气势所震慑。弧形柱廊的两端分别耸立着两位俄罗斯元帅的铜像：库图佐夫和巴尔克莱得托利。后者我不熟悉，但前者库图佐夫却是赫赫有名，在卫国战争中他曾率领俄罗斯军队抗击法国人的入侵，于 1812 年阵亡，次年葬于喀山教堂。1837 年，奥尔罗夫斯基雕刻了这两位元帅的铜像，他们是俄罗斯民族的英雄。由于铜像太高，我只好站在远处用长焦距镜头将库图佐夫铜像拉近摄下来，因是侧逆光，库图佐夫披的战袍颜色变得深暗了。

离开喀山教堂，便步入涅夫斯基大道。这是圣彼得堡市最主要的马路，也是最繁华最热闹的马路，笔直而宽阔，是这座城市商业、贸易、文化、娱乐中心。规模最大的博物馆、图书馆、剧院、音乐厅、饭店和商场都建在这条街上。涅夫斯基大道的外貌整齐而丰富，面对海军总部的钟楼尖顶，两侧有涅瓦河和运河的交织，它反映了俄国北方首都的主要特征之一，即民族性与国际性的交融。不同民族宗教的教堂集中在这里，因而被法国著名作家大仲马称作宗教大街。最著名的是基督复活教堂（也称溅血的救世主教堂），建造于 1883—1907 年，位于涅夫斯基大道北面的格里鲍耶陀夫运河上游，这座 81 米高的教堂建造精美，外观五彩斑斓，上有洋葱头形状的尖顶，蓝天下教堂轮廓美丽，装饰异彩纷呈，具有强烈的视觉冲击力。它是典型的俄罗斯教会建筑风格，五个洋葱头状的中部建筑物旁有镀金圆顶的钟塔和两个门廊，外面装饰有镶花图案的框和多色瓷砖，教堂内部的墙壁、方柱、拱顶都用马赛克饰面。因此，基督复活教堂可以说是马赛克技术的巨大作品。

　　离傍晚还有一段时间，斜射的秋天阳光温煦而柔和，边走边摄影，心情怡然。不知道那天是星期几，涅夫斯基大街上行人多如过江之鲫，似乎是这座安静城市中人群最密集的地方。在东张西望中，我突然萌生想与人攀谈的愿望，随便什么人都行，唠一唠这座城市的历史，唠一唠他们的生活现状和他们对俄罗斯未来的希望，甚至还想找几个儿童和中学生侃谈，问问他们对中国都知道些什么——那时我想和俄罗斯公民交谈的愿望非常强烈，可是我无法拉住他们当中的任何一位，但即使能这样他们也听不懂我的母语。所以，我只好眼睁睁看见圣彼得堡人脚步匆匆地从我身边走过，他们脸上的神情都很平静从容，似乎不管这个世界发生了什么，他们都会处变不惊，还是按原来的生活轨道打发时光，去做自己应该做的事情。

　　走了半个多小时后，在人行道上我发现了自由画家群，便停下脚步观察。这些画家以中青年居多，装束与气质很容易同一般市民区分开，有的不修边幅，有的胡须很长。他们将画框一一摆放在步行道上，以油画为主，也有水彩画和装饰画，这些都是他们创作的作品，标价出售，从几百卢布到几千卢布价格不等。我逐一浏览了这些自由派画家的风光与人物肖像画，平心而论质量还是不错的，技法与色彩运用都很有水平，"滥竽充数"者也不敢在大庭广众前展览自己的画。我拍摄了几幅照片，有位高个的留大胡子的画家发现了我，他笑着用手指着折叠椅请我坐，我明白他是要给我作素描画，我摆摆手婉谢了，因为我还要赶路，而画一幅素描是很费时间的。

　　涅夫斯基大道两旁的建筑让我入迷，目不暇接。那些楼房几乎都是四五层，高度均衡，色彩柔和，建造精巧，每座楼都饰有浮雕及动物、花草的立体图案，因而整条大街都洋溢着浓厚的文化气息。圣彼得堡市的建筑技术在 19 世纪初就达到很高的水准，这些建筑群布局完整，外貌富丽，表现出俄罗斯建筑工匠高超的水平。我们在圣彼得堡看到的都是一二百年前的建筑，有的近三百年历史，虽古老却结实耐用，看来绝无"豆腐渣工程"。

最后我来到了著名的安尼契哥夫桥，又称四马桥，这里是我逛涅夫斯基大道最主要的目的地。桥很古老，距今有150多年，横跨喷泉河，是圣彼得堡市著名的景观。用花岗石砌筑的喷泉河堤岸，两侧有许多华丽的贵族宫殿，当年桥上人来人往，马车辚辚，一派太平盛世景象。

时近黄昏，平缓流淌的喷泉河涂上一层橙色的光波，非常美丽。我倚在堤岸铁围栏上向远处眺望，一幢幢楼房像童话中的宫殿在夕照中熠熠生辉，汽艇在河里如鱼穿梭，溅起万斛浪花……喷泉河两岸黄昏的景色让我看得入迷了，真想在此堤岸一直站到子夜。当然最使我激动的还是大桥两端那四组驯马的雕塑，我端着照相机连续跑了四个位置，从不同角度仰拍，忙了好大一阵子，心情十分亢奋。那四组雕塑中的马造型各异，或扬蹄腾空，或昂首长啸，或甩鬃狂奔……将烈马难以征服的野性表现得十分逼真；而骑手镇定从容，以大无畏的气概和机智的手段与烈马周旋，最终还是降服了暴怒的野性。这四组驯马铜雕造型生动，动感非常强烈，烈马的野性与骑手的强悍对比鲜明，展示了人类征服大自然的伟力，讴歌了英雄主义的主题。或许圣彼得堡市民对驯马雕塑早已司空见惯，不见有人在这里驻足观看，当时只有我在桥上忙着拍摄，可以说那是旅俄期间最过瘾的一次摄影。

离开安尼契哥夫桥很远了，我还不时回头张望那组驯马雕像的轮廓，它们给我带来的这次心灵的震撼很久都未能平息。

我记住了这四组驯马铜像的作者克罗得特，1841—1850 年他花费十年心血才完成这一惊世之作，为圣彼得堡市带来不朽的荣誉。

　　暮色四合，我挎着照相机急急往回赶路。行至一家商厦门前时，胳膊突然被什么人拽住了，侧回头一看，是一个年轻女子，20 岁出头的样子，身材不高，一双骨碌碌直转的圆眼睛，头上扎着彩色围巾。我不知道她为什么要拉住我，从她嘴里吐出一长串俄语又快又急，但我根本听不懂。我用手势表示我不认识她，也听不懂她说什么；但这个不相识的女孩边说边比画着，那只拽我的手一点也不放松，很执拗。当时我真有点蒙了，语言不通又不知道她拦路的目的，集合的时间又快到了，心里很急。再一细看这女孩穿着花花绿绿又脏兮兮的样子，猛然想到吉卜赛人，在俄国被称作茨冈人，这是一个在世界各地流浪的民族。刚来俄罗斯时，中方导游就提醒我们要警惕这些茨冈人，因为他们常以乞讨为由对外国游客进行诈骗、抢劫，举动非常野蛮，当地居民很讨厌这些人。我没想到真的碰上了茨冈人，还是个女的。我也变得强硬起来，大声喊 NO，用力挣脱了她的手，大步往前走去。走出几十米后回头一瞧，茨冈女没了踪影，这才长吐了一口气。几分钟前心还悬着哩，怕茨冈女有同伙一道来打劫，那可坏了。

　　终于见到了喀山教堂，赶上了车。回想这天下午在涅夫斯基大道自由漫步，一路即兴拍摄，比商店购物逍遥多了。

　　在返程火车上突然想起那次路遇，茨冈女可能肚子饿了，便向我这个外国人索要几个卢布买面包，如是，同打劫无关。

呼吸这般清新

旅欧归来，友人问我在欧洲印象最深的是什么？实话说印象深刻的东西太多了，我只能挑最简单最常见的回答：呼吸清新，肺活量足。见友人不解，便说："一流的生态环境，满眼是绿；一流的民居环境，空间开阔；过着没有污染的生活，你每天的呼吸难道不清新、不顺畅吗？"

说欧洲是绿地森林大氧吧，毫不夸张。

9月25日，波音空中客车降落在阿姆斯特丹已是暮色四合，瞅不清欧洲啥模样，依稀灯火中上路赶赴德国科隆。翌日雾散天晴，车窗外依次闪现的欧洲大陆真实的模样令我惊讶又惊羡，高速公路两侧是大片的草场、绿地和蓊郁的林带，远处的丘陵峡谷树木茂密，墨绿中泛着金黄的秋色，一片斑斓之美；欧式风格的民居建筑都不高，分布有序，屋瓦墙体或赭红或米黄或乳白，阳光下像一幢幢五彩宫殿；城乡环境已无差异，映衬繁荣的是整洁，见不到裸露的黄土坡，见不到肮脏的垃圾场，见不到随意丢弃的废物和流淌的工业废水……这是我在德国第一天见到的景象。以为德国是欧洲的经济巨人，日子过得富裕，环境当然也好了，13天后当结束欧陆之行，才知道欧盟区各国均是这般风貌，除了国民收入高低不一，绿色环保都是名副其实的。当我们驱车穿越阿尔卑斯山脉途经奥地利，似走过绿色的长廊，这是一个仅有 8 万平方公里的小国，65% 为丘陵山脉，却毫无荒凉之感，视野中可以找到一块突兀的岩石，却找不到一片裸露的土坡，所有的地表都被绿色的植被覆盖了。几乎一车中国游客都引颈望向窗外，梦幻般的山地风光让他们着迷了。就在那一刻，我忽然想起数年前唱红全国的那首歌《黄土高坡》，人人都唱得高亢、唱得动情、唱得落泪、唱得让观众感动，可此刻我发现它的旋律是如此悲凉又如此无奈，是的，一个水土严重流失、人为造成生态恶化的家园环境还值得歌唱吗？我们凭什么去感动？那一刻我的想法并非过激，而是希冀若干年后我们的山水土地绿色复萌，资源得到保护，人们对家园的赞美会底气十足。

欧洲大陆的主调是绿色。生命之容颜、生命之张力都融会在那片永恒的绿中。陶渊明笔下的世外桃源在这里再现，一切都是真实的而非梦幻的。从荷兰的扎达姆风车村到亚平宁半岛的橄榄园，从经典山湖风光的瑞士琉森小城到芳草萋萋的巴黎凡尔赛宫后花园……一路观察，一路拍摄，金秋的欧洲敞开巨幅的风景画供远来的游客赏看。绿色的风，绿色的呼吸，哦，伸开双臂拥抱天地间弥散的青草般的气息该是多么惬意！当下被环境污染与疾病困扰的人类多需要这样清新的气息。13 天的匆匆旅行，虽然只触及这块大陆的表象，却已深深感受到欧洲人与大自然的那种和谐。没机会接触当地的环保人士，但一位经营巧克力商店的比利时妇女说得好："空气肮脏，水肮脏，脚下的大地也肮脏，你再有钱能活得快乐吗？"她的话让我思索良久。欧洲人的绿色环保意识是鲜明而坚定的，他们不能容忍污染，不能容忍工业酸雨，像爱护眼珠一样爱护自己的家园。

当游客赞叹欧洲大陆丰茂的植被保护得如此完好，可曾想过这是在二战废墟上经过 60 年的辛勤建设而重生的一个崭新的欧洲。"罗马不是一天建成的"，诚哉斯言。

同样是在战争废墟上的重建，我们对生态环境的珍视与爱护却逊色多了，人为破坏的痕迹太重。曾听到一句调侃："世界上一半的脚手架在中国"，其实这并非戏言，我们的森林、草原、耕地面积已经缩减，沙化的进度让人忧虑，有人正在推倒文明视野中最宝贵的东西，忙着搭建最廉价的东西。这让我想起一则犹太人寓言，"斧头被发明以后，森林害怕得发抖。神对森林说：只要你不给它提供柄，它便不能伤害你。"寓意很深刻，其实是对人类的警示。从罗布泊干涸、淮河污染、北方沙尘暴等一系列旧闻中，我们已领教了大自然的报复。聪明的欧洲人可不想与天地作对，他们用双手编织了一张巨大的绿色的网，小心翼翼守护着国土，让明净的蓝天、江河、绿地与自己做伴。

2005 年 11 月 19 日

快乐的欧洲人

到一个陌生的国度，还真需要像范伟同志那样脑子来个"急转弯"，不然你不懂对方。初到欧洲就有两件事让我看不懂，一是星期日许多商场、超市关门不营业，我心想截了财源这不犯傻吗？二是夜晚灯火并不辉煌，都不如我们县级市的"亮化工程"。问导游，笑答：欧洲人赚钱不笨，但不拼命，休假雷打不动；晚上都回家享乐，大街搞灯展给谁看？我一想，也真有道理。若按我们的思维方式，双休日及年节正是商家狠赚钞票的黄金时间，恨不得一天有48小时。因观念不同，一件事的做法会大相径庭。

居欧时日虽短，但耳濡目染，对欧洲公民有劳有逸、充分享受快乐的生活方式了解之后很认同。据欧盟商会的统计，美国是世界上最具经济竞争力的国家，欧盟的人均收入要比美国低30%左右，这意味着欧洲人比美国人"穷"一些；可是美国人的工作时间却远远多于欧洲人，人均收入虽多但耗时也多。这是一个挺有趣的对比。说明欧洲人宁愿上班时间少一些，却要活得轻松一些，真的很聪明。其实，欧洲人既不"穷"，也不加班加点拼命，不愁衣食温饱的他们将时间和欧元更多地投放在精神消费与福利享受上，每年享有 4—6 周的假期玩得不亦乐乎。

在德国著名啤酒城——慕尼黑，我算领教了欧洲人的快乐。9 月 27 日从法兰克福南行，一路车流滚滚，正值一年一度的啤酒节，大批游客、球迷从四面八方如潮涌向慕尼黑。我与同伴也兴冲冲挤入著名的"啤酒屋"——球迷狂欢之地，顿时被巨大的声浪包围，数百人的兴奋交谈、球迷歌曲与乐队的演奏汇合在一起，热烈、激昂、欢乐、火焰般的情绪相互感染着。在这里无须相识，碰完杯就是铁哥们。我在震耳欲聋的声浪中迂回穿行，好奇地瞧热闹，忽被一个半醉的壮汉揽住腰，他手指我胸前的照相机比画着要跟我合影，我乐了，都不知道我是哪国人就合影，真实惠到家了。来一黑人帮我俩照了相，还没算完，壮汉又挤眉弄眼地灌我啤酒，喝就喝，这个场合没法装斯文，我便一口气儿豪饮半瓶。德国啤酒果然名不虚传，泡沫挂瓶，沁凉爽口。见我喝得痛快，壮汉咧嘴大笑，特高兴。在啤酒屋我足足待了半个钟点，至今我还怀念那数百男女无拘无束也无主题的快乐，其实真正的快乐是不需要主题的。还有一次饮酒的经历，刚进入意大利地界时在一处加油站休憩，拍照中同 4 位开集装箱货车的司机搭上话，他们见到中国人很高兴，倒满一杯葡萄酒就让我喝。老外喝酒特简单，没炝拌菜，连一盘花生米都没有，就那么空嘴喝。4 位中年汉子说英语也同我一样笨笨磕磕，但我还是听懂了那意思：这是今秋用刚采摘的葡萄酿成的新酒，味道好极了！我品尝后，果然好，口感甚佳，便伸出大拇指，他们连喊 OK！一脸开心的样子。

像这样路上偶遇欧洲人惬意交谈的事有多次。10 月 3 日临近傍晚抵千堡之国卢森堡，在宪法广场扶栏俯看比特留斯峡谷，与一对德国青年邂逅，起初彼此用英语试探交谈，一头金发的女青年忽然说起了汉语，让我甚感意外，中国游客也好奇地围拢过来。德国姑娘开朗大方，用不太熟练的汉语告诉我们她在中文学校学过两年，很快就要赴北京大学中文系进修，毕业后当商务翻译。分手后，姑娘回头突然冒出一句"我叫魏素芬"，笑着跑远了。我们却愣了：魏素芬是谁呢？直到上车后老半天，某山东女游客喊道："是宋丹丹啊！"众人想起来了，哗然大笑。宋丹丹曾在春节晚会扮演一位相亲的山东农村妞，叫魏素芬，未想到那位德国女郎居然也知道这个小品。

　　与一位神父的相遇也很值得回忆。在巴黎圣母院参观时，迎面遇到一位满头银丝、慈眉善目的神父，年逾六旬，很和气地用英语问我是中国人吗？我点头，他微笑着递我一本中文注释的《圣经》故事并用手指墙，墙上有耶稣传教的 12 幅壁画。我明白其意，逐幅认真看了，神父很高兴，对我画了十字。我虽非基督教徒，但知道欧洲人对宗教是非常尊敬的。我相信，那位神父一生都在祈祝人心向善，他的内心也是快乐的。

2005 年 11 月 21 日

聆听尼罗河哗哗水声……

4月14日夜，因为原订的班机出现机械故障，在等待换机的难熬的空闲中，我枯坐在开罗机场的一个角落，像古代法老一样双臂抱在胸前做沉思状。其实我没有法老的智慧，只是在闭目养神，实际上我是在傻想一些事情。

如果没有尼罗河，埃及可怎么办？——当时我真的傻想到这么一个问题。

可笑，埃及不可能没有尼罗河。

不过，我之所以这样傻想也是事出有因。100多万平方公里的埃及，全境96%是沙漠，这个数字会让人大吃一惊！哇，这么多沙子，简直不敢想象，那里的国民该怎么活呀？我是有点杞人忧天，然而全境96%是沙漠的生态现状也的确是"四面楚歌"，西部是利比亚沙漠，占全国面积2/3；东部是阿拉伯沙漠，直逼红海之滨。这真是一个名副其实的沙子王国。除北部沿海地区外，全境大都属热带沙漠气候，全境酷热干燥，气温可达40℃以上，严重缺雨，平均年降水量不足50毫米。埃及导游赛义德告诉我们：这里一年只下六次雨，一次半小时。见他一脸正经，不像是开玩笑。

旱魔把人们都赶跑了——98%的人口挤在仅为国土面积4%的河谷和三角洲地带。

事实是太严酷了，这才让我一个外乡客傻想道：埃及可怎么办？

但埃及拥有尼罗河。这是上天的怜悯，大自然的馈赠是无私的。

拥有尼罗河的埃及万事大吉。

这真是一条伟大的河流！

亿万年来，它遏制了干旱的肆虐，抵御了流沙的进逼；它拯救了埃及的农业，拯救了埃及的人、植物、动物和一切有呼吸的生命，也拯救了古老而珍贵的埃及文化。

在卢克索，当我面对帝王谷一带大片的荒沙、锯齿般的岩丘，回头再远望那条闪着太阳光斑的尼罗河——不由得发出一声感叹：上善若水啊！

尼罗河发源于埃塞俄比亚高原和乌干达境内，由白尼罗河和青尼罗河汇合成一条大河，全长6670余公里，是非洲第一长河，也是世界第二大河。它流经非洲九国，在埃及境内一段长达1530公里，从南到北纵贯全境，河的两岸形成3—16公里宽的河谷，为农耕提供了一条绿色的长廊。这真是救命的活水啊！埃及水源几乎全部来自尼罗河。奔腾不息的1530公里长的生命线——拯救了世界第一文明古国。丰富的水量为舟楫、灌溉提供了重要的水利资源。因为有了它，这个干旱的国度真是得天独厚。"母亲河""生命线"——对尼罗河的这些赞誉恰如其分。

那些漂泊在外的埃及人，羁旅异乡的游子，一旦踏归故土，都要掬一捧尼罗河水泪流满面，或饮或洗脸或濯足，可见对这条河流的感情如此深切。

尼罗河流经开罗后一分为二，亚历山大城与塞得港之间是这两条支流冲积形成的三角洲平原，面积2.4万平方公里，是埃及最富饶的地区，也是世界人口最密集的地区，全国 96% 的人口都聚居在这里。

4 月 11 日，我们来到东地中海的最大港口——亚历山大，尼罗河在这儿入海。它是非洲第二大城市，东距首都开罗 220 公里，建于公元前 332 年，以希腊马其顿国王亚历山大一世命名；作为古代一座名城，曾是地中海沿岸政治、经济、文化及东西方贸易中心，亦有诸多名胜古迹。目前全国 1/3 的工业集结在这里，最著名的是棉花贸易大市场，长绒棉花举世闻名，广泛用作高级纺织品原料。

"地中海的新娘"——世人对这座花园城市的公认。这一称谓让人生发很美好的联想。亚历山大风景优美，气候宜人，是埃及的"夏都"和避暑胜地。那天也巧，刚进城天空就下起了雨，雨并不大，飘飘洒洒的给海湾增添了一派诗意……来时开罗的早晨是零上 32℃，暑气蒸人，而这里是一片清新，全城都罩在丝丝雨帘中。

城市东部的蒙塔扎宫是外国游客必去的地方。它又称夏宫，虽没有俄罗斯彼得大帝的夏宫占地大，却也独具特色，绿树匝地，园林翁郁，鸟声啾唧，长堤桥临海。1952 年以前一直是皇室家族的消夏别墅，园内有法鲁克国王行宫（后为埃及国宾馆），佛罗伦萨式风格，只是不对公众开放，我们只能向里面投去长长的一瞥。而海边的卡特巴城堡倒是游人自由漫步和拍照的地方，它前身为世界七大奇迹之一的亚历山大灯塔，建于公元前 280 年，塔高 135 米，却毁于地震，太可惜了。城堡现已改作航海博物馆，介绍自一万年前从草船开始的埃及造船史与航海史，很值得一看。

回国前夕，终于有了一次与尼罗河近距离接触的机会。

乘船夜游尼罗河，是世界各地游客来埃及后最喜欢的一项活动，几乎不用导游动员，各个团队都是倾巢而出。我们乘的是一艘豪华游轮，每人要交 55 美金，对"不差钱"的人来说只是掏一下腰包，但我俩却为此开了半分钟的小会，妻子掰着手指算了一下犹豫地说："两个人 110 美金，合人民币 740 元哩，就为了坐一次船？"我了解妻子平素节省惯了，在家出门有"小公共"绝不打出租车；我想了想便说："这可是游尼罗河呀！不是伊通河。"伊通河是流经长春的一条普通的河，其貌不扬，一点也不出名。我们还是上了船。对这条哺育了文明古国的大江我是怀着一种崇敬之情的，在它的激流上滑行一次是很有纪念意义的。

深蓝的夜幕下，尼罗河缓缓地流淌着，经过了漫长的沙地河谷似乎疲倦了，一波一波的哗哗水声是它沉重的喘息……两岸是鳞次栉比的高楼大厦，挤窄了天空，五彩霓虹灯瀑布般喷射出诡异变幻的光芒。游轮行驶得很慢，有意给游客留下充裕的时间去观赏开罗之春瑰丽的夜景。晚餐后在船上大厅举办了文艺演出，著名的肚皮舞开始登场，一位体态丰盈的埃及女郎，在时急时缓的手鼓声中全身做波浪状涌动，博得一片喝彩。在我看来，这种舞蹈训练有素，技巧很高，一点也不色情。更精彩的是一位瘦削的男子在原地不停地旋转，白袍的衣带像云片急速地翻飞，他越转越快，面孔一闪而过，观众都被转晕了，一个个看得目瞪口呆。他旋舞了几百圈方收住脚步，微微一笑向大家鞠躬致意。大家醒过神来报以热烈的掌声……尼罗河似乎不理会人间的娱乐，它不动声色地向北流去，北边是蔚蓝的地中海；它要完成 6670 公里的流程——这是一条伟大河流的忠实使命！

2009 年 10 月 18 日 于龙江教授村

夜幕下的芭堤雅

　　我曾经去过那座城市，那座终年吹拂热带季风的海湾城市。

　　芭堤雅（Pattaya），就是那座城市的名字。名字很美，让你很愿意想象出一位东南亚女孩的乳名；而且吐字很愉快，只要嘴唇轻轻一碰，就是说用唇音会极其容易地读出芭堤雅。你不妨试试。

　　芭堤雅是一座让游客充满各色幻想的城市。每一丝椰风云影，每一道经声祷语，每一片透明的雨伞，每一朵含羞的睡莲，甚而灯火深处每一条时隐时现的泰国女郎的裙裾……都让人神思冥冥，生出想象的翅膀。在这座恣意抛撒各国外币的不夜城，当你行走在夜幕下并听着海浪神秘的絮语，想象力便不由自主地扩张了，莫名的激动如雨后的蘑菇一个又一个钻出来，无法控制，让你大吃一惊。出国前，一位到机场送行的朋友对我说：芭堤雅是一座魔幻城市，人们到了那里像染上一场热病，几乎要消耗尽一生中的激情与幻想。最规矩的人也会生出要狂放一次的冒险念头，譬如抢一回银行，偷走一辆轿车，或者娶一个芭堤雅女郎就不走了……他两次去过泰国，显然拥有丰富的传奇式的经历，但来不及同我细讲。其实我在芭堤雅很安全，没去抢银行、抢轿车，也没在那里娶妻生子；但朋友所预言的狂放一次却在我身上不幸言中。当时我特别想结识一下那里的黑社会，看看他们是怎样安排行动计划；还想逛一次赌场感受那种富有刺激性的氛围，并且体验一下挥金如土是怎样一种快感；我还想去采访那里的红灯区，就像日本电影《望乡》中所描述的情形，听听有没有阿崎婆的哭声，看看各路英雄好汉是怎样在钗光鬓影中纷纷落马……

我的冒险念头当然不止这些，只是没有一个付诸实施，因为没有路子找不到黑社会，没有足够的美金敢去赌场，红灯区从不接受什么采访。总之，都只是想入非非。但问题是所有亲友都知道我是一个中规中矩、平淡无奇的男人，为何出国后到了芭堤雅就生出一些古怪的幻想，甚而默许自己放浪形骸呢？归来后我一直在反思这个问题，但不得其解。后来我干脆就不再去想了，因为想得很累，只能归结为芭堤雅的确是一个充满魔幻的城市，它不动声色地迫使各国游客摘下面具将自己真实的人性释放出来。就是这么一回事。就像男人进了热气蒸腾的浴室，必须集体脱光，这才叫别无选择。

芭堤雅的夜空于深灰中透着淡蓝，是那种让人在冥冥中耽于幻想的色调。芭堤雅的夜幕像一张巨大的网笼罩着从世界各地慕名而来的游客，让他们在网下好奇地观望着并很快投入一种奇异情调的夜生活。无论你习惯还是不习惯，你不得不正视芭堤雅夜生活其实是一种文化现象。面对一种真实的文化，溢美之词或者大加讨伐，对它都不起什么作用。

因此，当我在中国北方一座城市心情平和地回忆在芭堤雅生活的每个细节时，很有些饱经沧桑的感觉——虽然，我第一次出国，只是到了暹罗湾某个角落，对整个世界的认识该多么肤浅。但仅仅一个角落的见闻就足以令我困惑与惊骇了。在这里，现代人类中最畸形的现象——人妖，让男人眼睛无法躲开的一幕——
裸女舞蹈，都曾真实地映现在我的视网膜上以至许久都挥之不去，
像做了一场梦。按照我们长期囿守的传统文化教育，应该将人妖、
裸舞之类打入"扫黄"之列，或者至少归结为邪恶的美。但许多
外国游客耸耸肩，他们不那么看，相反却觉得很有意思，毫无新
鲜刺激的文化其实是平庸的。而泰国政府居然允许人妖与裸舞的
营业性演出，这愈加使我们不理解了。不是说解放思想、理解万
岁吗？奇怪的是愈是所谓不理解的事情，大家反倒趋之若鹜；国
内三大旅行社最红火的一条旅游线路，就是组织各级官员与工薪
族到泰国去，就是一个例证。于是我也被卷入这条热线，虽然早
在我之前就有百万旅游大军已涉足曼谷与芭堤雅了。

芭堤雅在曼谷以东 135 公里处，面积 208 平方公里 (陆地
占 1/4)，被誉为东方夏威夷，招徕全世界游客，将大把大把的
外币都扔在这里。泰国政府已将这座海滨之城划为特区。我对
芭堤雅拥有的知识只有这些，真是少得可怜。其实不怨我，整
天被泰国导游牵着鼻子走, 疲于奔命似的观光一个又一个景点，
两天三夜眨眼间过去了。对这座城市的历史与文化居然茫然无
知，甚至没读过这里的华语版报纸，所以我很有一种对不起芭
堤雅人民的愧疚心情。愧疚之余，便恼怒于两名泰国导游，他
们叫我们掏腰包的地方从不包括历史博物馆之类，这就是说他
们不让我们在泰国受教育，把带来的人民币都花在吃喝玩乐上
了。问题就出在这里。这样一来，让善良的中国旅游者思想都
松懈起来，革命警惕性都淡忘了。任凭他们挤眉弄眼地把我们
导游到那些声色犬马的去处，让我们的灵魂不得安宁。

直到归国后我才弄明白，到暹罗湾港口寻求安宁或者接受
什么洗礼该是多么幼稚。芭堤雅不是耶路撒冷，也不是西藏的
圣湖，无论如何也成为不了坚贞信奉某种信仰、让灵魂泊于安

宁的净土。这里是饕餮之徒、好色之徒和拜金主义者的乐园，金钱主宰一切。芭堤雅不欢迎清教徒与正人君子——它的海岸线明明白白打出了这样的旗语。来自地球各个角落的不同肤色的男人们首先读懂了这旗语，精神为之一振，纷纷舟车行旅下榻芭堤雅。他们不需要安宁，他们需要躁动。芭堤雅是亚洲温柔的陷阱，但胆大又有钱的男人不怕，他们知道愈是温柔的陷阱，男人的身心才能愈放松、放开、放纵。明白这一点，似乎很不高尚；但又不得不承认，在芭堤雅过得最开心的当数男人，而不是贪婪购物及大嚼热带水果的女人。不同肤色的男人们跑进亚洲最温柔的陷阱几乎出自一种群体意识，没有谁挥动鞭子去驱赶他们这样做。似乎有一种魔力如瘴气在芭堤雅地表升腾蔓延，男人们在睡莲、少女的簇拥下与诵经声中晕晕乎乎认不出自己了，像得了夜游症，一些自诩为优秀的男人也不例外。

是的，这就是芭堤雅，蔚蓝海水与各种欲望不舍昼夜流淌的地方。到泰国旅游观光，没有让暹罗湾的海水浸泡过，没有同人妖合过影，没有观赏过裸舞，是不可以想象的。除了金碧辉煌的佛寺、面目凶恶的鳄鱼和四季蓊郁的热带森林，旅人印象最深的当数最具泰国特色的人妖、成人秀、铁杆秀、泰国浴、古典泰式按摩。这五大旅游项目，在芭堤雅夜幕下闪烁着奇诡的光芒，为当地带来滚滚财源。1990 年到泰国的游客数量达 580 万人次，1995 年泰国旅游外汇收入突破 20 亿美元。谁都明白这一笔笔数字意味着什么，精明的泰国人会做生意，不为外国旅游者一路开绿灯，不让他们看得痴迷、玩得心跳，凭什么把外币撒在这个四季高温的农业国呢？

当然，撒外币的也有黑眼睛、黄皮肤的中国人，他们从中国各地跟随各种招牌的旅游团潮水般涌入这个佛教国家。至今我也搞不明白，在同中国交往的一百多个国家当中，为何赴泰国的旅游线最热？就我所知，专程赴泰拜佛者寥若晨星，绝大多数都是来游玩的，开开眼界，那么猎奇或猎艳也就顺理成章了。刺激游人的那五大表演项目，犹如暹罗湾五个巨大的漩涡，令人眼花缭乱地旋转着：叠印着东西方文化奇异杂交的一幕图像，让迟出国门怯生生的中国人看得目瞪口呆，心慌意乱，一不小心或情不自禁就会被吸入那漩涡中。

我们这个旅游团是香港一家旅行社组织的，二十几人来自内地诸多城市，一路谈笑风生，相安无事，俨然是一个大家庭。可是到了芭堤雅，大家庭就产生了分野，白天集体观光，晚上干什么？漫长而酷热的夜晚总不能都在房间里关禁闭呀，大家七嘴八舌地讨论一番后，决定走一走、看一看。但有一位严肃的中年妇女提出反对，说了一堆提心吊胆的话，那就是未经审查过的地方不能去，最后很激动地表示：资本主义国家的东西，我们不看。大家一听都愣了，她好像在党校发言，有位北京女青年冲她说：阿姨，除了咱们中国是社会主义，地球上都被资本主义包围，那你还买飞机票出国干啥！大家都乐了：怕资本主义就别出来。每年出境几百万中国人，没听说有多少同胞变得不可救药。

导游阿昌也笑了，他听我们的辩论听得津津有味，觉得中国人很有意思，他导游过许多老外，却没有谁专门讨论芭堤雅的东西该不该看。这是一位来自泰国湄南河畔的青年，身材矮小却很结实，有一双聪明的眼睛，皮肤是棕色的，华语说得还算流利。阿昌笑着说：在芭堤雅你们就是老外，啥都可以看，跟谁装客气呀！大家一想，是这么回事，到了国外还戴着面具累不累呀。

这个插曲过去后，大家决定先去看人妖。这是泰国最吸引游客的特色项目，人妖算不算资本主义就没人细研究了。那人妖的确妖娆无比，在五彩灯光的辉映下一个比一个妩媚，身材窈窕，舞姿优美，举手投足尽显女儿娇态。剧场里端坐的大都是中国旅游者，初识大名鼎鼎的人妖，仿佛面对的是天外来客。这些人妖也真会曲意逢迎，压轴节目竟是我们熟知的《血染的风采》，让人看着心里特别扭。舞台上一群谄媚的人妖挥舞五星红旗，赞美老山英雄，真是荒唐透顶，但我们的同胞却乐得前仰后合特开心。演出后，人妖们走下舞台来到门外喷水池广场，只要付20泰铢小费就同你合影，游客纷纷同几个最漂亮的人妖合影，似乎是一件很荣耀的事情。我只是在人群后面观瞧这热闹的一幕，既不兴奋，也未嘲笑，当时说不出来是一种什么感觉。人妖启齿一笑，确有万种风情，让你服气的是比任何女子笑得都美，的确是个奇迹。可一想到这巧笑倩兮的人儿，原是男儿身子经过变性手术而来，有了这么一变，让人无法从心里生出一丝爱美之意，相反会感到悲哀。据说人妖在人老珠黄之时命运是很悲惨的，我相信。这种人类中畸形的美本不该持久的。看到那些大陆来的土财主们争相同人妖勾肩搭背留影的场面，仿佛是一幕闹剧。

除了带给感官上一种怪异的刺激，我对人妖实在没什么好感，反倒被弄得心情很压抑。直到站在甲板上让湿漉漉的海风吹拂得遍体清爽，才卸去了在剧场那种怪怪的压抑感。

当然，夜游暹罗湾也没更多的诗情画意，那只是商业味很浓的炒作。在码头用汽艇将各国游客运送到近海一艘退役的大轮船上，赏看夜景、吃泰式火锅、唱卡拉OK、喝啤酒有奖大赛……都是要掏腰包的。然后在甲板上狂欢，一群穿三角裤光裸上身的少女邀游客跳迪斯科。那些泰国女孩都不到20岁，晃腰扭胯近于疯狂地光脚跺着甲板，小小的乳房随着激烈的节拍上下颤摇着，我甚至担心那乳房像风中的果子坠落下来。有几个黑人和北欧小伙围着她们跳，很像一群壮熊同幼鹿友好地相处共舞。在国内是见不到几十个女孩裸胸跳舞的，可是在这里见到了；泰国公安不管是人家的事，奇怪的是我们当中没有谁抗议其舞不雅，有的女同胞还使劲推搡自己的丈夫或男友上前与她们对跳，表现出一种从未有过的宽容大度，大家也跟着一起哄笑……

与这番戏谑热闹相反的，是观看成人秀的尴尬与沉默。秀，是英语 show 的译音，意即节目表演。泰国成人表演什么呢？问导游，导游语焉不详，只是笑。这么一神秘，大家便有了兴致，每人交 400 泰铢买门票进入黑黑的小剧场，坐定，眼睛适应了，抬头一瞧，都傻眼了。那情景酷似《水浒》中的林冲误入白虎堂遭了暗算。台上，灯光像鬼火忽明忽暗，一个个从头到脚全裸的泰国女郎轮番登场表演，看得我们瞠目结舌，心惊肉跳！400 泰铢换来的成人秀原来是这码事啊。

大事不好！资本主义的东西终于露头了。怎么办？按理说，这节骨眼儿上应该有一位气愤填膺的英雄站在椅子上振臂一呼：同志们——然后是旅游团集体退场罢看。可是此种情况没有发生，也无一丝骚动，没有谁拂袖而去，都似一尊尊石佛端坐着。当然，对此亦有另一种解释：裸女，除了在西方油画与人体素描画册中出现，平民百姓是见不到活生生的裸女的；此刻在芭堤雅见到了，真是百年不遇，不看才愚哩。

最后是男女双人的表演，音乐徐缓奏起，追光，一幕哑剧。那场景惊心动魄，人人屏住呼吸看得六神无主，咬牙切齿。泰国文艺工作者为何在外国游客面前复制这一幕家庭床笫之事，岂止是不严肃，乃是文化的堕落与沉沦。林子大了，什么鸟都会有。或许这是泰国人艺术再现亚当与夏娃偷吃伊甸园禁果那一幕，主题是人类的繁衍。剧场中一百多人究竟是怎样想的，我不得而知，反正都闷在葫芦中，回到车上依然沉默，同胞们似乎都蔫了，像受到一场严重打击。后来有位小伙憋不住了，没头没脑地冒出一句：跟录像一样。身旁女伴反驳他：不一样，咱们看的是活的。顿时车厢里笑声四起，大家都长吐了一口气，如释重负。

当时，我也想跟着大家一齐笑，可是没有笑出来。忽想起当年郁达夫的一篇自传体小说，他写一位中国留学生无意间瞥见日本房东的女儿洗浴的镜头，浑身战栗着像得了一场热病……后来我才知道我是多么脆弱。在诗神缪斯庇护下长大的我，一直将人类的情爱看得十分美好，却不能承受那种刺激心灵的床笫镜头。

在芭堤雅最后一个晚上，旅游团的男人们意犹未尽地还要疯一回，去看铁杆秀和泰国浴，按照导游的意见留下女同胞在酒店接受泰式古典按摩。阿昌轻车熟路将我们这些"胜利大逃亡"的男性带到一个类似酒吧的地方。屋子很大，客人全部是老外：白人、黑人，还有黄种人。厅中央是一米高的椭圆形的舞台，固定8根铁柱，舞女们两手握着小碗口粗的铁杆作波浪起伏状，这就是铁杆秀了。但同我们在东芭东园观赏的泰国民俗歌舞不一样，她们有舞无歌，只是握着铁杆上下前后蚕一样涌动身体，将无声的人体语言展示给客人们。八位裸露的少女近在咫尺，伸手可触，那一道道乳波臀浪就在眼前起伏着，让人看了一阵心悸，慌慌的，仿佛撞见了《西游记》中盘丝洞的女妖。我有些晕眩，唯一能做的就是大口地喝啤酒，一种很狼狈的掩饰。酒精在我体内燃烧，我突然有了勇气抬头直视她们表演的同性恋，她们半跪着，像小青蛇般扭结在一起，我忽然感到这是一群苦难的青春女孩，在折磨自己，我真的不喜欢她们的同性恋形体语言，让我鄙夷又让我怜悯。

头昏昏地离开了那里。这些芭堤雅女孩折磨自己的同时也折磨了我。在芭堤雅,我走进了《封神榜》又走进了《镜花缘》,神魔、美女,还有人妖……都见到了;真实的、荒唐的,都经历了。搞得我面目全非,无话可说。

当然我也没忘了来自泰国清迈的那个女孩,是在酒店认识她的,导游阿昌让她陪我们交谈。阿昌左手高高拎起一只椰子的彩照,至今还压在我写字台的玻璃下面,他在照片上永远对我挤眉弄眼地笑着。对了,那个女孩很清秀,我不知道她的泰国名字,只知道她吸万宝路烟,喝可口可乐,很让我惊讶。我试着用华语和英语和她交谈,她居然会说一些,再加上她的眼睛与手势,我们就不陌生了。在泰国浴中她表现得善解人意,像一只温顺的水鸟;分手时我告诉她不要抽美国烟,很辣,会伤身体;她说这里是四星级酒店,吸烟不吸万宝路怎么可以呀。我想她吸洋烟是在表明一种身份。

可是我和我同伴的身份呢?丢了。在芭堤雅,除了护照我们似乎把自己的一切都丢了,我们挣脱不了夜幕那张巨大的网,除非整个长夜你枯守在酒店房间里捧一本《圣经》或者用坐禅的方式修身养性,以此不越雷池一步,可是有谁愿意那样战战兢兢地打发在国外的日子呢?坦白地说,我们都是一群任人摆布的羔羊,在泰国导游的指挥棒下辗转在芭堤雅的灯火深处,完成一次色彩驳杂的精神之旅。精神亢奋又充满恐惧,兜里揣着美元和泰铢奔波在夜生活一个又一个落脚之处,紧张得像在进行一次热带丛林的战斗。当我们无法选择地将那些陌生的、新奇的,甚而邪恶的东西摄入眼帘,那一刻我们就同这座魔幻之城融为一体了。

别了,芭堤雅,你的夜空还是那样在深灰中透着淡蓝吗?

1998 年 1 月 6 日　于南湖宾馆

想买一件阿拉伯长袍

　　若问起出外旅游中你最讨厌的事情是什么？我当然会毫不犹豫地回答：购物。

　　对于喜欢逛商店买东西的女游客来说，她们同我的见解正相反，她们不讨厌这类商业活动，一进超市、商厦、大市场就充满了活力，旅途奔波的一脸倦容立刻不见了，目光里闪烁购物的智慧，该出手时就出手，满足对商品的征服欲对女性来说是一件快乐的事情。有时我在一旁观察，即使是丑女，当她睃视货架并开始讨价打折时也变得有几分好看了，那眉眼间的表情不乏生动。不信你也去观察一下。

　　但对我来说，将时间投放在买卖天地这太让人心疼了。出一次门不容易，旅程安排都很紧张，我只想多看看、多走走，多了解异域的风土人情、地理民俗、历史文化，甚至山形水系、气象、民居、传说、草木、特产……也都想涉猎一些，既增长见识亦为日后的写作积累了素材。因而对占用宝贵的时光的购物就有一种本能的抵触心理。

　　可是抵触也没用。购物活动赫然写在旅行团的日程表中，你推翻不了。

那就顺其自然吧,心绪平和地看着游客们大包小包地抢购,就当看一次另类的演出吧。在妻子的劝说下,这次地中海之旅我不再自寻烦恼,强迫自己当了一回快乐的顾客。生活中你不可能只是一种角色。于是,我也大步流星地走进大巴扎和哈利利——这两个分别属于土耳其和埃及的大市场,思忖海外购物或许别有一番情趣。

后来回想一下,审视商品及掏腰包的过程伴随着很微妙的心理活动,将我这个自视清高的男人一下子推到为降价而战斗的妇女行列中,心里不免自嘲暗笑:你不是神仙,你总要食人间烟火啊!

大巴扎在繁华的商业区,是伊斯坦布尔最著名的商贸大市场,民间色彩很浓。外观并不惹人注目,里面却别有洞天,一进去我眼睛就有点不够用了,白天这里也灯火齐明,密密麻麻的商铺一家挨一家,摆满五光十色的各类商品,左右顾盼看得我头晕眼花。不懂得该买啥,就随着团里的游客胡乱地往前走,那情景就像一句诗所描述的,"不知道哪儿花好,紧跟着蝴蝶跑"。走来走去就迷路了,里面太大了,道路纵横交错,我像陷入了一张巨大的蛛网中。后来听导游介绍才知道,大巴扎自由市场不可小觑,15世纪就建成了,真是老资格了;它拥有18个入口、4000多家店铺,在这样的经营规模面前,顾客就像觅食的蚂蚁大举进军。掏钱吧:土耳其里拉、美元、欧元、英镑、人民币……兑换很方便。在4000多家店铺中穿行,想不掏钱都不行。人类造出了商品就是要诱惑人类。

我终于也掏了几次腰包,实在是因为在大巴扎转蒙了,走累了,赶紧买点啥好抽身吧!事先用美金兑换了土耳其里拉,陆陆续续买了玲珑的小碗、精致的工艺盘、柔软的围巾、小幅地毯、棉织钱袋、纪念邮票……都是小件,花销不大,却让妻子一副欢天喜地的样子。对这些东西我兴趣不甚浓，感到有意思的是与店主的对话。每当语言有障碍、彼此的英语都不够用时，便用上了十个手指，五官一齐动，后来被我称作国际哑语，还挺管用，互相瞅瞅对方的表情都蛮生动，这令我十分开心，好像白得了东西似的。哦，快乐的顾客原来就是这么当的。剩余的土耳其里拉带了回去，每次出国我都有意带回一点外币留作纪念。

4月9日下午4时，从伊斯坦布尔飞抵开罗机场，落地签证很痛快。想到在埃及还要购物，就在机场用140美金兑换885埃及镑，而土耳其里拉要比埃及镑贵一些。

回国前的那两个多小时慷慨交给了哈利利大市场。下车后，导游兼翻译赛义德用手指向市场入口大声说："中国朋友，最后的疯狂到了！"大家心知肚明地笑起来。

哈利利同大巴扎一样大，有悠久的历史，14世纪就开张了。它在开罗老城区，离侯赛因清真寺不远，是开罗最大的特色礼品中心。市场内的通道很多，纵横交叉像一座迷宫，挤满了千家小店铺。主要经营金银首饰、宝石、雪花石膏制品、皮货、地毯、古文化雕刻手工艺品、香精、铜盘、水烟袋……素以店面古朴、货物品种齐全而闻名，吸引大批外国游人纷至沓来。这是在埃及的最后一项活动，我认真参加并浏览得很细，除了那些精美的商品，我对阿拉伯长袍产生了兴趣，这是穆斯林男人常穿的长袍，宽松肥大，透气性能好。见我盯着长袍不走，妻子说："动了凡心想买一件，是吗？回中国你穿了咋上街啊，瞅你怪怪的，你是阿拉伯人吗？"我不禁笑了，的确想买倒不是穿，而是作为手工艺品挂在墙上，以前曾买过云南蜡染织品、日本和服、浙江乌镇蓝印花布……我喜欢收藏这类东西。阿拉伯长袍没买成，随意购了一些埃及棉织长巾、工艺盘、香烟、邮票、画册、挂历、童装 T 恤衫。

逛市场也的确增长了见识。埃及人造水晶、香料香水、莎草画……这几样名特产品都很受欢迎。埃及人造水晶在国际市场上成色最好，设计工艺精湛，兼顾东西方风格，只是价格不菲；由于埃及花卉纯度高，因此 1000 多年前埃及就是世界最大的香料贸易中心，至今它仍是法国香水的原料产地；而莎草画是埃及特产，它是用尼罗河芦苇茎部经加工制作的字画工艺品，具有较高的艺术价值和收藏价值。同妻子一番商议后，用 50 美金买了一瓶香精，都不知道带回去给谁用；还购得一幅莎草画，用去 85 埃镑，我很欣赏画上法老时代的图案。有意思的是在金老鹰香精宫，主人不厌其烦地逐个让我们去闻几十种花卉制作的香精：玫瑰、茉莉、水仙、紫罗兰、栀子、百合、丁香、薰衣草……弄得我们一鼻子综合气味，喷嚏连连。那些香精的命名很诡异：埃及艳后、圣诞之夜、沙漠之秘密、奥西里斯神、女法老、龙涎香……仅看名字还以为是影碟大片哩。

埃及人平素主要饮品是茶和咖啡，我一直想品尝一下，可惜每天行程太紧凑，无闲暇静坐下来细品。还是回家煮沸水泡一壶铁观音畅饮吧。

2009 年 10 月 25 日 于龙江教授村

行为艺术乞讨者

置身异国他乡，高兴的事和烦恼的事总是不期而至。这类事往往出乎意料，所以印象深刻。踏上欧洲大陆，第一件令我开心的事竟是碰上了搞表演的行乞者。

9月26日上午雾散天晴，我眯起双眼仰视阳光下的科隆大教堂，这座900多年历史的天主教堂，双尖顶，高达161米，犹如两柄利剑直插碧空，异常挺拔壮观。因从不同角度拍照，每次我都要绕开一座雕塑，它立在教堂广场入口处，只觉得它的位置有点不对劲儿。当我换胶卷时，忽听到一阵笑声和投掷硬币的声音，便抬头不经意一瞥，吓了一跳：那尊雕塑居然动了！原来是活人。他正和游客无声交流，一位金发妇女将一枚欧元放在他脚前的花瓶里，他弯下腰右手按胸表示谢意；又有几个女孩上前掷币，他堆起笑容连连做飞吻状，一派骑士的风度。看客越来越多，一个像是阿拉伯国家的小男孩怯怯上前摸他身上的"盔甲"，他一把搂过来，亲密地照了一张合影，还摆摆手表示不收儿童的钱。当看客散去，这位活人又恢复成塑像直挺挺肃立，任周围如何喧哗亦目不斜视，他的纹丝不动却让我心里怦然一动，真看得发呆了。活人能持久站成一尊塑像，以假乱真到这般地步，可谓一绝。我上前正眼瞧他，面具为鹰脸，左手持一铁棍，一身银灰色"盔甲"在阳光下熠熠闪光。初到德国，不知其为哪一路英雄又如此行头打扮。甚惑不解。距离教堂不远处还有一位，穿太空服作飞翔动作，不过无吸引力，观者寥寥。

同导游杨亮说起此事，他笑答：此二人是浪迹城市的乞讨者，同国内街头的讨钱人无异，只是他们层次高一些，讲究乞讨的艺术形式。

本以为已经淡忘了，未想到欧洲之旅我对行为艺术乞讨竟发生了兴趣。

在法兰克福遇到第三位，此君不屑扮雕塑，全身都动，动作太花哨，身手过于矫健，酷似我国的泼猴孙悟空。也许正是这般才让众看客笑得前仰后合，赏给他的欧元硬币纷落有声。在人群中我偷偷用长焦镜头拍摄，不料被他发现，他怒视，并用手指我；我落荒而逃，心里明白侵犯了他的肖像权又没给欧元。第四位是在奥地利的茵斯布鲁克广场，女性，穿一折叠长裙，戴手套拿一枝玫瑰，虽彬彬有礼却无动人之处。不过，年轻女性能在大庭广众前行乞勇气可嘉。独辟蹊径的是扮作神父的第五位，可谓酷毙了。那天来到水城威尼斯十分兴奋，直奔圣马可教堂广场，路上见一座高高的神父塑像，披一袭银白长袍端立，便停下拍照。突然，神父对我挤挤眼睛，吓得我一激灵，知道又上当了，他装得太像了！假神父足有1.9米高，双手捧一本《圣经》，神情庄严，几乎无任何形体动作，只是口中念念有词作祈祷状，用右手轻抚投币者的头，类似西藏佛教的"灌顶"。被"灌顶"的游客，一副欢天喜地的样子。拍照后，我扔下2欧元，他依然对我挤挤眼睛，我得承认，这是一个讨人喜欢的行乞者，很胜任神父这一角色。第六位是在古罗马喷泉广场，游人如过江之鲫，因占地利之便乞讨者收获颇丰，一地硬币很是耀眼，他的燕尾服也别出心裁。

旅欧 13 日遇见 6 个街头行乞者，他们的行头毫不雷同，均有各自创意，且扮相富有幽默感毫不猥琐；形体动作大都采用静态，凝然不动，带给观众的是一种神秘感。只有两点他们是一致的：行头水银色，涂脸；目不旁视，缄口。

还是从导游小杨那里得知：这些乞讨者的确是居无定所的欧洲流浪者或聋哑残疾人，完全可以领取政府的救济金和慈善机构的援助，可他们拒领，却乐于到公共场所"上岗"展示自己，搞行为艺术表演，至于每日得欧元多寡并不很在乎。细想之，这也是一种活法，自有其道理。相较我们国内那些蓬头垢面、直奔主题的伸手讨钱者而言，他们回报给观众的却是开心一笑。平心而论，他们虽流于行乞形式，却付出了真实的劳动。

2005 年 11 月 7 日

俄餐中餐轮流吃

国外旅游与国内旅游有许多不同之处，衣食住行的"食"差别最明显。这同沿袭已久的生活习俗、饮食特点有关，有一百个民族就有一百种吃法，没法统一。对于信奉"民以食为天"的中国人来说，历来将吃得好视为过日子的重要内容，不仅敷衍不得，而且要花样翻新，以"食不厌精"为乐。"一饱口福"就成了中国老百姓津津乐道的追求。君不见，时下求人办事走后门，除了"送红包"，请吃是必不可少的，马虎不得。小品中，赵本山挤眉弄眼说的那句"吃好喝好"居然成了一句时代名言。可见这"吃"的功能不可小觑。

可是，出门到了别人的国家就由不得你了。有啥吃啥，别无选择，国外没有"八大菜系"，摆不了谱，能咽得下去的就不错了。常听人说起带血的法国牛排、东南亚的手抓饭，甚至太平洋某岛国生吃老鼠，别说下咽，听来就很恐怖。

我们旅游团中，有些人自带了涪陵榨菜和各种咸菜，湖北游客还带来几大瓶辣椒酱。看来是担心吃不惯老外的伙食，自带一些喜欢吃的小菜以增加食欲。想得还很周到。

俄罗斯人以面包、牛奶、土豆、牛肉、猪肉和蔬菜为主要食物，爱吃黑麦面包、黄油、酸牛奶、酸黄瓜、鱼子酱、咸鱼、火腿等，还喜欢吃用面粉、蜂蜜加香料做成的甜食。

在俄罗斯漫游八日，用中餐和俄餐各半，大家还都适应了。每日早餐，均在下榻酒店用俄式早点，手持房卡就可以进餐厅，这里是自助餐，一般是面包、汤、沙拉、米饭、红茶等。条件好的大酒店，早餐的品种会增添馅饼、牛奶、咖啡、水果与点心。

一开始，我还是不适应俄餐，觉得没食欲，而且双手要用叉动刀的很滑稽，边吃边想着豆浆、小米粥、腐乳之类，吃得心不在焉，因而距"一饱口福"相差甚远。但经过两天演练，第三天就适应俄餐了，第四天进入喜欢阶段，到了第五天早晨我就有意同俄罗斯人坐在一桌感受一下气氛，我们互相以目光致意，刀和叉子在我手中已转动自如了。

其实，我喜欢的是俄餐那种宁穆的气氛，大厅那么多人却不喧哗，个个谦恭有礼，非常安静地用膳，咀嚼声也小，即使偶尔交谈也有意压低音量，生怕影响别的客人。我曾仔细观察俄罗斯人吃饭的情景，很赞佩他们的举止，这是一个民族文明教养的体现。他们的礼貌不是刻意装出来的，而是自然地流露。还有一点，俄餐及别的西餐都很洁净，由于少了煎炒烹炸那些制作程序，就没有油烟和呛人的气味，整个餐厅空气很清新。

这里无意想贬低中国人用膳时的形象，但我们同胞围坐餐桌时的交头接耳、谈笑吵嚷、香烟袅袅、劝酒声声的场面，也的确让人头疼。特别是中国式婚宴，噪音太大，场面太闹，陪伴太累。如此用膳，非但不是一种静静品尝的享受，反倒成了劳神耗力的一场战斗。所以，许多人对此种图个热闹的会餐都望而却步，不知这种方式的"食文化"有多少乐趣可言。

10月3日早晨，我在俄罗斯大酒店餐厅坐了有一个小时，其实早餐很快结束了，我只是坐在那里凝神听长笛演奏。餐厅很宽敞，中央乐池内端坐着一位俄罗斯少女，栗色的披肩长发，瘦长的身形，目不转睛地看着乐谱吹奏长笛。吃早餐的 200 多人似乎与她无关，她全神贯注的是那神圣的音乐。不知她吹奏的是什么曲目，旋律悠长而悦耳，像春日的伏尔加河在我面前缓缓流淌……我安静地坐着，听着，真有点陶醉了，因这长笛，我这一天的心情格外明朗。

在俄罗斯的日子里，我们已习惯同俄式早餐打交道，只有一个中午享用到俄式正餐。10 月 2 日，参观完新圣女修道院已过中午，那天阴有小雨，气温骤冷，大家很想吃点热菜热饭暖暖身子。导游似乎很理解这一点，大巴在雨中开了一段路，来到一家地下餐厅。所谓正餐，并没有中餐那般复杂，先是端上一盘切成片的黑面包、黄面包，这是主食；副食是一盘西红柿、香肠片之类，还有一小碟果酱、黄油用来蘸面包的，每人一小碗汤。按中餐的标准，这太简单了，在国内若吃一顿有模有样的所谓正餐，不端上七碟八碗是不罢休的；但俄罗斯人吃饭却不追求色香味俱全，他们讲究简单适用，从不浪费，且从不在用膳上花更多时间。可能是知道中国人讲究吃吧，或是伙食费交得足，在大家一扫而光、东瞅西望之际，服务员又端上来香酥鸡和米饭，大家一看就乐了，纷纷动刀用叉将酥鸡切割得支离破碎，大口猛吃。有的游客还买了莫斯科啤酒，一顿豪饮。

那鸡，我只吃了少许，味道还不错，我重点是喝红茶，一杯又一杯，毫不客气。俄罗斯没有茶馆，也不供应滚沸的开水，这可苦了我这个嗜茶人。在国内，夏啜绿茶，冬饮乌龙，不可一日无，但出国就没这方便条件了，在俄罗斯有茶也是红茶加方糖，很不合我的口味。但没茶的时光更难熬，所以用膳前后我渴不择茶，有红茶也猛喝。10 月 4 日，因远东森林大火，使我们滞留海参崴机场，见二楼吧台有热水机可供应红茶，当然收费；我抓了一大把从家里带来的浙江绿茶放在大杯里，到吧台去买开水沏茶，民航小姐表示开水不要钱。这下我可喜出望外了，乐滋滋地端着茶，眉开眼笑，像见到久别的亲人。一气连喝八大杯，可谓俗夫牛饮，却过了一把茶瘾。麻烦民航小姐冲沏了八次水，也觉得不好意思，居然用俄语说了八遍"谢谢！"。于是，掏出卢布买了一盒巧克力，那意思是我没白喝水，也买了你的东西。

在俄罗斯，还是吃中餐居多，这也是照顾中国游客的饮食习惯。另一个原因，旅行社同各城市的中餐馆都有不成文的默契关系，你把大批游客拉到这里用餐是有回扣的，彼此都不吃亏。

这些年随着中俄边境口岸开放，经贸往来频繁，去俄罗斯做生意的中国人越来越多，其中一些就在各大城市开中餐馆。菜肴水平不敢恭维，但对付俄罗斯人是够用了，一盘麻婆豆腐或一道红烧猪蹄就足以让他们馋涎欲滴，如再搬出来"八大菜系"中任何一种菜谱在当地就是国宴了。

我们入境的第一顿饭就是中餐。9 月 27 日中午，一辆旅游大巴将我们拉到市内一家中餐馆——北京美食中心。在哈巴罗夫斯克有几家中餐馆我不知道，只知这家在当地很有名气，开业有一段时间了，但门口还有俄罗斯工人在干活，装潢门面，牌匾上的俄中双语文字很醒目，看来老板要大干一场，不把卢布赚够不罢休。其实，这里的菜肴算不上北京风味，纯属地道的东北特点，这也是拉大旗作虎皮，生意人懂这个。

北京美食中心四层楼，有客房、餐厅、夜总会、商务中心等，服务功能还算齐全。吃完饭，我特意到酒店各层逛一圈，这里是中式装修风格，标准房每宿 400 卢布，还不算贵，客房走廊挂有几大幅彩色裸女画，一丝不挂，很是刺目，老板大概知道当地公安从不搞"扫黄打非"，所以放心大胆地挂在墙上。据说，老板是哈尔滨人，姓王，有俄罗斯血统，他的祖母是俄罗斯人，他娶的媳妇也是俄罗斯人，看来他的家族是中俄合璧了。王老板会说一口流利的俄语，这在做生意的中国商人中有独特优势，他能在哈巴罗夫斯克开一座四层楼的酒店，显然是有经营头脑和魄力的，当然也拥有一定的财力。

餐厅、客房及夜总会的服务人员，都是雇的当地男女青年，三个人中就有一个是大学生，可见文化程度很高，但工资也不菲，大学生服务员隔天上班，半个月挣900卢布，不上班的日子在学校读书。这些女大学生在餐厅端盘子，很会微笑服务，见到中国客人就笑，但不会说汉语，服务很殷勤，你刚吃完饭，她们就把红茶端来了。旅游团中的年轻男性，总愿意有事没事地喊她们，因为俄罗斯姑娘都很漂亮，又亲切可人。有一次我见到一位身材高挑的女大学生到取菜口去端菜，竟偷偷尝了一口，心满意足的表情很可爱。看来她这样暗中品尝不是第一次了，她肯定知道中国菜"味道好极了"。

酒店一楼左侧大厅是夜总会，光顾的大都是当地男女青年，营业很红火。看来这位王老板还是有眼光的，光是吃好还不行，还要玩好，这样才能吸引俄罗斯客人。10月4日半夜，我们从机场赶到这里吃饭，见夜总会仍是一派歌舞升平景象，一对对恋人在门口旁若无人地相拥接吻。看来他们很喜欢在这里度过美妙的秋夜时光。

没机会深入了解中国人在俄罗斯开饭馆的情况，但大致印象还是不错的，每日营业额不会太低。俄罗斯限制高度白酒，国民常喝的伏特加不超过40°，俄罗斯人比较偏好不掺水的伏特加酒。但中国餐馆的酒柜上琳琅满目的都是50°以上的名酒：

茅台、五粮液、泸州老窖、杜康、湘泉……不下几十种，酒瓶的形状及包装足以让俄罗斯男人眼睛放光。他们时常光顾中餐馆的秘密也是奔中国名酒，品咂一口，绵绵口味，足可以有飘飘欲仙的感觉。相比之下，伏特加的口感就差老远了。

　　10月1日，我们是在圣彼得堡度过的，国庆节与中秋节恰逢同一天，中餐馆老板娘特意加了两道菜。那天我最高兴的是在这家餐馆看到中央电视台国际频道的节目，还看见一张中文版的《莫斯科晚报》，真有"他乡遇故知"的惊喜。边看报纸，还要回头顾及电视，中午吃的是什么菜都记不得了。

俄中导游素描

　　20世纪80年代以来，国门大开，与世界接轨，旅游业也日益红火起来。过去是各级官员出国，花的是公款，一般百姓没那个高待遇，别说坐飞机旅游五大洲，就是买张火车卧铺票去一趟北京或广州、上海，都是一笔高消费。

　　时代毕竟发展了，精神上的追求便多了。出门旅游已成为一种社会时尚，人们不再满足老婆孩子热炕头那种封闭式的生存状态，想看看家门以外的大世界，开阔一下眼界。因此，这些年"出国热"居高不下，游客如过江之鲫，这可乐坏了各地大大小小的旅行社，小旗一挥舞，大批游客傻乎乎拎包跟着走，组团费越来越丰厚。然而，办好事的是他们，遭到投诉的也是他们。搞旅游的人士良莠不齐，当你报名参加了一家旅行社的组团出游，或满意，或气愤，在很大程度上取决于导游的表现。导游是旅行社的名片和门面，非同小可，举足轻重，他（她）是否敬业与诚信就决定了你的一笔出游费花得值不值。

　　这次秋游俄罗斯，先后结识了几位中俄导游，谈不上深交，但大体印象与了解还是不会走眼的。有的很可爱，有的很有意思，也有的让你不想再见到第二次。

9月27日上午，一辆大巴驶出哈巴罗夫斯克机场向市内驶去。

叶琳娜出现在我们面前，让大家眼睛一亮。出境后这是我们认识的第一位导游。

中方导游马小姐介绍说，她叫叶琳娜，是哈巴罗夫斯克的地游。所谓地游，就是地段导游，只负责这座城市的旅游接待与翻译。俄罗斯很大，不会只有一名导游陪伴全程。她俩相视一笑，看来多次往来接待早已熟记。叶琳娜接过话筒向中国游客问好，然后开始自我介绍。她的中文说得并不流畅，舌头总打卷，看来学习汉语时间不很长，但说得很努力，一双蓝眼睛都瞪圆了，因此我很同情她。从她生硬的自述中，我总算听懂了，她今年才20岁，是当地师范大学三年级学生。我很奇怪，中国的导游都是职业的，工作固定，而俄罗斯的导游却是业余的，做导游是"客串"，属于打工性质，挣点小费。叶琳娜还在读书，却肯乐于打工，而我们的大学生却很少放下架子这样做。看来还是个观念问题。

叶琳娜极有人缘，很快就同我们混熟了。她一头金黄的头发，圆脸蛋白白胖胖，皮肤白嫩得让中国妇女都想杀了她。一双亮亮的蓝眼睛转动得恰到好处，让你很快联想到贝加尔湖的水波；她长得高高挺挺，散发着蓬蓬勃勃的青春气息，的确是一位漂亮的俄罗斯姑娘，只是20岁的年纪已有了开始发胖的趋势。

每次开车前，叶琳娜都要清点人数，左手食指在下颏儿前点来点去，数了一遍又一遍，表情极为专注。其实全团游客30人，不多。每次开车前，看她点数又笨又可爱，大家也很开心。男人在一起，诸多话题中免不了谈女人。一路与我同室结伴的是孙树贵，新结识的朋友，一位中年局长官员。那天晚上回到国际饭店，闲聊时树贵说："你看，叶琳娜做导游，大家一路都不觉得累。为啥？"我正在想，接着他问起我对俄罗斯女孩的评价，我脱口而出："漂亮。一个保一个，连卖猪肉半子的都好看！"两人笑作一团。后来这句话就流传开了，其实我俩是苦中作乐。这次出国男人都有伴，不是媳妇就是女友，一路欢歌笑语，眉来眼去；但我俩没有，孤独中惺惺相惜。上路时我就对树贵很悲壮地说："孙局长，让我们共渡难关吧！"他点点了头，也是一副坚忍的神情。

20 岁的叶琳娜很懂得交际，取悦中国旅客没亏吃。她很快同我们团里的"湖北帮"厮混熟了，这八个人是湖北荆州市搞电信联通的，腰缠万贯，出手极大方，在餐桌上常常加菜加酒，当然要另外付卢布，可他们不在乎。聪明的叶琳娜一眼就看出中国人也贫富不均，于是每餐便挤到湖北帮的桌子上来大吃大喝。湖北帮有漂亮的俄罗斯姑娘作陪，当然格外兴奋，个个精神抖擞。叶琳娜性情开朗，同他们大声说笑，凡敬酒一律不拒，仰脖大口豪饮，不像是 20 岁的少女。

不过叶琳娜的热情是真诚的，毫不矫饰，典型的俄罗斯民族性格。在胜利广场和阿穆尔公园照相时，凡是有谁求她合影都满口答应，不但不扭扭捏捏，反而主动挽紧对方臂膀，还笑眯眯跟你贴脸哩，让中国男人乐不可支。看见这样的场景，一直表示要与我"共渡难关"的孙树贵同志终于忍不住了，也挎上叶琳娜的玉臂来一幅百年不遇的异国留念。犹豫几秒钟，我还是按下了快门，心想：都不容易啊！

莫斯科地段导游是玛丽娜。9 月 28 日黄昏时分，飞机经 8 小时飞行降落在莫斯科 1 号机场。大巴载着我们向莫斯科大学进发，校园里有一家中餐厅，按计划在那里用晚饭。正是傍晚交通高峰时期，车行驶得非常缓慢，时停时开，像蜗牛似的。

玛丽娜对我们说，莫斯科有 300 多万辆小轿车，大都是拉达、莫斯科人、伏尔加等，不很高档，但平均三人一台车。在俄罗斯买辆车很容易，若买二手车价格就更便宜了。每到周末或逢节假日，莫斯科人要到郊外别墅去，这时开往郊外公路的家庭轿车多如蚂蚁，交通非常拥挤，严重时堵车时间长达一个半钟头。

我们向车窗外望去，灯光辉映着公路上一列列长龙阵，没有办法，只有耐心地向前蠕动。大概看出我们一天飞行的劳顿，都不爱说话，玛丽娜微笑着对大家说："你们累了，我知道，但大家要高兴起来。现在我们的车正走在莫斯科郊外，那我就唱一支你们熟悉的《莫斯科郊外的晚上》。"她细声唱了起来，是用俄语唱的。这首歌的旋律，大家早就熟稔了，几乎是俄罗斯歌曲的代表，但听到俄语演唱还是感到新鲜，母语的韵味与译唱大不相同。这正如我们的唐诗翻译出来后，那种精妙的意境老外无法领略，也不觉得精彩，这就是语言的障碍。

玛丽娜比叶琳娜大 3 岁，性格与她截然相反，不苟言笑，举止文静，这大概与她的职业有关。她是莫斯科一所中学的生物教师，很注重为人师表，从不和中国游客开玩笑。第二天下午参观地铁时，玛丽娜小姐反复对我们说要乘坐三站，并用手指比画着，细心的她担心我们有谁坐错了站，那可麻烦大了，因为莫斯科地铁有 200 多个停靠站，每天运载旅客 700 多万人。

10 月 2 日清晨，由圣彼得堡乘火车返回莫斯科。地段导游不再是玛丽娜，换了另一位小姐，但印象不深，连她长得啥模样也回忆不起来。只记得她用汉语磕磕巴巴在车上讲了一则笑话：

有一次，上帝将三个人美国人、中国人、犹太人判了死刑，不知是他们犯了什么罪错还是到寿了，总之被放逐到地狱中。但并非万劫不复，生还还是有一线生机的，但要讲条件。果然，那位美国人活过来了，大喜过望的亲友擦干眼泪忙问什么原因，美国人耸耸肩说：没什么，给钱呗！他干脆问上帝要多少美元，上帝说六千美元，一个都不能少。OK！他痛快交出六千美元，回到了人间。亲友又问：那个犹太人呢？回答是犹太人还在地狱同上帝砍价哩，商量能不能将六千美元再压低点。哦，是这样。又问：中国人呢？美国人说，中国人倒没有砍价，但也浪费了时间，因为他非要上帝给他开发票回单位好报销——

故事讲到最后，车厢里静了几秒钟，大家回味过后才爆发出一阵笑声，显然笑话的精彩之处是中国人要发票。虽说有损我们同胞的形象，但讽刺源于现状，这是回避不了的，谁都知道中国腐败官员吃喝嫖赌花的全是公款。

在俄罗斯唯一的男性导游是罗曼，游览圣彼得堡他陪伴我们两天，大家对他印象不错。罗曼，23岁，长得浓眉大眼，很帅，但一点也不张狂，说话慢悠悠的，作风稳重，性格也耿直。他说他不喜欢莫斯科而喜欢圣彼得堡，我没问是什么原因，但看出这位小伙子对家乡圣彼得堡是非常热爱的。那两天，中国游客在赌场玩得兴起，通宵达旦，罗曼就一直陪到天亮，但他不玩，既当翻译还要照顾中国人的安全，赌场里总是有一些小的摩擦。我不知道罗曼喜不喜欢导游工作，但知道他很钻研中国文化。在圣彼得堡过中国十一国庆节时大家都高兴地喝了酒，罗曼也喝了，脸颊泛起了红晕，同我交谈时竟脱口吟诵起《诗经》："关关雎鸠，在河之洲；窈窕淑女，君子好逑……"发音很准确，很让我惊讶不已。后来我才了解到罗曼还是一位中文翻译，显然文化层次要比一般导游高多了。分手时，罗曼给了我一枚他的名片，目光很诚恳，这名片至今还压在我办公桌的玻璃下面，想起他就想起在圣彼得堡的难忘时光……

最后提及的是马小姐，这次"俄罗斯风情游"的中方翻译。写我们的同胞，是一件很困难的事，不知道如何下笔为宜。与俄方导游相比，马小姐的性格就添了几分复杂，像一个多棱体，让人很难看清楚。可以说，认识她你就几乎认识了中国所有的导游小姐。

在哈尔滨办出境手续时，大家第一次与她见面：个子不高，很清瘦，动作机灵，圆脸，单眼皮，戴一副近视镜，刘海覆额，穿戴十分朴素，看外表像个学生。马小姐给大家的第一印象是语速快，字词缀连得像机关枪射出的一长串子弹，让你的反应跟不上。毫不夸张地说，她的语速在全国导游中排在前三名没问题。伴随语速，动作也快，点钞票的手指上下飞舞让你眼花缭乱。语速快，动作快，头脑反应也快，对答游客提出的疑问、处理旅程中的大事小情，她都能在第一时间快刀斩乱麻，让你对自己提出的问题没信心再提了。这也是一种本领。

马小姐很瘦小，其实已 31 岁了，1970 年 6 月 28 日出生，哈尔滨人。1989 年开始学习俄语，1993 年 7 月毕业于哈尔滨师大外语系，后从事导游工作。她有一个孩子，爱人是朝鲜族。大部分时间带团出国当然辛劳，但收入也是可观的。常年"跑江湖"，会说一口流利的俄语，又熟悉中俄两国风情，旅游工作的经验当然丰富了，因此如何对付游客也是游刃有余了，这一点我们是在旅程收尾那场"宿费风波"中才真正领略了。凡事都有度，聪明过头了，那就是狡诈。本来，大家对马小姐的基本印象还是可以的，很理解也很同情导游工作的辛苦，一路上虽有些小摩擦，但谁都没去认真计较。一旦游客的利益受到伤害，惹得大家拍案怒起时，马小姐摇身一变，谎话连篇，死死维护旅行社的利益，不惜一人与 30 名游客作对。结果散团时，没有一人多看她一眼。

我本无兴趣说她的"坏话"，想到的是人在商品社会中的变异。走的路多了，看见的东西多了，回扣费多了，对付人的手段高明了，眼光变得驳杂了，导游小姐也就老谋深算了。

回忆这次俄罗斯之旅，感觉还是俄罗斯导游更单纯些。这同文明素质有关。

独具美感与诗意的城市
——圣彼得堡漫笔

2001 年 9 月 30 日清晨，我终于踏上圣彼得堡的土地，并在涅瓦河畔溅了一身浪花。

向往已久而终于投入它的怀抱，我无法说清跳下站台那一刻的许多梦幻般的期待。天还没有亮，这座地处北纬 60° 的城市还在沉睡，我只能怀着一种激动耐心等待晨光的兀现与海鸥的集体歌唱……只有在亮亮的天幕下，我才能瞅清圣彼得堡典雅的装束与撩人的风韵。

在我心目中，圣彼得堡无疑是全俄罗斯最具魅力的城市，仅仅提起普希金、柴可夫斯基与冬宫博物馆就足够了，是的，仅仅因为这三个名字，全城就会飘满永远的艺术馨香。

两天的时光都交给了圣彼得堡，我们像一群疲于奔命的赶路者在城市里穿梭，参观保罗要塞、冬宫博物馆、阿芙乐尔巡洋舰，游览彼得夏宫、涅瓦河、伊沙基耶夫教堂、涅夫斯基大道……但我们仅是掀开其美丽面纱的一角，涉足的地方太少了，两天时间只能说是刚刚熟悉这座城市的声音与呼吸，它开阔的全景图与深厚的历史文化容量，不是长住的居民是不足以深切了解的。

作为来去匆匆的过客，我们还是心满意足地站在冬宫广场上，头顶是秋日的阳光，广场四面的风吹拂着每个人的衣襟，仰望广场中央那根 1834 年建造的亚历山大纪念柱，若有所思。大家都把照相机镜头对准彼得大帝铜像，这位青铜骑士身披战袍，一双深邃的目光直视远方，他胯下的骏马两只前蹄腾空，一声长嘶……铜像威武耸立在十二月党人广场，距今已有 220 年了，彼得一世这位威震俄罗斯、圣彼得堡的缔造者，令中国游客联想到同时代的另一位"千古一帝"康熙。这两位风流人物，在中俄两国历史上均扮演过继往开来的显赫角色。

我们的确心满意足，从冬宫博物馆走出来，每个人都惊讶得说不出话来，因为每个人都被一种高贵的文化征服了。想想看，400 间大厅，近 300 万件艺术珍藏品，该看多少年？当灰鸽、白鸥和蓝色的芬兰湾呈现在我们面前，当柴可夫斯基的钢琴套曲《四季》从巴甫罗夫斯克音乐大厅轻柔飘出，当华西里耶夫斯基岛岬上 32 米高的导航灯柱还在闪烁历史的余光……我们在深深的陶醉中不得不惶惑地承认，我们是一群外来的小学生，对圣彼得堡这本大书仅仅读了几页，就已经入迷了，且肃然起敬，因为我们面对的是一座真正的文化名城。

作为俄罗斯位居北方的首都，圣彼得堡的名字改了又改，在历史的风浪中颠簸着，细究起来也很有意思。从 1703 年建城到 20 世纪初叶，一直沿用"圣彼得堡"，而从 1914—1924 年更名为"彼得格勒"。这 10 年恰是俄罗斯国家历经战乱的动荡的 10 年：经历了第一次世界大战战火、十月革命的洗礼、苏联国内战争……从 1918 年 3 月起圣彼得堡已不再是俄罗斯人的首都，而莫斯科成为苏维埃社会主义的象征，是苏联的政治、经济、文化中心。1924 年以后，彼得格勒又更名为列宁格勒，新的命名显然赋予了某种政治色彩，带有意识形态的烙印。1991 年 9 月 6 日，出现了历史惊人的一幕；在这一天，全城公民郑重投票，庄严恢复了它原来的名字——圣彼得堡，全城一片欢呼。由全体市民投票决定一座城市的名字，这在世界上并不多见。说明了历史尊重人民的选择，可谓民意不可违。

其实，久负盛名的圣彼得堡是一座年轻的城市。到 2003 年，它才 300 岁。按资历，它当然比不过罗马、巴黎、阿姆斯特丹等欧洲名城。然而，人们却对它刮目相看。彼得大帝在波罗的海边缔造的这座城市，是中世纪俄国和近代史俄国之交界点，是俄国向欧洲大陆打开的一扇窗口。在俄国演变为欧洲及世界强国的现代化进程中，圣彼得堡显然具有不同寻常的意义。

同世界上其他古老的城市的不同之处在于，圣彼得堡不是逐年积累发展起来的，而是在短期内"速成"的。这里，彼得一世的远大目光和强悍意志起了决定性的作用。彼得大帝于1682 年至 1725 年在位期间，制定了富国强兵的方针，是一位改革家。他希望这座俄国的新首都，既有欧洲城市的一流水准与优秀格局，又有俄罗斯的雄伟气魄。按照他的设计与构想，全国乃至欧洲的设计师、建筑商、工匠、画家、海员……云集这里，吸收了西方文化城市建设的传统与经验，建成的圣彼得堡便同时拥有了欧洲的格调与俄罗斯的特色。显然，这是一种包容，是一种融合，是一种创造。对于集天才与魔鬼于一身的彼得大帝来说，圣彼得堡的诞生应该是他开辟俄罗斯历史新范畴的胜利，功不可没。

圣彼得堡形成的包容性，实际上体现了俄罗斯民族性格中的容让与同情心。作为一个多民族的大国，俄罗斯历史上曾多次向边区移民，开拓新疆域，这样斯拉夫民族就长期同其他民族同住为邻，互相交流，既需要容让别人也要保持自己的本色。俄国两位大作家，托尔斯泰主张的宽容与博爱，陀思妥耶夫斯基对弱者的同情心，正是充分体现了这一点。因此，圣彼得堡拥有西洋古典美并不奇怪，它的鲜明的欧洲格调是有意吸纳的，而非不同文化的偶然混合。圣彼得堡城徽上有两个交叉的倒过来的船锚，很具有象征意义，把通往入海口的船锚视若一串钥匙，则意味着彼得一世为这座城市带来了欧洲文明。

各国游客喜欢圣彼得堡有各自的理由。我最欣赏的是它的建筑风格与生活情调，永远给人一种宁穆和温馨，这种感觉是充满诗意与音乐感的。全城不追求雄伟，但处处显示高雅，城市建筑与自然景观融合得生动和谐，浑然一体。尤其是水与花岗石的不断组合，给城市的美丽图案带来凝重感，也带来无穷活力。天然的涅瓦河与人工运河是这座城市的"主要马路"，建筑物与水道相互协调形成独特的美丽景观。格里鲍耶陀夫运河堤岸是圣彼得堡市最富有诗意的风景区，河岸弯曲，水上拱桥平静，堤岸上的建筑古老，令人神往。尤令我惊讶的是，城市几乎每幢楼都有各种图案的浮雕，非常精致美观，充满了艺术气息。第一次来圣彼得堡，我很惊讶这座国际性大都市居然没有摩天大厦，300年内，无论旧楼新楼都是四五层高，只有城外郊区才有七八层的建筑。

一座不刻意追求高层建筑的城市，当然拥有一种优势。格局美观、开阔，没有挤压感，行人走在大街上随时都可抬头看见蓝色的天空，随处都感觉到风的流动，心情舒畅得很。因为宽阔的涅瓦河穿织城区，圣彼得堡的马路、广场、庭院、街心花园也都布局开阔，舒展自如；那些铁桥、围栏、雕塑、纪念塑像，也都拥有自己宽敞的领地，供游人游览、休憩。即使市中心建筑拥挤，横切线、垂直线都有限，不允许出现比冬宫（高23.5米）还高的楼房。这种限制，在今天看来仍是合理的，它保持了圣彼得堡建筑的整体性与和谐，也就保持了这座城市独有的美感。

　　欣赏圣彼得堡的美，不能不提及那条著名的涅瓦河。因为它的流淌，它的穿织，圣彼得堡景观分布的美都被缀连成一幅巨型的水彩画。从拉多加湖源头到芬兰湾入海口，涅瓦河长74公里，其中30公里在城区，它的支流形成大大小小的三角洲，还形成很多岛。最著名的是华西里耶夫斯基岛，面积达1090公顷，它东面的岛岬像船头将涅瓦河截割成两条支流。从19世纪初开始，一系列壮丽的建筑群在华西里耶夫斯基岛上形成，如圣彼得堡科学院、美术学院、普希金纪念馆等。岛上的证券交易楼和导航灯柱，堪称是世界古典主义时代建筑工程技术的杰作。在列宾美术学院前的码头上，我见到两尊狮身人面雕像，它们蜷伏在梯级双侧花岗石座上，造型奇特又具威严。听说它们有3000多年的历史，让人大吃一惊，但这两尊狮身人面像并非俄罗斯产物，公元前1455年至公元前1419年用正长岩雕刻的埃及阿门霍特布三世法老的塑像，于1832年从尼罗河运到圣彼得堡市，成为这座城市的象征。凡是游览涅瓦河的各国游客，都喜欢在码头同狮身人面像合影。

　　同伏尔加河相比，涅瓦河不是俄罗斯最长的河流，但它深阔并且水量丰富，航运畅达。9月30日傍晚，我们租了一条游艇沿涅瓦河游览，一直开到波罗的海入海口。那是我同涅瓦河相伴最长的一段时光，印象难忘。江风猎猎，我倚在游艇上层甲板的护栏上，努力持稳照相机拍摄河两岸旖旎风光。彼得保罗要塞钟楼、导航灯柱、阿芙乐尔巡洋舰……依次摄入镜头。涅瓦河的黄昏，呈现出秋季一种静穆的美，上下翻飞的海鸥为这幅静穆的画面增添了动感……归国后很久很久，我依然怀恋秋日黄昏乘汽艇在涅瓦河上的旅行，今生今世都想把一颗追寻宁穆的灵魂泊在那盈盈水波里……

　　陪伴我们畅游涅瓦河的，还有六七位俄罗斯民族歌舞演员，男的歌喉嘹亮、粗犷，女的舞姿欢快、优美，他们在游艇上为中国远客表演了一台充满浓郁俄罗斯风情的文艺节目，让我们领略了这个民族热烈、明快、豪放的性情。

　　追述圣彼得堡，不能不提到两个不朽的人物：普希金和柴可夫斯基。圣彼得堡文化摇篮培育了一位伟大的诗人和一位伟大的作曲家，同时他们也以光辉的艺术成就为圣彼得堡带来了荣誉与深远的影响。1708 年，彼得一世送给夫人凯瑟琳一世一座庄园，这就是著名的皇村。1811 年皇村开办了贵族学校，1817 年以前普希金曾在这里读书，其短暂的一生同圣彼得堡密不可分，他在这片土地上起步，也在这片土地上陨落。许多年后，按茹柯夫斯基的速写画恢复了普希金故居，书房、写字台和他喜欢坐的圈椅都依然如初，墙壁上挂着普希金夫人和孩子的画像。

　　旧时代的天才人物似乎注定了一生命运多舛，柴可夫斯基同普希金一样，也被悲剧的光芒笼罩。早年从彼得堡音乐学院毕业后，柴可夫斯基便开始了作曲生涯。在没有爱情的孤独中，这位天才直至 36 岁才结识了一位艺术资助人梅克夫人，她为他提供了长期的经济支持，使他能够专心谱曲，并有条件到欧洲游历。但在他与梅克夫人 14 年的通信交往中，两人从未见过面。这真是不可想象！在沙皇统治下的那个苦难的年代，梅克夫人的温情与慷慨支撑着柴可夫斯基的生活，这位天才用最后的激情为人类留下了旷世不朽的乐章：《天鹅湖》《罗密欧与朱丽叶》《暴风雨》《叶甫盖尼·奥涅金》。1893 年，柴可夫斯基辞世。《悲怆交响曲》是他留给凄风苦雨年代最后的音符⋯⋯

　　除了这两位天才人物，让圣彼得堡市民引以为荣的还有一位现代人物——普京。这位俄罗斯总统目前在政坛上正如日中天，普京是圣彼得堡人，这里是他的故乡，他曾毕业于列宁格勒大学（今圣彼得堡大学）法律系，当过副市长，在市民中很有威望。

圣彼得堡能否在名义上成为俄罗斯的首都这并不重要，这座最具欧洲风情的名城在历史上就是俄罗斯的北方首都。2003年5月16日，是圣彼得堡建城300周年纪念日。在游览中，我们看到全市正在进行拆旧换新，大兴土木，许多旧街重新铺石施工，一些古老的大教堂和建筑在修缮和粉刷，焕然一新的圣彼得堡在等待这一重要时刻的到来。那一天将是非常热闹的，普京总统肯定会荣归故里参加庆祝。

2001年10月1日晚上，我们登上了返回莫斯科的软卧列车。夜幕下，我最后望了一眼灯光闪烁的圣彼得堡，在依恋中突然想到这座充满艺术馨香的名城，也是一座骁勇闯过战火与苦难的英雄城市。在第二次世界大战中，圣彼得堡被德国法西斯包围封锁长达900天，许多老人、妇女与儿童在饥饿、寒冷与炮火中死去了。但圣彼得堡没有屈服，依然傲立在芬兰湾，赢得了全世界的尊敬。

在苦难的土地上盛开的花朵是妍丽迷人的。圣彼得堡就是这样一株高贵庄丽的鲜花，她的美是永恒的。

2002年4月追记 于长春

华夏山水歌

水乡温润的记忆

　　深秋时节，心绪如风扑向江南，便有了"晴空一鹤排云上"的快感。这无疑是对北方的一种逃脱，将寒烟衰草的北方远远甩在身后，一脚踏上软软的江南，整个身心都温润起来。

　　飞机在浦东机场落地后，已是掌灯时分。入城，在一条窄窄的里弄寻客栈住下，翌日便逃离了上海。不太喜欢巨大而华丽的都市，楼厦林立，车水马龙，市声嘈杂，人流滚滚……又能怎样？无亲切感便逃离。坐大巴经桐乡直奔乌镇——借参加首届鲁迅文化艺术节之机造访水乡，乃蓄谋多时。

　　又见江南，又见江南，蓝印花布在眼前拂动，阿婆茶袅袅飘香，瓦屋格窗隐约传来低低的吴侬软语，石拱桥下有乌篷船欸乃划桨声咿呀入耳……一幅江南水乡经典风貌嵌入视野。面对青砖、黛瓦、粉墙、褐檐，让人惊讶无语，那些立体的水墨丹青画中弥漫着江南民间的烟火气息。行走于忽直忽弯的条石驳岸，不经意间便捕捉到历史传承下来的一脉生气，让闯入水乡古巷的旅人睁大眼睛去认识淘米浣纱的江南，拖鞋蒲扇的江南，丝竹之声不绝于耳的江南，麦熟茧老枇杷黄的江南，当然还有昆曲不绝的江南……

这些年几下江南，皆在大城市落脚，虽披览繁华，追访名胜，却总觉得缺了什么。直至水乡之行才意识到，穿巡于城市水泥丛林中其实是一种肤浅之旅；当今世界缺的不是高楼大厦，而是那些蕴含着各民族深厚历史文化的建筑。走访江南，倘与亭台楼阁、榭堂坊轩擦肩而过；认识江南，却不屑留步于石埠水阁、石巷弄堂；解读江南，而不叩问茶馆酒肆、药铺米行，如此你怎能寻到江南文化的积淀，又怎会触摸到江南文化的精华？所谓"结庐在人境，而无车马喧"，妙不可言的江南文化其实大隐隐于市，就深藏于毫不起眼的古镇深巷、拱门廊棚，深藏于石桥河埠、书院戏台，深藏于苏州评弹与鲁镇社戏中——

真的庆幸晚秋有一次水乡之行，流淌的江南给了我流淌的欢乐。

国家历史文化名城研究中心主任、同济大学教授阮仪三认定的江南六古镇，此次我造访了四个，乌镇依旧，南浔健在，同里悠然，周庄喧哗。因行程紧凑，未能驻足西塘、甪直，但这一缺憾被江苏沙溪镇弥补了，那里的明清古巷令我品味了原汁原味的江南风情。如佳茗君须细细品，品味江南最好的方式是走进水乡古镇，走得慢一些，进入深一些，要知道那些古镇是时光堆积的民居，是一座没有围墙的民俗博物馆，是一页一页叠起的，掀开每一页你都嗅到来自民间质朴、本真的气息，而世界上最美好最有价值的东西无不拥有本真的痕迹。是的，只有虔诚与留心的旅人才会觉察到古镇的厚重与深沉，那是历史的沉淀隐于江南柱廊翘檐下，隐于云鹤沧浪烟雨间，隐于青面布鞋叩响的条石路上。当你忘却自己是一个仅为猎奇而匆匆来去的过客，而潜心沉湎在古风未泯的水乡小巷时，一种久违的民间布衣气息如水漫来，那时你再侧耳聆听河中摇橹的阿婆大嫂们唱出的民谣俚曲，会笑得乐不可支，那时你才知道真正动听的纯朴的音乐是在民间。当你品尝过古镇的姑嫂饼、状元蹄、熏豆茶、三白酒，会心悦诚服地承认布衣饭菜有滋有味，而奢华的日子总是不真实的。

即使六个著名水乡古镇都游历了，也只是抓了一把江南文化的散珠落玉。而外来的旅人却心满意足了。因为你踏过乌镇的逢源双桥，同里的三桥，南浔的通津桥，你见过周庄的马头墙、美人靠，你拥有过古河荡舟、抚摸石臼的时光，还好奇地一一打量过古镇的浆房、烟店、染坊、银楼、钱庄、庙场、道观、丝绸店、典当行……这些都足以让你认识并喜欢上江南的水乡、桥乡、酒乡、兰乡、丝绸之乡。漫步古镇，其实是漫步在宋词的意境中，点点青苔，蓬蓬凤尾草，盈耳千年的丝竹乐……会让你情不自禁地想起李清照笔下"窗前谁种芭蕉树，阴满中庭。阴满中庭，叶叶心心，舒展有余情"。那就是江南文化，厚重与婉约兼容。这与荒莽的东北旷野是两种情调。

观望水乡，最富有诗意的经典风姿莫过于独立河埠上久久凝望小桥、流水、民居与天空的组合，那是一幅融合了人文美与田园美的水墨画，观者也会感动起来。氤氲的水汽，深沉的墨绿，缓缓流淌的河水仿佛将整个古镇托起；与之呼应的是石，石桥、石埠、石栏、石柱，无不张扬野性之状。几千年来阳刚之石与阴柔之水就这样软硬兼容，相互撞击又相互依偎。那就是水乡的男人与女人啊，沉实与沉静融为一体。

告别乌镇那天，雨敲瓦檐，烟雨中乌镇成了梦幻之乡，真美！有人说久住都市高楼听雨不美不纯，果然；而在水乡听雨，潇潇溅落，如玉之润，如琴之妙，分明是雨与心灵的无语交流。

于是，廊棚下便留存一段温润而绵长的记忆——

忘说了，乌镇是大文学家茅盾的故乡，我当然要探访他的旧居了；出来后已是黄昏，在那间"林家铺子"的门板上郑重地敲了几下，回声竟是沉沉的。

2003 年 10 月　于绍兴

独闯张家界

大雾弥天，偏偏又在雾中迷了路，20 米开外的景物都模糊成一片灰蒙蒙……

忽雪忽雨，紧一阵慢一阵，就是不停，无遮无拦地漫空飘洒，令我从头到脚全身淋湿。

身边无导游，衣兜里的地图湿成一团纸泥，举头望天，无日，不知南北，向谁人问路？

1998 年 3 月 25 日中午，我站在"点将台"附近的三岔口交会点，茫然四顾。那一天，我真是到了山穷水尽的境地，孤独无援，便呆呆地伫立在岔路口，利用最后残存的一点智商思考对策。可是，见不到一个行人，也听不到有旅游车从远方驶来的声音，我还期盼什么呢？想想看，飞雪、冷雨、遮天蔽日的大雾，这么恶劣的气候，谁会有兴致又甘冒风险登山呢？更何况是独行者。

镇定后想了想，那一天我真是疯了。某种充满十足野性的探险冲动使我向大自然挑战，于是便有了这独闯张家界深山遇险的一幕。数天前在武汉便得知：十年难遇的强寒潮，正从江汉平原向鄂东、湘西、岭南侵袭，南方气温已骤然降至历史同期最低点。湖北日报社的体育记者叶华善意地劝我别去湘西了，一是此时非旅游旺季，二是那里雨雪交加，三是你无伴相随。斟酌再三后，我还是一意孤行，理由是对张家界这一"世界自然遗产"向往已久，不谋一面灵魂不得安宁，再一想到沈从文老先生笔下的湘西风土人情，不禁热血沸腾。于是便择路西行荆州，换乘汽车、火车，直奔张家界。

大凡服从于激情的旅人，往往"开弓没有回头箭"，启程后就不愿辍止，是那种踏险而行的莽汉，愈有困难愈能激发一种征服欲。我大概就属于此种追求新奇、耽于幻想的旅人。那天在雾中的岔路口，我扔出三颗不同颜色的石子，任它们向前滚动。据说，这是明朝大旅行家徐霞客在山中择路的方法，屡试不爽。我也试了，最后选中赭红色石子，它滚向最右边的公路——这是一条从天子山朝向问天湾、水帘洞西行的盘山路，它最后通向何处不得而知。走下去再说吧，当时这是我唯一的选择，除了自己一双腿，身外的一切都是陌生的。在264平方公里的武陵源群山中，我成了一枚被冰雨打湿的树叶，无力地向下滑落。

沿着被冰碴儿覆盖的路艰难地走了一小时，到了神堂湾附近。隐约瞧见一辆车停在那里，有车必有人，大喜过望，便跑了过去。这是一辆客货两用车，主人正在卸煤，我过去问询，心顿时凉了：顺这条公路走到张家界森林公园，在这鬼天气里要走五个多小时；而抄近路到邮电山庄也要两个小时。车主看我一脸疲惫相、遍身湿透，便说坐我的车吧，把你拉回天子山，那里有酒店住宿。他索要80元车费，见我摇头又降到50元，我一口回绝。对旅游区的宰客现象，我一向深恶痛绝。愤愤之余，我毅然选择了那条山间小路，心想：反正也逼到这种地步了，闯就闯到底吧。

思想单纯的人容易对外界事物无所顾忌，由着性情与感觉去做，而对偶然与意外却考虑甚少。这不，上路不久我就有点发憷了，这是张家界最难行走的一条沙石路，绕山崖曲曲折折，是典型的湘西羊肠小道，盘旋数十公里无一坦途，且时有野兽出没。昨夜寒潮袭来，化作今晨白雾弥漫，所有的树都结满厚厚的冰凌，山风一吹，折裂的树挂咔嚓作响纷坠路面……更恐怖的是那波浪般起伏涌动的大雾，不断从深深的峡谷中向上升腾，漫过窄瘦的沙石山路，经久不散。雨雾遮住了我的眼帘，湿湿的，凉凉的，视线变得混沌了，难以辨清雾中的小路的边缘，倘一脚踏空必死无疑。在一丝清醒中倏然感觉到了莫名的恐惧，顿时虚脱了，冷汗浸遍全身，两腿似灌满了铅，挪不动了。那一刻，头脑一片空白。不闻人声，不闻空山鸟语，只有树挂的折裂声与山崖冷涧的鸣溅声撞击着我的耳膜……足足静立了半个时辰，我才缓过神来，冥冥之中有个声音似乎对我说：必须走出去。我也明白自己遭遇的是险境，但并非像泰坦尼克号游艇在大西洋撞到冰山的那样绝境。于是，重新振作的我不再多想，避开路沿紧贴山崖根，深一脚浅一脚踩着泥泞不堪的山径，跌跌撞撞地走了一个半小时。

当暮色四合时，终于来到"仙人桥"附近的一家土家族夫妻开设的小店，进门就坐在竹椅上大口喘息，把他们吓了一跳。我疲惫已极，惊魂未定，无话可说。又冷又饿，朝小店夫妇索食。两小碟菜，几片腊肉，半小壶米酒，一碗剩饭——索要80元。我心甘情愿挨宰，还点头称谢。殊不知，在深山那种困境下一碗热米汤都是上等佳肴啊！

或许是被我笃诚拜访张家界的心愿所感动，翌日上午大雾渐渐荡开了，柔和的阳光穿过云层洒落在宝峰湖，金鞭溪与万千峰峦之间，令我清晰地饱览了武陵源那一座座比肩而立的美丽挺拔的石英砂岩奇峰，领略了张家界的峰奇、谷幽、水秀、林深、洞奥的万象之美，一幅美妙绝伦的天然画卷依次呈现在我的视野中。

武陵源被誉为"地球纪念物"。3月26日傍晚，当我最后惜别黄石寨对面的五指峰，目光充满了依恋，那是一段难以表述的与大自然的亲和之情。虽然，独闯张家界留下了一程如履薄冰的惊险经历，然而，在弥天大雾中孤身走山崖的真切感受毕竟也值得回忆啊！

1998 年 4 月 4 日

长白天池历险记

当我从长白山九死一生归来，人们简直把我视为"长江第一漂"的勇士。数日来，登门者络绎不绝，听我绘声绘色讲登临天池的艰险状况，直听得双目圆睁，大气不敢出，个个惶悚。末了，还迟疑地问："真的上了那天池？"直至我拿出从天池畔拾回的一堆火山浮石，友人反复观后方始信而去。

待人空屋静时，却陷入自省中："我算什么征服大山的好汉？"入夜，眼前又浮现当时舍身过危崖那恐怖的一幕，依然心有余悸。

1987年初夏，长春作家访问团一行六人到林区体验生活，最后一站来到二道白河林业局。当我们试探着提出登天池的想法，热忱的主人却一口回绝："6月初登天池从未有过，那是玩命哪，山顶还有冰有雪。"经解释方知：7月中旬至8月末才是登长白山的安全季节。可我心不甘：既来到长白山脚下，哪有不看天池的道理？早已慕名长白山是鸭绿江、图们江、松花江的发源地，是关东"三宝"人参、貂皮、鹿茸角的原产地，那山顶天池犹如一颗蓝宝石很早就镶嵌在我童年的梦中……

6月10日，汽车将我们拉到温泉，戛然而止。远远望见那银河倒悬般的长白瀑布，耳闻钟鼓雷鸣，心狂喜跳个不停，便撺掇大家徒步前行到山脚。仰看那巍耸的山崖果然有坚冰残雪，心先凉了，这时，作家程质彬已累得气喘吁吁，坐定一块青石上，望山兴叹。我也懊恼起来：天池就在瀑布上端，绕不过悬崖休想看成，今番岂不枉走一趟长白山？正懊恼不已之时，忽然有十几个大汉来到身旁，摩拳擦掌，看那架势要闯山，一问才知道他们是自费来长白旅游的蛟河县农民，又是一桩新鲜事。我拉住一位悄声问道："上山行吗？"他望了望便说："没上过，试试。"说罢，勒紧腰带，招呼同伴出发，回头又冲我一笑：花钱来，不就想看看那泡子吗？我被逗乐了，天池水面有10平方公里，深深的火山湖却被他说成泡子，真乃惊人之语。

说攀山，那十几位农民其实是走山，两条健壮的腿后蹬有力，胳膊摆动生风；而我们是用四肢爬山，其状笨拙得可笑。到了半山腰回眸一看，真有些魂飞魄散，那宽阔而陡的山坡斜倾70度，直插深谷，头顶悬崖劈面而立，仿佛随时倾倒，不远处的瀑布竟在眼前摇晃起来，我一时有些晕眩。而脚底下全是不生根的大小石头，何耶？原来漫坡皆是崖顶滚下来的玄武风化岩石，稍不留心就会蹬滑而滚坡。同行的青年诗人王维君、赵培光，瘫坐在那里，脸色苍白，目光惊恐，往日朗诵得意之作时神采飞扬的样子不复存在，他们怯怯地唤我：回去吧！那时我虽已大汗淋漓，双腿发软，可依旧被非看一眼天池不可的念头支撑着，竟咬咬牙又往上爬，真有点鬼迷心窍。陪同前来的白河林业局宣传干事李德福，年轻精瘦，见我执拗得不走回头路，无奈只好舍命陪君子。

两人终于登到崖底，那才是一折生死攸关的险段。近前一瞧，脸都吓白了：小径只有一尺宽，覆盖残冰碎雪和风化的沙砾，无坚石可踏，一脚落空即坠入深谷。小李子好不容易走过去，我却无力举足，两手平举抓住崖壁，浑身抖颤，这才知道精神崩溃是什么感觉。一瞬间，欲哭无泪，万念俱灰，后悔不该冒这般风险。身陷险境，头顶风声大作，碎石时而擦身落下，已无退路，只有奋然前行。至今也想不起当时我是怎样一步步挨过那羊肠小径，其状何异于高空走钢索；翻崖后又爬一大段陡坡，当眼前终于出现一片开阔地，我咕咚倒在地上喘息，冷汗一直未消。小李子过来安慰我：现在是海拔 2691 米的高度，前面就是天池了。

我惊定又喜，一骨碌翻身爬起。小李指着脚下一条蜿蜒细长的小河说，这就是乘槎河，是唯一源出天池的河，全长 1250 米，终端形成"疑悬龙池喷瑞雪，如同天际挂飞流"的长白瀑布。那河清冽见底，碎石晶莹，没有任何污染，小李同我都趴在尚存冰雪的河畔饮了几大口水，虽寒冷刺舌，却异常清甜。

当我们冲刺一段路后，终于见到了天池。这就是我国最大的火山口湖和最深的湖泊吗？蓝莹莹的像一面丝尘未染的镜子，镶嵌在十六座高峰的怀抱中，南北长 4.5 公里，东西宽 3.5 公里，最深处达 373 米。这就是举世闻名的长白山天池。在这片独特的自然景观前，我竟沉默了，似乎被深深震撼了，望着那片蓝缎般的池水和静寂的空谷，陷入一种空茫的思绪中，想象着邈远的可怕的火山爆发，玄武岩浆液喷涌，该是何等壮观又可怖的情景！大自然的精工雕塑和演变，才形成这"处处奇峰镜里天"的火山地貌。

山顶奇寒，伫立不足半小时已感是深秋，我们恋恋不舍地离开。谁知下山时又重陷险境。不时有落石从崖顶滚下，卷起一溜尘灰，只见小李竖起耳朵听什么，脸色苍白，我的心一下子揪紧了，片刻间猛闻一声巨响，似惊雷炸响幽谷……我吓得蒙住脸，几乎昏厥。不知过了多少时辰，只听小李低低地厉声唤我：惊山了。一把拽起我跌跌撞撞地夺路而逃……那时我已无神智，不知怎样下的山。脱离险地后，听山脚围观的人说，刚才滚下的巨石足有吉普车大，声震峡谷，我听得呆然，半天说不出话。

都说：无限风光在险峰。那是不错的。对那险字，此时我方有痛切的体会。归来一直思忖：把命挂在悬崖上值得吗？倘有无谓的牺牲，给世人能留下什么纪念？然而，征服大自然又怎能不冒险，人们又为何会怀着崇敬之情铭记漂流长江、黄河的勇士们！

1987 年 6 月 于二道白河

1996：锡林郭勒草原行

　　静静地、静静地卧在锡林郭勒大草原上……

　　醉了，真的醉了，摊开四肢，躺成一个大字，任人久唤不醒。八杯马奶酒，两杯草原白酒，就这样轻而易举地将我撂倒了。在锡林郭勒，醉汉最好的天然睡床就是草场，远客也不例外，那就睡吧。能睡在世界著名的四大天然牧场之一的怀抱里，该是一种殊荣哩。身下是柔绿的贝加尔茅草、线叶菊草，不远处开着淡紫色的飞燕草花、火红的山丹花，躺在这里的感觉比城里的席梦思床还舒坦呢！

　　8月苍穹下，草色新雨中，天地悠悠，日月悠悠，情思悠悠。在一望无垠的锡林郭勒草原，我横卧成一株小草，渺小得很，但也幸福得很。大自然的纯真从四面八方包围过来，同我亲昵，青草的气息如水般一波一波漫过来，深深吸吮一口，全身都酥软了，灵魂仿佛顷刻间逸散得无影无踪，你无法拒绝这气息，世上最美最纯净的气息原来是这青草的气息啊！

　　醉卧草原，是8月锡林郭勒采风之行的意外之笔。尽管醉得一塌糊涂，给同行者留下笑柄，但事后回味是因为牧民的笃诚征服了我的心，赤手空拳无以相报，只好豪饮谢牧人。草原讨一醉，值。

　　8月初，中国报纸副刊研究会举办了一次"草原采风"笔会，80多名记者、编辑从东南西北相聚在锡林浩特这座新兴的草原城市。一切都是新奇的。汽车向草原深处进发，沿着成吉思汗转战的辙印和马可·波罗的足迹，一部游牧民族古老而神秘的历史仿佛离我们很近，很近……查干淖尔恐龙墓地，青铜器时代的洪格尔岩画群，突厥人留下的神秘的石人，富有传奇色彩的额敦敖包山、阿尔善宝力格泉水，秦汉时期的古长城遗址，耗资174万两白银的古刹贝子庙……众多的人文景观和名胜古迹，让人目不暇接，兴奋不已。然而，大家更多的是惊讶无语，也许是这片古老的牧场所拥有的某种凝重、古朴的色彩，让来访者体察到漫长历史的深邃感；或许饱览这片著名天然草场的壮丽与妩媚，令"老记"们一下子想起"天苍苍，野茫茫，风吹草低见牛羊"那首千古不朽的民谣；一车人从指指点点、东张西望的兴奋中开始缄默起来，每个人都在思索着什么，可又来不及思索出更明晰的东西。

　　是的，人在旅途往往显得神色匆匆，走马观花就会本能地排斥冥思苦想，即使面对一块新发现的凝有三叶虫的古化石，也会显得目光茫然。但我们毕竟来到了朝思暮想的真正的大草原(面积20万平方公里)，如毡如毯的连天碧草逼迫你睁大眼睛，横亘天地之间的那片绿让你顿时感受到奔涌而来的强大的生命力。那一刻，人们张大了嘴巴，却无法妙语连珠，平素笔走龙蛇的记者们第一次感到在美丽而庄严的大自然本体面前，除了心灵巨大的震撼外几乎无话可说，任何形容词都显得如此苍白。唯一能做的，就是静静地站在尺高的青草间，默默地感受远古岁月的深沉与眼前大自然的纯真，让自己真正陶醉一回。

是的，多么难得的陶醉！不是所有人都有机会驻足在中国最美丽的锡林郭勒大草原上，并能贪婪地大口大口地呼吸优质牧草的气息。有谁会在车水马龙、高厦林立的街头发思古之幽情？只有在坦坦荡荡的大草原，可以长啸一声念天地之悠悠，可以大呼一声魂兮归来，那时才会愉快地领悟到"心底无私天地宽"是多美好的境界。

那些天，不知跑了多远的路。车轮沿着蜿蜒的草原小路前行，一望无涯的牧场宛如绿海，金黄、殷红、淡蓝的花朵竞相盛开，如落英在水；偶有微风掠过，草浪便舒展开来，像一匹宽幅的绿绸在轻抖。除了车轮轻匀的沙沙声和路旁马儿的响鼻声，大草原静寂得让人心里发慌，但你若知道锡林郭勒盟平均每平方公里只有 4.5 人，就不会感到奇怪了。

这真是一片空旷而纯净的天然大牧场，没有工业酸雨，没有污气废水，更没有市井的噪音；在全球污染日趋严重的今天，锡林郭勒大草原无疑是一块绿色的净土。但愿席卷而来的"旅游热"中，那些随手扔下的易拉罐、啤酒瓶、废纸和烟蒂，不要遗弃在这片草场，草场是圣洁的，容不得一丝刺眼的杂物。

而生活在这片圣洁草原上的牧民，更让每位造访者领受到那片真挚淳朴的情感，那情感如同草原蓝天与芳草地，拥有同样纯净的本色。

在一个水汽氤氲的清晨，我们驱车前往西乌旗巴音高勒苏木乡。离乡还有 2.5 公里路，乡干部与牧民就早早迎在路口，献哈达，敬马奶酒，像恭迎阔别多年的亲人，我们的心一下子热起来，虽然那天飘洒着丝丝冷雨。尽管错过了奶茶节和祭敖包的日子，乡里却特意为远道而来的记者朋友安排了"那达慕"盛会，身着红黄蓝蒙古族服饰的牧民从四面八方骑马、乘小四轮、骑摩托赶来，绿茵茵的草地，变成了热闹的集市和竞技场。

头扎红黄头巾的蒙古族少年，正在"乌热"小马赛上进行激烈的角逐，似朵朵飞霞疾闪在远处的风尘中……草地中央，数十名彪悍的蒙古族壮汉，肩披镶有铜钉的坎肩，下身穿白色的大裆裤、脚蹬马靴，袒胸露背，威风凛凛，摇晃着粗犷的"鹰步"捉对摔跤。四周牧民的助威喊声与女歌手嘹亮的牧歌，交汇成那达慕盛会上动人的交响曲……

那一天是我从未有过的兴奋，远看赛马，近看摔跤，与牧民交谈，与老额吉合影，品尝手扒羊肉，跨上马背一路小跑……古朴而饶有情趣的草原民俗民风，将我变成了快乐的少年，虽然未穿蒙古袍，却俨然成了一名牧人之子。暮色渐渐四合时，我一头钻进了蒙古包，刚刚盘腿坐定，一杯乳香四溢的奶茶就送到我手上。真诚好客的牧人一脸笑意，频频向远客劝酒。一大盆热气腾腾的羊肉、几大壶马奶酒，却让我们犯难。临时充当翻译的锡林郭勒日报社的海·宝音很郑重地说："不喝酒、不吃肉，在蒙古包没法交谈。真的。"那好吧，我们壮胆举起了酒杯，一饮而尽。牧民们哈哈大笑，笑得十分开心，豪爽的心地善良的牧人，很看重客人如何喝他们酿制的马奶酒，酒喝得痛快，谈话也惬意，主客间的陌生感很快就消失了。

在蒙古包里边喝酒边采访，这在我记者生涯中还是头一次。走进了草原，又走进了牧人的心，一切都不感到陌生了。我似乎听懂了蒙古语，从自古"逐水草而居"到今天的定居轮牧，"一代天骄"成吉思汗的后裔们跨越了历史的长廊，完成了一次质的飞跃。改革开放的春风吹到了草原，古老的勒勒车印消逝了，柏油路、沙石路开始向草原深处延伸，各种机动车辆代替了拴马桩，一排排明亮的砖瓦房繁星般点缀在草原上；永久性暖棚、电视卫星接收器、程控电话、风力发电……标志着现代文明涌入了古老的牧场；而牧人组团自费坐飞机出国考察，又为草原新生活添上美妙的一笔。

在主人娓娓的叙述中，我们听得如痴似醉，水草丰美的锡林郭勒草原，不仅仅以美丽的自然景观和浓郁的民族风情引为自豪，更以一个游牧民族崭新的生活方式吸引着纷至沓来的中外观光者。

那个难忘的草原黄昏，我们听得如痴似醉，不仅因为牧民对新生活的讲述，还有那牧歌、那马头琴……今夏我不顾一切地远赴草原，其实是为完成一个多年追求的心愿：醉听一回真正的长调牧歌。至今我也说不清为什么对蒙古族音乐情有独钟，每当听到德德玛、腾格尔、拉苏荣、扎格达苏荣的演唱，激情的火花倏然亮了，不能自已。可这几位著名歌唱家是在舞台或录音棚里引吭高歌，而此刻我是在草原蒙古包里近在咫尺聆听那荡气回肠的牧歌。呼德古德是旗乌兰牧骑的女歌手，热情开朗，敬过酒后冲客人一笑，便展开清亮的歌喉，于是美妙的音符便在毡房内撞来撞去，一道道音流似乎挤进每个人的血管与肺腑。我无法形容她那跌宕起伏、韵味十足的唱腔，既觉得夏日的锡林河就在我眼前欢快地奔泻，又觉得弯曲而绵长的草原小路正在向我伸出手臂……坐在呼德古德身边的是一位很年轻的小伙，腼腆而沉静，微晃着头拉着马头琴，旋律深沉、粗犷而激昂，他使我想到当今最负盛名的蒙古族马头琴大师齐·宝力高，想到那首著名的《天上的风》。那真是一个奇妙的情景：在锡林郭勒草原的蒙古包里，我听到来自天籁的呼呼风声，又听到隐在草丛间的潺潺泉音……

宾主都喝醉了，也都听醉了，而我尤甚。一脸潮红，两行热泪，竹筷不停地敲打碗边伴唱，还大呼小叫让人拿酒来。后来，踉跄走出蒙古包，便四仰八叉倒在草地上。胸怀博大的草原善意地收留了我这个因酩酊大醉而失态的远客，用柔软的青草守护着我。

醉卧锡林郭勒大草原，就这一回，美矣，妙矣，让人回味百年。

投以牧草，报以乳汁。哦，天堂草原，我当再来——

1996 年 8 月 19 日

绝妙的黄山

　　那一刻我才真正感到：在天造地设的美轮美奂的山水面前，人类任何一种语言的描摹都显得如此苍白，即使是工笔精巧而逼真的绘画也落得东施效颦。我不得不承认：美丽的、本真的大自然是不能复制的。

　　而在那一刻之前，我还在天真地搜索枯肠用雄奇、秀丽、险峻之类的词汇去形容黄山，气象万千的黄山。当后来证明这种滥用的形容是徒劳的，我只得长叹一声，用"绝妙"二字作为对这座大山的评语。是的，在经历了一种摄人心魄的观赏之后，我们找不到任何比"绝妙"更合适的词汇。这种无奈，也让我们忍俊不禁。明朝大旅行家徐霞客不也是这样吗？三年间他两上黄山，"搜尽奇峰打草稿"，竟也惊讶无语，只好扔下一句"黄山归来不看岳"，意犹未尽地走了。

　　黄山是无法形容的。

　　黄山不需要广告词。

　　黄山是锦绣中华真正的精品。

　　读懂黄山的旅人是幸福的。

　　告别黄山那一刻，心中怅怅的，我不忍离去。回眸乳白色云海中时隐时现的莲花峰、天都峰、光明顶……回眸天梯般悬垂在峭壁上的天都峰古道和万仞之上尖尖隆起的尺余宽的鲫鱼背，回眸游蛇般蜿蜒的曾滴下我涔涔汗水的数千级石阶……胸中也仿佛荡起了云海，任万千情思恣肆遨游。痴痴地回眸，痴痴地告别，一种沉重的留恋坠住了我的双足，这是我一生中最动情的分手——不是同恋人，而是同沉默屹立一亿四千万年的黄山。我知道我全身心地爱上了黄山，爱得不能自拔！那一刻我的耳畔蓦然响起诗坛泰斗艾青遥远的吟诵："为什么我的眼里常含泪水 / 因为我对这土地爱得深沉……"

是的，黄山，我应该为你流一次泪，实在是再没有比这更朴素的表达方式了。对于你——华夏第一神奇的名山，我只想说我能在你阔大的襟抱中依偎过一回，就足以快慰一生！

千里迢迢抢在梅雨时节前头，一睹晴空下黄山的面容，这是我多年来魂牵梦绕的夙愿。沿着李白、徐霞客、岳飞、郭沫若、李四光、刘海粟、赵丹……古今名人留下的叠印的足迹，我叩问黄山每一座石洞，攀缘黄山每一条褶皱，采摘黄山每一朵流云，倾听黄山每一声呼吸。我面对的是世界一份珍贵的大自然遗产，每一座奇峰在我眼里都是一朵美丽的古莲。历经一亿四千万年岁月洗礼的黄山依然年轻，依然楚楚动人。来过一次就足以令我陶醉了，而那位高龄的画坛巨匠刘海粟呢？白发苍苍，十上黄山，挥毫泼墨，乐此不疲，该是怎样一种深深的迷恋！又有谁能计数出从中外八方纷至沓来的游客嘉宾，他们大汗淋漓地匍行在黄山漫长的石磴道上，饱览天下独领风骚的奇松、怪石、云海……

哦,黄山,这个初夏我从辽远的北疆风尘仆仆跋涉把你寻访，寻访你满坡满谷盛开的殷红的杜鹃花；寻访你树冠如云青翠苍劲的迎客松；寻访你奇诡如天外来客的飞来石；寻访你 U 形山谷里神秘的冰川擦痕；寻访你"鸣声谐琴瑟，伉俪世间稀"的八音鸟；寻访你充满毓秀灵气的三叠泉、弦歌溪、散花坞、钓月台、莲蕊峰、梦笔生花、犀牛望月……且莫说那些山水景观的魅力，只读一读它们的名字就足以让人心驰神往了。

方圆五百里的黄山，博大雄浑，风光无限。短短两天半的奔波又怎能览尽它的全貌？然而令人欣慰的是我毕竟完成了一次最艰难的登攀，一回最美好的"生平奇览"，这足以成为我一生中最辉煌的记忆。归来后，眼前仿佛还在映现长长石磴道上汗流浃背的黄山担夫、排云亭前那位雨中打伞醉心摄影的台湾老人、天都峰顶那几千把扣住绵绵思念的连心锁……在黄山绝妙风景的暗示中又有多少动人的故事？

1993 年 7 月 2 日

山的野悍之美

"黄山归来不看山"。这说法颇具权威性，似乎不必商讨。黄山之奇秀，为世人公认，但扬此抑彼，就落得偏颇之嫌了。想我华夏大地气象万千，名山迭出，各有其风采才引人入胜，应该说各领风骚，评而不比方为公允。

下榻邵武市，先借得一本《闽北纪略》，方知大诗人陆游曾主管过武夷宫（冲佑观）。1179年他畅游过九曲溪观武夷并写有诗章，其中两句印象颇深："未到名山梦已新，千峰拔地玉嶙峋"。那该是对武夷山一往情深的评价了。而现代作家郁达夫却毫不客气地说："山水若从奇处看，西湖毕竟小家容。"意即同武夷山的秀拔奇伟相比，西湖山水就显得媚气了。

游览武夷二日，我也真像明代徐霞客那样登山必穷其岭，探洞必求其邃，攀得大汗淋漓，回眸四顾，始领略"千峰拔地玉嶙峋"的神韵。无怪来游览的外国友人都认为武夷为世界少有的风景游览区，是一处未经雕琢的自然美景。

我想，名山之所以得名，在于有自己的风格与神魄。那武夷横亘在闽赣边界，总面积70平方公里，由砂砾岩层叠而成，经过7000万年大自然变迁，留下这片神工鬼斧之作。当年著名旅行家马可·波罗慕名而来，从江西骑马一个多月，饱览武夷胜景后对其赞不绝口。事实上，武夷山美就美在野悍，是造物主留下的大块奇文。武夷诸峰大多是独石构成，别树一帜。新加坡著名画家刘抗先生赞叹道："这里石头真大，和桂林、黄山的风格不一样，是整块的，给人印象很深，使人有整体的感觉。"画家的感觉当然是准确精到的。被称为武夷第一胜地的天游峰就是一块巨岩，拔地数百米高，如铜墙铁壁，毫无裂隙可攀，可称之危绝奇峭，望而悚然。五曲北面的仙掌峰，似凌空飞来一座巨崖，铁青中透出赭红，崖面是数十道竖立的圆形棱柱，颇似古希腊神庙的廊柱，然而那是大自然的雕刀劈刻而成，令人叹服。其他如雄姿巍巍的大王峰、暴厉的铁板嶂、壁立千仞的晒布岩、嵯峨拱立的隐屏峰、峥嵘的鹰嘴岩……三十六峰，无不"崖崖壑壑竞仙姿"。

野悍之美，正是武夷山奇绝的特色；而那些以俊秀、以透迤、以娇媚著称的名山，却缺乏这番铮铮神骨。来武夷，当我舍筏在诸峰攀登时，望峭壁森列，常目瞪口呆。那一座座兀立的独石肌层怒张，像铜色斑斓、孔武有力的巨人，庞壮的身躯内蕴藏着惊天动地的力量，望之给人以遒劲，给人以神魄，仿佛使你感受到我们中华民族的先人的开天辟地的雄姿！经过五千多年躬耕创业、风雨搏击，从北京山顶洞、陕西半坡村遗址、河南邙山脚下、黄河之滨……长途跋涉来到这里，凝成一座座铁熔铜铸的巨人，列阵在 20 世纪末叶的灿烂阳光下，接受新世纪华夏后裔的检阅。

哦，大块大块巨石构成的武夷山，原是有血有肉有精魂的。山中纵横交错的裂痕，起伏扭曲的纹理，刻镌着与千万年风雨雷暴搏击的印痕；岩凸嶂叠的地貌，如削如劈的雄姿，象征着一个民族粗犷、骁勇、威武不屈的气质与性格。

当我登临鹰嘴岩后告别武夷时，依恋之情如潮涌来，望着造型雄奇如凌风而去的鹰岩，仿佛真正捕捉到了武夷的神魂。那一瞬间，我的心灵激荡着、震撼着，热泪涌出，万千话语缩成一句："武夷山，我爱你！"

是的，武夷以它野悍雄奇之美赢得了四海宾客的交口赞誉，不仅那一峭岩、一曲径，就连那一山茶树、一山新篁，也把浓郁的情思带给了各国友人。难怪来自太平洋彼岸的一位美国老太太，在九曲溪头激动地写下感人的诗句：

假如我在世界任何一个地方迷路，
请不要忘记告诉他们：
把我送回中国的武夷山！

悠悠九曲溪

知山而不识水，是个糊涂的旅游者。武夷归来，令我有这一番感叹。

早已慕名"奇秀甲东南"的武夷山，那钟灵毓秀的自然景观，让我神往已久。这座历史文化悠久的名山，秦汉以来为各地名士、禅家所盘桓；而范仲淹、李纲、辛弃疾、朱熹、陆游、海瑞、徐霞客等，均留下寻幽览胜的足迹。一座武夷，竟有逾千首古今方士羽流、骚人墨客的诗章。

清秋时节南下，有幸投入武夷山怀抱。"武夷山水天下奇，三十六峰连逶迤"，登山之情早就按捺不住，陪同我的青年诗人、闽北地质大队的李龙年却提出先游九曲溪，并提醒我说："你忘了这首诗还有下两句哩：'溪流九曲泻云液，山光倒浸清涟漪。'"我却不以为然：凡山必有溪，浅浅一水有何看头？况且我从北方来，松花湖、镜泊湖、兴凯湖……泱泱阔水见得多了。争执不下，小李脱口而出："告诉你吧，自古游武夷就是先游溪后登山。陆游如此，郭沫若也如此，路线不可更改。你读过朱熹的《九曲棹歌》吗？"见我哑言，他得意地笑了。

依了他，穿过民风古朴的星村镇来到渡口。一片开阔的溪水浸着晨光，十分耀眼；石阶下传来撑筏人一声热辣的吆喝声："上排喽……"游人纷纷登筏。

坐筏泛溪，对我这北方人尤为新奇。只记得有一首"小小竹排江中游"的电影插曲，而今却身临其境，那心情犹如乡农坐上三叉戟飞机，又乐又慌。细看那筏，或单或双排，由粗长的绿毛竹编扎而成，轻捷小巧，一头贴水，一头翘起，造型别致可爱。上有小竹椅可坐，双足略高于绿莹莹的水面，浪花时而嬉咬脚踝，有趣极了。筏工年轻且健谈，他告诉我们：崇安县竹筏公司拥有三百多竹筏，一年四季都能载客游九曲溪，生意兴隆。说话间他将身子一弯，竹篙斜斜一撑，三四丈长的筏排像一条梭鱼轻盈地向前滑去……这便是那碧绿如玉的九曲溪了，盈盈一水，折为九曲，蜿蜒武夷幽谷 7500 米，如一江水墨濡染多少旖旎风光于画中。竹筏漂流在碧水湍急的溪中，我的心也在微微荡漾，不知是因新鲜而激动，或是因陌生而惊讶；从流漂荡，那是一种难以名状的愉悦。

过了白沙潭，沉静的溪水突然泼刺刺变得跌宕湍急，似乎因滩中嶙峋的礁石阻遏而陡然添了冲刺的活力，水声由琴弦低吟变成铜管乐大作。在七曲与六曲之间有一段险滩，涡流疾转，泡沫飞溅，令人眩目。年轻的筏工仿佛不知游客的担心，脸色依然泰安，左右熟练地摆弄那根篙竿，顺着水势让竹筏径直向一块突兀在滩中的巨礁驶去，高翘的排首眼看撞上怒浪激溅的危岩，只见他手中长篙一斜、一撑、一拨，竹筏转了个弧线冲向下游，颇有些"轻舟已过万重山"的意境。虽有惊无险，却也叫我长吐一口粗气，再看那筏工依然按照撑排工的老规矩，继续讲起武夷山的种种传说……他的故事也真多，像那澄碧溪底一颗颗鲜亮的鹅卵石。小李后来告诉我，自宋代以来九曲溪流筏，筏工代代承袭，究竟贮存流传了多少民间故事，谁也说不清，但每个筏工都是一名口头文学大师。我想，一部武夷山文化史应该同千年来的筏工连在一起。

一路滩声水势，两岸千峰倒影，移篙见奇，涉目成趣。山的野悍之美，溪的澄澈之清，令人赏心悦目。一个半小时的流筏，留下一段九曲环碧的梦，我左右环顾，看得脖颈酸了，看得眼睛呆了，在如此神奇的山川面前被震慑得默默无语。天游峰、大王峰、狮子岩、隐屏峰、铁板嶂、玉女峰……座座如青铜雕塑的巨人，拔地擎天，周身于青苍中透出暗赤，历尽万古风霜；而卧龙潭、浴香潭、雷磕滩、獭控滩、平林渡……水声溪语滔滔不绝于耳，像一曲曲由许多音阶组成的奇妙而动人的乐章。哦，那如剑如笏怒伸的峰岩，可是远古邈远岁月中地壳巨变给华夏东南留下的利刃文字？那如歌如诉的滩声溪韵，可是一个民族穿越历史峡谷在艰难的进程中留下的不朽奏鸣？遐思中，李龙年忽拍我肩头："别忘了，水中看武夷——"先不解其意，继而俯视前面倒影，疑惑顿开。那溪水清澈见底，如透明的薄荷酒缓缓流泻，游鱼细石清晰可见，两岸浓黛仿佛都消融在清溪中。这真是：溪边列岩岫，倒影浸寒绿。一山野花，一山修篁，一山枫叶，俱浸影水中，色彩鲜明；壁立千仞的"晒布岩"映照于如镜的溪面，犹如无数匹白帛悬垂，十分壮观。这才领悟了看水中武夷之情趣。难怪郭沫若当年在此兴致勃勃留诗：九曲清流绕武夷，棹歌首唱自朱熹。幽兰生谷香生径，方竹满山绿满溪……

一路流程颇顺，却也遇到奇事。同筏中有位老者，身着西装，脸呈古铜色，两只大手似带有多年劳作的印记；因挨我而坐，曾递烟与他攀谈，每次都点头而不语。一路凌波轻筏，丹山碧水，却从未见他笑过一声，只是对武夷奇观频频点首，似乎矜持又古怪。不过我暗中观察他，那双深陷的眼睛棕黄而深沉，隐藏着一种激动的神情。当筏撑到小藏峰一带，老者突然用手比画要停筏，举起照相机对峭壁上的远古遗留的岩葬穴和摩崖石刻，拍了又拍，然后面对绝壁上的船形棺木沉思良久。到卧龙潭时老者又要求停筏，很是坚决，好脾性的筏工将筏扎靠浅滩；老者从提包里拿出收录机，摆弄完毕便置放在山脚一块大岩石上，蹲而不语。我恍然大悟：他在录潺潺水声。是的，九曲溪急泻卧龙潭，如风如吼，岩壁上的润水叮咚滴下，汇成一曲别有风味的音乐……老者表情甚为庄严，眼角竟溢出两滴清泪，他足足录了五分钟方回到筏上。

后来得知，这老者姓黄，是一位聋哑人，刚从海外回国定居。他父亲是武夷有名的老筏工，1942年赤石暴动后因掩护一位受重伤的新四军战士而遭杀害，后来儿子被抓"猪仔"流徙海外，在巴西一家种植园干了大半辈子劳工，直到白发稀疏才返回故土……这是一段让人又喜又落泪的人生故事，为我这次武夷之行添了一段意外的插曲。想到昨日在筏上沉默稳如雕像的老者，真令我思绪万千。人间许多感人的东西并非开始就能理解的。那哑老人心中其实喧响着多少如涛如雷的话语啊！

著名华裔教授黄忠良曾动情地讲过："乘竹筏看山无疑是武夷最值得炫耀的乡土风情。"归来多日，我仍在眷恋那秀美蜿行的九曲溪，那千古传唱的《九曲棹歌》。一闭上眼，就听见那从五彩卵石间滤出的润水潺潺响在耳畔，经久不息。那位归国老人如痴似醉录下的不正是这清越的声韵吗？不正是故乡一座大山的悠悠心灵吗？

1987年9月 于闽北邵武市

山野拾回的纪念

寻胜探幽，浪迹山川，有心计的旅人喜欢收集当地的一些风物小品，不管路途多遥远也乐滋滋带回。并非以充富有、向世人炫示，实在是作为舟车行旅一段岁月的纪念，时时翻看，咏物抒怀，自有一番情趣。

夏天，我曾随长春作家访问团到长白林区体验生活，行程千余里，眼界开阔不少，可带回了什么纪念品呢？

有的，有的，此刻我案头上就摆放着高山苔原带"牛皮杜鹃"标本，榆黄蘑，美人松松塔，"山菜皇后"——薇菜，杜鹃根雕，四品叶野参，还有一小瓶"田鸡油"……或许够不上珍奇，可都是好客的山里人赠送的，我对这些有情有义的礼物，自然看重。可最令我激动不已的，是那一小堆我在天池畔亲手拾回的大大小小的石头；也许伴随着一段舍身登攀危崖方临天池的经历，这拾回的纪念才愈显珍贵。

其实，那石头掂在手掌间轻极了，轻得让你生疑，它就是长白山的特产——天然浮石。在吉林，"谁人不识君"？家庭主妇叫它江磨石，用其擦拭生锈菜刀蛮好使，长春市永春路摊头就专有出售江磨石的；喜浴的中老年人用它在澡堂里磨去脚掌淤积物，痒痒的，倒也惬意。这些年北京很少有天然浮石，老北京人却怀念这玩意儿，洗澡离不开它，以至写信给关东亲友郑重叮嘱来京时务必带这石头来。

这次登长白山，经过一番考证方知：浮石岂是用于擦菜刀、磨脚掌之俗物？心中不免为之抱屈。

说起话长。在邈远的古代，长白山火山喷发，将大量的高温高压的岩浆喷射高空，岩浆体急剧膨胀，内部充满气孔犹如泡沫，冷聚凝结后纷降火山口周围形成凹凸不平的浮岩。天文峰就是由厚达30余米的浮岩所组成。由此看来，长白浮石颇有资历，绝非一般顽石。

在长白山还听到关于浮石的一段有风趣的故事：由于浮岩质轻、多孔、比重小(每平方厘米只有0.7克重)，随风能飘落江上而不沉。每当雨季洪水上涨，长白山北坡的浮岩便顺江而下，浮漂的石头散布江面，黄灿灿的，如满江大豆。当地山民便给这一奇观起了个很形象的名字：豆满江。而朝鲜族语中"豆满"两字发"图们"的音，久而久之，两岸朝鲜族居民便称呼这条江为图们江了。这就是老地图上的"豆满江"后来改为图们江的来历。真有意思！这说明大自然变迁与人民生活息息相关。细想想，豆满江的名字更生动些。

我是在长白瀑布的上游乘槎河畔拾回这些浮石的。乘槎河全长1250米，细若游丝，却涓涓长流，是唯一源出天池的河。因它才形成"疑是龙池喷瑞雪，如同天际挂飞流"的壮观瀑布。当时，白河林业局宣传干事李德福舍命陪我闯过危崖，惊魂未定，见到乘槎河清冽见底又喜不自禁，痛饮几大口水后便拾回这一堆纪念品。

后来，在"长白山下第一村"——黄松蒲林场参观时，见院内堆有一大片浮石，小如鹅卵，大如茶壶，阳光下白亮亮、黄澄澄的，煞是好看。便问李德福：堆在这里做何用？小李说安图县政府同白河林业局已联营开发加工浮石，并将其投入国内外市场。我愈发惊奇了，原以为这浮石散扔山野河畔，无人问津，未曾料及用它也能做成大买卖。小李笑了："用场多着哩。你看，这林场的花池、假山，职工的住房，不都是用浮石磨砌而成的吗？"我走近细看，果然。可又疑惑："是否因为深山里缺砖少料，才用浮石顶替？"小李大为不悦，嗔怪我太小瞧长白山的特产了。他竟扳起手指细数起浮石的诸多好处，我这才对其刮目相看。原来这天然浮石质轻、不导热、保温，含有一般山石不具有的特殊成分，是理想的建筑材料。经研究，它已成为一种高级研磨剂，并具有数十种工业用途。此外，还有观赏价值，被加工成盆景及各类工艺品，颇受欢迎。历来中国盆景、假山制作都用著名的"太湖石"，可用它成本太高，长白浮石便成了热门货。因国家收购，许多人乐悠悠进山采集，可谓"求者遍山隅"，浮石竟同幽兰相媲美了。

值得提及的是，长白山是全国唯一的天然浮石基地，蓄量积达 2 亿立方米，颇似"芝麻开门"的宝库。目前浮石经加工后已出口新加坡、日本、马来西亚等国，为国家赢得一大笔外汇。

走了一趟长白山，竟对浮石这远古的遗物发生了浓郁的兴趣。或许它不及"通灵宝玉"富贵，不如雨花石庄严，更比不上"阿波罗号"从月球上带回的那神秘的石头。然而我却格外珍爱。告别那日，忽心血来潮，将一块最好看的浮石磨平，用小刀刻上"爱长白山"四字，再用红圆珠笔描摹，字迹清晰。一扬手抛在二道白河的激流中，让它随意漂浮而去……无论漂多远，我想总会有人发现它、拾到它的，更会见到那上面"爱长白山"四字。那不仅是我，也是所有长白山的儿女们的共同心愿。

1987 年初夏　于二道白河镇

山脊上的古丝绸之路

遥远而神秘的云南，当我悄悄走进你巨大的山体、深阔的峡谷与妩媚的热带雨林，惊讶与心灵的震撼能不令我像个稚童般地对你睁大眼睛吗？

多年磁石般的向往中，我只在作家艾芜的笔下与黄虹的赶马山歌里，只在阿诗玛的传说与阿细跳月的舞蹈中，只在孔雀胆的悲剧与五朵金花的笑声里……知道你，云南！知道你，红土高原！然而那毕竟朦胧。

终于有一次真真切切的体验。山茶花初绽时节，我有幸参加作家考察团赴滇，万里迢遥，从长春远足大西南边境瑞丽城，完成一次难忘的考察。领略了"美丽、神奇、丰富"，这六字的确概括了云南人文地理的全貌。然而汽车轮子，又让我领教了在红土高原上行驶的艰险。正是这"艰险"二字，才提醒外来者这里曾发生过一次惊心动魄的造山运动！

从昆明抵中缅边境瑞丽小城有1000公里，山势跌宕，峡谷空阔，公路陡弯不断，该是一次令人提心吊胆的长途跋涉。陪同的《边疆文学》主人告诉我们：这就是古代的"蜀身毒道"，当今的滇缅公路，祖国西南的交通大动脉。它早于张骞通西域的丝绸之路200多年。当汽车驶出滇缅公路零公里起点，蜿行于崇山峻岭云海间，车厢里来自11个省市的作家、诗人，便由兴奋的交谈渐渐沉默；哀牢山、高黎贡山……一架架险恶的崖岭不断逼近车窗，Z字形陡转弯令人眼花缭乱，大家除了正襟危坐与惊望窗外，都哑言了，气氛有些凝重，或许是格外感受到车轮始终辗着危险前行的缘故。而对大自然魂魄的赞叹都留给日后了。

滇缅公路——这条盘绕红土高原的巨龙——由民工血肉筑成的"南方万里长城"，无声赐给每位来访者一卷长长的历史教科书。当你接近它、了解它、热爱它，一般旅游意义上的赞叹都将退位给崇敬之情了。半个多世纪前，在抗日战争炮火中诞生的这条公路，不但结束了中国两千多年来大西南的马帮运输史，而且开拓了通往南洋的国际交通道，成为当时抢运抗日战略物资的"输血管"。在主人动情的讲述中，我似乎目睹了那一幕腰拴悬索、一寸寸凿岩开路的悲壮场景。如此浩大的工程，因无机器全由人力开凿，仅9个月就全线通车，云南各族人民吃苦耐劳的精神震惊了世界。在修筑下关至畹町的400公里路段中，平均每一公里就有五六人成为亡灵。听到这个数字，令人为之肃然。车上，我默想起著名作家、记者萧乾当年的一段笔录：

> 有一天你旅行也许要经过这条血肉筑成的公路。你剥橘子和糖果，你对美景吭歌，你可别忘记听听车轮下面咯吱吱的声响，那是为这条路捐躯者的白骨……

是的，驶过滇缅大道的每位游客，都该铭记修筑过它和一生养护着它的人们。

千里滇西行中最为撼人心魄的一程，莫过于从峰巅俯瞰著名的"滇西纵谷"——世界第二大峡谷了。汽车逶迤西行600多公里，便到了绵亘的高黎贡山与碧罗雪山的环接带，两山夹峙，下有怒江一路咆哮而来，形成令古今旅人胆战心悸的大峡谷景观。此处江面海拔仅为600余米，而两岸山脊达3000余米，鲜明的落差令峡谷俨似通向地心的巨槽，深度居世界第二。地势之险恶，难怪古代大旅行家徐霞客为之惊叹："险冠滇南！"汽车似甲虫沿高峻的山脉缓缓爬上巨崖，我将头探出窗外，呼呼山风扑面，峡谷的空阔浑茫让人顿生心游万仞之感。旷远的视野中，那条以湍急狂泄而闻名于世的怒江竟细如蚯蚓……同石林一样，怒江大峡谷是古代造山运动的又一杰作！让人真正领略了大自然的造化。

大半生舟车行旅，不知跋涉过多少形形色色的路。唯有这条滇缅公路给予我心灵的撞击如此强烈。归来很久，还时时遥望大西南做一番浮想。五千多年来，黄河文明与恒河文明就在这条更古老的丝绸之路上相互融汇，来往穿梭；漫漫古栈道上，曾闪现过马可·波罗、徐霞客、林则徐、徐悲鸿的身影，他们给刀耕火种的边陲播撒了人类文明的种子；可怖的蛮烟瘴雨中，一队队马帮驼铃叮当艰苦行进在山脊、深谷、密林、边关……想血泪斑斑筑路史，每拓宽公路一米，都必须搬走巨大的山体。

啊，回眸滇缅公路的每块路碑，你能是一位来去匆匆的漠然的过客吗？

浓郁的南亚热带风情

　　神奇的石林、波光潋滟的滇池、洱海滨挺秀的三塔、白雪皑皑的横断山……都渐次甩在车后了。血色黄昏，前方坡底闪烁片片灯火，我们终于抵达德宏州首府芒市。正是隆冬时令，而下车后的第一感觉是暖风，奇异的暖风拂在脸上痒痒的，那种惬意真是难以名状。从长春穿来的羽绒服，此刻方觉得它多不合宜。

　　南亚热带！我们第一次步入南亚热带五彩斑斓的巨幅油画中，新奇与喜悦漾在每位作家的心头。用过晚饭已是初夜了，唐大同、西彤、李昆纯、戴砚田、张静柳……这些已届花甲的老作家，兴冲冲同年轻人一道逛夜市去了。

　　在这幅流光溢彩的亚热带油画中，滇西南充分展现了"植物王国"的丰饶与绚丽。从芒市、畹町到瑞丽沿途，车厢里不时有人发出惊奇的赞叹声。成片的甘蔗林、橡胶林、桉树、柚木、油棕……在车窗外闪过；火红的攀枝花、馨香的缅桂花与劲挺的剑麻、宽大的芭蕉叶相映成趣；而榕树垂髯、凤竹点翠、杧果染金、椰树摇风……如一帧帧彩色照片，令人爱不释手。我们这些平原来客，第一次见到亚热带风光的"天然花园"，折服于其独有的魅力，怎能不欣喜异常呢？

最为激动的是路经芒令寨时，目睹那株令中外游人惊呼不已的"榕树之王"。说株，其实是独树成林，盘根错节，不断衍生，苍苍郁郁，投下大片阴凉，占地竟三亩多哩！来访的作家、诗人都呆住了，谁也未见过如此奇特的自然景观！这株大青树不知历经多少个世纪沐风栉雨，采天光地气、日精月华，方能"五世同堂"、树族兴旺，被傣族人民崇为"圣树"。当年拍摄电影《边寨烽火》时，著名演员王晓棠还在这树下攀青藤荡过秋千哩……

还令我们深感兴趣的是沿路万绿丛中迷人的傣家竹楼。这最富有云南特色的镜头，过去只在影视、画报中令人迷恋，如今却大饱眼福了。那竹楼别有风味，芭蕉是门户，凤尾竹做围墙；上下两层，竹楼顶为双斜面，墙壁与楼板均以粗竹剖开压平后编排而成，有的篾片成各种花纹并涂上桐油，呈金黄色，十分美观。在边境71号界碑处，我就登上过一幢干栏式竹楼，傣家大嫂在堂屋沏茶热情待客；参观过程中，我深为傣族精湛的建筑文化而叹服，走出好远还依恋地回眸，那小巧玲珑而又庄重秀雅的竹楼，在我眼中竟成了一件硕大的工艺品了。可惜不能将它移到北方让大家观赏。

如果说竹楼体现了傣家固态的建筑美，那么五彩的筒裙则摆出傣族卜少(姑娘)飘逸的美。下榻芒市宾馆，翌日，晨曦中，见三三五五紧身窄袖，着杏黄、大红、天蓝、藕荷色筒裙的姑娘，鬓髻插梳或缀以缅桂花，面容妩媚而温柔，走起路小步细碎显出腰肢的柔韧，好看极了。当时以为是傣族歌舞演员，却未料及她们是普通的服务员。后来上街一瞧，傣家妇女都这般缤纷漂亮的打扮，上着多种颜色的短小紧瘦短衣、圆领窄袖衫，下为多花色长筒裙；喜欢在发髻上插缀鲜花，或扎花头帕，插梳子；

一条银色的腰带将上下身的形体隔开，在短衣与长裙间袒露一截腰肢，愈显得体态优美，犹如一株亭亭而立的荷花。耳濡目染，傣族的确是一个爱美、善歌舞、独具风采的民族。在当年大型音乐舞蹈史诗《东方红》中，傣族舞蹈家刀美兰的表演至今仍被人们津津乐道。

或许是腊月赴滇来得太早，我们未能一睹德宏州各族人民欢度"泼水节"的盛况，至今犹惋惜不已。但等罕弄这座著名的傣寨，也以它浑然天成的旖旎风光和佛幡招摇的文化古迹，引我游思神往。等罕弄寨名为"大金水塘"之意，进寨便有竹篱墙、伞状榕树、挺拔的董棕、碧玉般的菜畦……两旁迎迓，让人置身于一幅绝妙的天然画卷中。从一幢幢竹楼里传出甜软的傣家话，听起来富有韵味。村寨幽深处，有一座典型的傣式建筑，那便是颇负盛名的奘寺了，阳光下金碧辉煌，佛幡伞迎风轻抖，几杵钟磬入耳，真让人顿生对傣族历史文化探源的雅兴。这是一个虔诚信奉小乘佛教的民族。这里还有一座傣乡旅馆，竹楼、竹床，备有傣家风味的小吃与新茶，可惜我们行旅匆匆，倘能下榻一夜领略傣家生活风情，定会留下美妙的回忆。难怪著名作家玛拉沁夫在此驻足后留恋不已，挥就一幅墨迹。秀色可餐的等罕弄寨，也成了电影艺术家们的外景地。电影《孔雀公主》《漂泊奇遇》《西游记》中，印象极深的竹林、井塔、古榕、奘寺……原来镜头来自这片傣寨。

在德宏州境内走马观花三日三夜，短暂得令人惋惜；但对于这片土地富有开拓前景的边境口岸优势和无比丰饶的亚热带资源优势，有哪位来访者不报以祝福的微笑呢？

当我结束一万里路程折身回归北方，眷恋是如此绵长，眼前总有五彩筒裙的飘逸，椰叶编的斗笠在波荡，美丽的孔雀在开屏……而纵情的象脚鼓声一直送我们很远，很远。

孔雀开屏的地方

昨天，我还在中缅边境的畹町桥上伫望，好奇地观瞧两国边民肩挎篾箩、背篓来往过桥：一身银铃叮当的德昂族少女，头戴毡帽的傣族小伙，腰挎长刀的景颇汉子，手持尼龙花伞的傣族卜少……1956年12月15日，周恩来总理健步登上这座桥，陪同缅甸贵宾入境。好热烈的欢迎场景，已成为边民珍贵的回忆。

今天，我来到瑞丽江畔的屯洪渡口，感受着"同饮一江水"的胞波友谊。色彩鲜艳的傣家妇女在江水中浣洗衣服，狭长的机动木船来回摆渡自由往来的中缅边民，江两岸村寨相望，阡陌相依，一派宁穆祥和的气氛，毫无过去对边境印象中剑拔弩张的气氛。几只白鹭在江面上翙飞起落，更增添了这里和平边防的诗情画意。

我的目光随蓝色的瑞丽江远去。思绪也被牵得辽远。在这个不安静的地球上，依然有战争的炮火与贪婪的掠夺，死神的阴影还在游荡着；可是绿色橄榄枝的生命却是旺盛强大的，渴望和睦相处、相敬相亲，是全世界各族人民共同的心愿。40多年来，漫长的中缅边境线上一片安宁，不正体现了和平的生命力吗？但愿吉祥的金孔雀能给全世界带来珍贵的昭示与祝福。

就在昨天，我们跨过畹町边界河轻松踏上了缅甸的土地。那座界桥如此简单，几根大毛竹搭成，几步就完成了"出国"而无须护照。因来得这般容易，大家由惊讶而朗声大笑。同几位过桥的缅甸汉子、大嫂纷纷留影，他们谦和的面容挂着微笑，赠给中国客人一束束缅桂花，我还蛮有兴趣地用力试拉了那汉子的弩弓……

在大西南古丝绸之路的终点——瑞丽，我们对互亲互爱的两国边民情谊体会弥深。这座被誉为"孔雀彩屏"的边境新城，因其"一个坝子，两个国家，三座城镇"的独特地理位置，而受到世人瞩目。界河瑞丽江如一条胞波友谊的纽带闪闪发光，在这片傣族先民的发祥地，至今仍沿袭了两国通婚互市的习俗，世代相好，"缅甸的瓜结在中国，中国的鸡到缅甸下蛋"，那是千真万确的。更特殊的景色是在江南岸的缅甸版图上，奇异地插进中国的"姐告寨"，它与缅甸的木姐、南坎镇毗连。民谚云：不到瑞丽，不算到云南；如今有新的补充：不到姐告，不算到瑞丽。

我们踏上仅 4 平方公里的姐告寨土地，来到 81 号界桩前，看到高飘的五星红旗，心情十分激动。界桩一侧是缅甸境内的滇缅路，另一侧为新辟的大货场。缅甸的酒店、咖啡馆、录像放映室、商店、摊床……近在咫尺，人流熙攘，车辆如织，一派繁华景象。1988 年 7 月，这里正式定为开放口岸——姐告经济区，成为中缅经济贸易的重要窗口。在主人的安排下，我们从容越过 81 号界桩游览参观，中午享用了缅甸的凉米线、米酒，目睹了诸多充满异国情趣的小镜头。

同边防战士一一握手惜别后，我们又跨过 410 米长的姐告大桥返回。瑞丽，这个通往缅甸和东南亚的繁荣口岸，集历史文化、自然景观与民族风情为一体，具有得天独厚的经济与旅游优势。这在商品琳琅满目的夜市中得到充分的体现。仅有万余人口的瑞丽，居然招徕一万五千多流动人口，云聚了缅甸、泰国、印度、巴基斯坦等国的商贾、游客……夜幕降临时，这里再现了上海南京路的繁华。

　　尽管在芒市不慎跌伤左足，数日来我都是在同伴扶助下跟跟跄跄完成考察的；但这个夜晚我以一截甘蔗当杖，兴致勃勃走进了灯火辉煌的夜市人流中。"瑞丽电影院"——当年郭沫若手书的五个大字，格外醒目；灯月交辉，南卯大街与人民大街玻璃橱窗中五颜六色的商品，诱惑着南来北往中外游客的眼睛；带来凉爽江风气息的婆娑树影中，一柄柄漂亮的花伞在飘移，各民族情侣并肩依偎款款交谈；人行道上遍布民族风味小吃：傣家清香可口的"软米"、采自景颇山的鲜笋、大等罕柚子、雷武菠萝、莫里绿茶……

　　摩肩接踵的人流还在有增无减，时间已过午夜了。我拄着甘蔗手杖终于挨进服装、工艺品市场，已是两腿酸软。正在倚一柜角歇息，有位面孔黝黑又很英俊的外国青年用半生的汉语唤我，定睛一看，笑了：这不是电影《流浪者》中的拉兹吗？搭话后，他果真是一位印度人，用手势比画着他的项链、玛瑙、钻石、佩玉、戒指……可惜我囊中羞涩，一串象牙项链200多元怎掏得起？却不好拒绝他的热情，便付15元人民币买下木雕小象、柚木佛珠，印度人也不嫌少，一声OK，两人握别。后来我又在别的摊床上买得缅甸铁梨木雕：双手合十的与头顶陶罐的两尊少女像，还购有泰国腰刀、缅甸佛珠与象骨手镯。归来后，将它们与柜中的惠山泥人、宜兴紫砂陶茶壶及西沙虎皮斑纹贝摆在一起，观赏得情趣盎然哩。

　　当我们惜别瑞丽时，又一次想到艾芜和那部蜚声中外的《南行记》,心中对他当年随马帮艰辛跋涉挥写的血泪文字充满敬意。如今云南边陲日新月异,"金孔雀"正在腾飞,艾老倘能再度南行,听一声高亢的铓锣，也会喜泪双流的……

1991 年 1 月　昆明——长春

窗前是大海

倘无这片音乐般美妙律动的时时送来清凉海风的潮汐，你真不知道该怎样熬过这个溽暑季节。

夏天的窗是敞开的。窗前就是大海，仿佛伸手可触。你能清晰地看到涨潮时每道浪峰凶猛地扑向礁岩而又叹息着退却……你久久凝视海浪顽强的周而复始的运动，忽有所悟地想到潮起潮落般的人生。可你没有感伤，大海从不欢迎一个感伤的人在它面前驻足。

你有一百种理由感谢大海赐予的丰润的呼吸。远离尘嚣，才会真正体验到吹拂那湿漉漉的海风该是一次多爽心的洗礼。

这不是海明威笔下那片骇人的老人与鲨鱼搏斗的海，也不是小林多喜二描述的蟹工船漂泊的海，你脚下是中国渤海明亮的水域。作为一个北方人，你的心同北方的海贴得很近。雄浑、粗犷、欢快，富于传奇色彩——北方的海被"海碰子"出身的大连作家邓刚写得淋漓尽致。你喜爱他的书，你也想当一个勇敢的"海碰子"，可你有深潜几十米的本领吗？不但没有，而且为自己同辽阔大海对比时的渺小深感羞愧。当浩浩荡荡的浪潮吞没你的视野时，你必须仰望它，为大海生命的澎湃与恢宏所深深震慑！那一刻你才真正觉得浮躁、虚骄、贪婪、平庸对于人生是多么有害的漂浮物。幸而，你观沧海后忽有所思，透明的海风洗去了你的浮躁。让你倏忽间清醒，你会一辈子感谢海。

当然也感谢海边这座小城。是这座古风犹存的小城将你的脚印牵到金色的沙滩上。小城西望，你想到了"白浪滔天，秦皇岛外打鱼船"落笔之处离这里不过几十海里。想到曹操那首遗篇，想到"浪淘尽千古风流人物"，你不胜感慨。有价值的东西犹如千淘万漉的明珠，光辉永存；而炫目一时的事物似那退潮后曝晒的贝壳，终会褪去美丽。历史与大海的昭示是一致的。在小城，你惊喜地瞧见当代著名书画家范曾的大手笔："击水沧波问君谁是钓鲸客；飞筋天外兴我暂成乘鹤仙。"22字洋洋洒洒，笔势遒劲，用大理石镌刻在高大的牌门两侧，同海滨秀媚的菊花女玉石雕像刚柔相对。你望着那副对联沉思良久，想到中国历史风浪中的一位钓鲸人，不知他是否来过这小城？而这一带海岸线上盛传着一段"老人与海"的故事，小城有人幸运地见到这位身材矮胖、头脑睿智的老人"击水沧波"的情景。你虽无缘相见，却敬佩他敢于向大海挑战的魄力。中国从恶风险浪中回归光明的航道，多亏了这位老人。

海边小城的日子是淡泊无奇的。最惬意的是扑向大海。当你绕过叫卖声不绝于耳的海市，绕过五彩缤纷的太阳伞，一步步迎着喧哗的海浪走去时……海的巨大的摇篮立刻将你剧烈地摆晃起来。第一次游海的心情是新鲜的、欢欣的，当最初的紧张消逝后，你学会了在海的摇荡中穿浪而行，甚至愉悦地忆起当年游长江的情景……当你得意时，忽然发现一位游侧泳的中年人在前面，好胜心激你疾速赶上去。于是，波谷浪峰间有了一幕无语的竞争，你终于超过他一米多，很是自豪。上岸后，你惊愕发现对手是个独臂的汉子，对你友好地微笑着，那一刻你脸红了，不是太阳晒的。

海边，你拾回一个有意思的人生故事。你不会忘记那位击水的独臂人。

还有许多故事，让你坐在窗前咀嚼着。窗前是大海。海风是咸味的，海风是湿润的，海风是透明的。这个夏天你多读了一部大海的书，书里有严峻的忠告，也有温柔的絮语，更有一颗自强不息的灵魂。

1988 年夏 于辽宁兴城海滨

雁荡一壶茶　悠然山林意

　　记住雁荡山的大名，还是在读小学时，课本中有关于它的介绍，只是一片模糊的文字，当然没有感性的印象。倒是一出著名的京剧让我对它过目不忘，那出京剧的名字就叫《雁荡山》。当年走进长春市东五马路的大众剧场，一阵急促的锣鼓声就震得我心嗵嗵直跳，这是一出武戏，台上千军万马激战犹酣，刀枪挥舞令人眼花缭乱，尤其是武生们一连串的"筋斗"翻得既高又飘，真是绝了！台下的我看得大气不敢出，完全被那一幕战场的激烈搏杀震慑住了。从此，幼小的心灵就牢牢记住了雁荡山。那时我正在读小学五年级。

　　时光荏苒，真真切切地看到雁荡山并走进它的怀抱，已是20世纪最后一个年头的清秋时节。从耳闻到眼见，这中间竟相隔40余年，令我颇多感慨。不过，我相信名山是有灵性的，有缘相见不计早晚。

　　10月上旬在浙西南龙泉开会。会后要在温州中转，恰巧有了观雁荡山的机遇，因为从温州乘中巴抵达雁荡山只有一个半小时的路程。重庆一位友人却劝阻我说，游雁荡山没意思，比起游黄山、张家界差远了。不过我想，雁荡山能被列为华夏"十大名山"之一，总有它的道理。远道慕名而来，岂可绕山而归？更何况 40 年前《雁荡山》的锣鼓声在耳畔铿锵犹可闻，这个梦非圆不可。于是，便只身向雁荡山出发。

跋山涉水一日，也算领略了雁荡风情，说不虚此行也不为过。在灵岩风景区，耸立着一尊徐霞客塑像，高约丈许，一身素袍，双目望天，那神态于肃然中透着几分安详。我对徐霞客这位名扬中外的旅行家、历史学家与文学家是非常尊敬的。明朝没飞机、火车与汽车，他全凭一双脚板走天下，"搜尽奇峰打草稿"，尝遍多少风险与辛苦，其毅力绝非常人所有。而雁荡山，徐霞客就曾两度登临。

那日游完小龙湫，已近薄暮。一路大汗，喉咙干渴，幸好在卧龙谷遇一茶亭，大喜，在数种茶叶中选了一种色彩翠绿的云雾茶，沏好后就想"俗夫牛饮"，因为太渴了。这时，一只手适时地将茶杯拿去倒掉茶水，复又将热水冲满。抬头见一中年男人对我颔首微笑，一丝愠怒顿消。我知道是遇见谙熟茶道者了，依品茶规矩，刚沏上的第一杯茶水是要倒掉的。我于是报之一笑，邀对方过来一坐。

石桌、石凳，两人各执一壶对饮，陌生感因茶而消弭了。攀谈中方知他叫黄希连，是卧龙谷风景区的负责人，原来是遇见此地主人了。老黄小我几岁，他走南闯北、见多识广，浙南口音已被普通话代替了。我们二人喜山喜水又喜茶，娓娓交谈起来颇有些相见恨晚之感。当我夸赞这茶汤色明亮、口感甚佳时，老黄很自豪地认同："你这北方客难得识茶。你所品的乃雁荡著名的云雾茶。此茶终年长在云雾山中，得天光地气、朝露月华，乃大自然的恩赐，浙人皆视之若贞女。茶中不含一点儿农药，无任何污染。雁荡山终年有湿云缭绕，那云中的茶树总是湿漉漉的，即使晴天，茶工也要披雨衣去采茶。一片清凉世界出好茶，不慢慢斟、细细品真是枉来雁荡山啊！"

老黄一席话，听得我不住点头，很高兴在山中遇得知音。我们从佳茗又谈到名山，老黄问我对雁荡山印象如何，我说匆匆一见来不及归纳。茶喝到浓处，话也多了起来，便信口评点说：黄山布局开阔，雍容华美有仙风灵气，云海岩松称得上大自然精品；而张家界妙在山的走势与形态，如笋如剑，具有野悍之美。雁荡山呢，我却一时找不到合适的语汇来形容。老黄想了想，对我说："名山是一本书，有各自的版本。你若第二次游雁荡山，就会读出些东西来的。"

在暝茫夜色中，走出雁荡山。心想，老黄的话确有寓意，对一座大山的访问是要付出足够的时间、脚力与心智的，如此才能与大自然亲和，达到人与天合一，即所谓居尘世而有山林意。那种走马观花式的消费性旅游，只能说是一种玩，这和徐霞客一生追求的境界不可同日而语。

下山前，买了几枚水晶石，拟带给亲人和朋友。那水晶石晶莹透明，是一种很美丽的胸前悬佩物，不过，我最钟爱的还是雁荡云雾茶，我将很郑重地留在 11 月 1 日自己的生日那天去品味……

1999 年 10 月 23 日

未想到 7 年后又与黄希连重逢。2006 年仲春携妻再访雁荡山，住卧龙谷 4 日，闻空山鸟语，小龙湫泉声淙淙，峡谷杜鹃盛开，满山清香，令人心旷神怡。老黄特意为我备一坛黄酒，每晚品饮、叙谈，甚悦。临别时写一首七言绝句赠予这位好客的浙人：

梦里常思雁荡行，
始知尘世隐知音。
茶禅一味云崖坐，
山自崔嵬水自清。

2006 年 5 月 补记

把目光投向夔门——

1995 年 10 月 28 日——正在向我们逼近。

我不知道这一天世界将要发生什么事情，几乎无法猜测这一天地球是否有战争，有地震，有海啸，有这样或那样让人类大吃一惊的突发事件。但我很快终止了上述种种不吉祥的猜想，并坚信这一天地球运转有序，不会有爆炸性的消息惊扰人类。这一天，只能有一件事让我们睁大惊奇的眼睛去注视长江三峡，注视高空走钢丝的惊险一幕——

是的，10 月 28 日这一天，人类几乎心无旁骛，只关心全球电视直播的亘古未有的一次壮举：年过半百的美国人杰伊·科克伦，手持一根 10 米长、50 磅重的平衡杆，未加任何保护措施地行走在距江面 300 多米高的空中钢丝上，并成功走了 667 米，从而打破人类高空行走 498 米的吉尼斯世界纪录。

高空横跨夔门第一人！

10 月 28 日就是这样一个激动人心的日子。这个日子对于我们人类展示征服大自然的力量该是多么重要。在卫星现场直播的惊心动魄的一个多小时里，五大洲的观众将真切地目睹"空中大师"杰伊·科克伦先生出现在长江三峡高空的悬丝上，用他的脚板踩出一首千古绝唱……

虽然，10月28日还没有到来，可我全部的心思已早早地交付给这一天了，余下的只是空茫的等待。而这种等待近乎一种沉重，无法释去，甚至觉得自己就是那个三峡走钢丝的人，在全世界的注目中一步步向前挪走，没有退路，想转身都不可能，那该是怎样一种静默得可怕的人生境地？

夔门天下雄，世人谁不知。"高江急峡雷霆斗，古木苍藤日月昏"，这是诗圣杜甫笔下的瞿塘峡。峡口处危耸两座千仞绝壁，隔江对峙，上摩苍穹，下挟一江怒水，这就是名噪天下，令世代船工与旅人心悸的夔门。

1993年初夏，我圆了一次三峡梦，在那条黄金水道上度过难忘的三天两夜。船过瞿塘峡，正是拂晓时分，举头看朝云湿雾如梦般缭绕崇山峻岭，看旋涡洄流如巨龙抖动气吞万里，看夔门两岸夹峙鬼斧神工般的峭壁……万千气象尽收眼底。那时，面对夔门的奇险，我惊讶无语，竟有一丝战栗。一幅大自然的杰作，世上绝无第二幅——那是我当时唯一的感受。而这幅一亿年前造山运动留下的杰作，属于中国，属于长江，属于三峡。这是我们永恒的骄傲。

船过夔门，历代视若畏途。夔门强迫长江在此处变得狭窄了，受到阻遏的江水因暴怒而格外湍急凶猛，于是便有了"惊涛拍岸，卷起千堆雪"的千古佳句，那景观自然让古今中外游客赞赏不已，但激流冲溅中船毁人亡的悲剧也一次次记载在一部长江船运史上。

船，依然要过夔门；长江，载着人类的文明正在流向21世纪……

谁也不会想到1995年的秋季，有人要在300多米高的空中越过夔门，不是坐飞机，不是乘气球，而是脚踩一条悬空的钢丝。

这真是突发奇想，可谁能指责此举是荒诞的呢？除了惊讶与震撼，我们几乎找不出什么理由来阻止杰伊·科克伦去做这件事。他会耸耸肩对你说：月球，不也有人登上去了吗？看来，他是对的。人类正是在"突发奇想"中一次次创造与展示了自身的智慧与伟力。因而，三峡走钢丝是属于竞技体育运动，还是归于纯探险行为，不必去探究；重要的是这位"空中王子"将以一身绝技去证明：人是大自然的主人。

10月28日全球电视直播尚未开始，我们看不到这位空中奇人怎样在夔门上空迈出他的第一步。我们只粗略知道他在马戏团里长大，后来考上多伦多大学并取得桥梁建筑学硕士学位，再后来他就"不务正业"了，从第一次表演高空走钢丝迄今已走了36年，走了1600多公里。而这次闯夔门天堑，是他36年间所要走的单程最长、高度最高的一次走钢丝。

杰伊·科克伦是独具眼光的。他将这次空中壮举安排在世界上最著名的风景区——中国长江三峡，是一次不同寻常的独具慧眼的选择。

杰伊·科克伦，你真的熟悉三峡的风、三峡的雨、三峡的雾吗？10月28日那天，如果云开日朗该有多好。我突然想对不曾谋面的杰伊·科克伦说点什么，许多人大概也都想对他说点什么。但我想，这位神经极为坚强的真正的勇士什么都不想听。宽达二米的登山之路已修好，钢丝与斜拉钢索已架设完毕，一切就绪了，只等历史的指针滑向1995年10月28日——

是的，那一天，全世界都睁大眼睛注视杰伊·科克伦在中国夔门上空的悬丝上用脚踩出一首千古绝唱。

杰伊·科克伦，我用全部的心灵为你祝福。

1995年10月14日

卓越工艺 淳朴民风

8 个小时的行程，从浙西经金华市到浙南换了两次汽车，抵达龙泉宾馆已是夜里 10 时 30 分。只感觉累，浑身疼痛，骨架似已散，将行囊往床上一扔就不想再动弹了。毕竟逾天命之年，作如此长途跋涉体力怎承受得了？

只躺了三两分钟，旋即起身下床，疲惫居然被一股莫名的兴奋所代替，对自己说：从遥远的北方平原到浙南山区，八千里路云和月，不就是为了慕名看一眼龙泉吗？

倦意顿消，穿衣步出宾馆沿街巷徜徉，在夜幕下看一眼龙泉也别有风情。虽是清秋时节这里仍有夏日的暖意，当地的青年男女还穿着短袖衫短裙漫游街头，一路嬉笑，毫无悲秋之感；夜半街头灯火并未阑珊，许多商场店铺还在做生意，外来旅人此刻想买点什么是不会失望的；偶尔一瞥中，发现数辆摩托车停在一家小吃店门前，还都是名牌摩托，这令我有几分惊讶，印象中这样的山区小城只有独轮车、三轮车什么的，以及以肩当车的担夫，看来此种印象对龙泉是太落伍了。遂哑然一笑。

那夜，细雨如雾，丝丝缕缕飘拂着，擦过面颊有一种说不出来的惬意。灯影中看龙泉，无法窥清一城风貌，倒觉得那种如诗如梦的神秘感也是偏得。索性就在朦胧中遥想北宋宰相何执中和那位口吟"春色满园关不住，一枝红杏出墙来"名噪江南的诗人叶绍翁，他们是地地道道的龙泉人。还有一大批名人志士从龙泉大山里走出，仗剑远游，名播四方，《中国历代名人辞典》录有龙泉人士 41 名，足以说明拥有众多英贤俊杰的龙泉市无愧为一座文化名邑。

不知不觉间在龙泉城内流连近 1 小时了，已近子夜，这才感到饥肠辘辘。幸见离住地不远有一街头小吃，四根竹竿挑起一片遮雨棚，三张小方桌均有吃夜宵者。我忙奔过去，小吃主人是一对青年夫妇，很热情地迎迓我这位北方来客，先沏上一杯热茶。茶刚饮完，一碗馄饨、一屉小笼包就端到桌上。这是我初来龙泉市的第一顿饭，吃得很香也很饱，结账时一算才 6.5 元，哇！这么便宜，很让我有点"受宠若惊"又有点不信。疑疑去问，没错，一碗馄饨 1.5 元，满满一屉小笼包 5 元。常年生活在大都市，我是极少光顾街头小吃与露天烧烤的，唯有那次在龙泉的夜餐是例外且印象很深。

翌日，雨雾不见了，云开日朗，让人心情格外振奋。我们乘车向凤阳山进发，两天后又折返龙泉参观。"中国报纸副刊研究会"1999 年度年会选择在这里召开是颇有见地的，龙泉是闻名遐迩的青瓷之都、宝剑之邦、香菇之乡，怎会不引发来自全国近百名资深记者们的极大兴趣？他们有的从宁夏、黑龙江、广西等偏远的省区专程赶来，驱车数千公里历尽辛劳，就是要一睹浙南名邑龙泉的风采，颇有"求贤若渴"的那种心情。10月 9 日下午，当我们走进龙泉市博物馆参观，仿佛置身于幽深的历史长廊，拂面而来的是一股久远的文化气息……只有在这里，每一位远客才能从这座古城历史的缩影中领略到龙泉文化的魅力与价值，才能理解为什么龙泉人一提起欧冶子、章生一和吴三公就表现出那种强烈的自豪感，他们是龙泉宝剑、青瓷、香菇的始祖，他们的卓越工艺与慧眼凝聚了龙泉人特有的灵气、才智与创造力。现代龙泉人怎能不为他们杰出的先民而骄傲！

博物馆游人如织，我们只能走马观花似的巡览，无法一一细看；即使如此，也让我们略知春秋战国的制剑名匠欧冶子是怎样在秦溪山麓呕心沥血铸成龙渊、巨阙、工布，三剑问世，石破天惊！于是，才有了两千多年来的龙泉制剑之业延续不绝。而"哥窑"与"弟窑"那一段动人的传说，又将我们带入了邈远的南朝五代，第一口瓷仍熠熠闪光于今世，向人们昭示灿烂的世界文明中有一缕华夏青瓷的光辉。远道慕名而来，终得一见，那些琳琅满目的青瓷展品让大家喜不自禁，有的女记者忍不住伸出手小心触摸一下，开心地盈盈浅笑，的确，那青瓷美得让人爱不释手，清丽的釉色、蜿蜒的纹路、优美的造型……我们惊叹于龙泉人巧夺天工的艺术创造力。看久了，居然是玉不是瓷，每件瓷盘都变成了人间稀有的"和氏璧"。在采访中得知，新一代龙泉青瓷推陈出新，已拥有工艺瓷、美术陈设瓷、高级品瓷、仿石瓷、茶具瓷、旅游瓷、高档餐具瓷、文具瓷、包装容器瓷等上千种，产品畅销海外数十个国家与地区。因而，龙泉一名，传遍天下，实乃中华民族的骄傲。

离开龙泉前夕，东道主特意为莅会的全国新闻工作者安排了夜市购物，当是善解人意之举。大家一片欢呼奔向灯光明亮的夜市，面对一家家摆满瓷器、宝剑、香菇、灵芝等龙泉特产的摊床，个个兴奋不已，挑来选去，大呼小叫砍价，全无平素"老记"们斯文的模样。直至夜深回到宾馆后，大家还兴致勃勃地交谈购物的心得，亢奋得难以入睡。更让人高兴的是百多人买回那么多宝剑与青瓷，没有一件赝品、假货，这使我想起在夜市结识的"民间文学家协会"一位老同志所说的那句话："你们就放心去买吧！若要有假，岂不给龙泉人脸上抹黑，也愧对先人啊。"诚哉斯言。当夜陪我们逛夜市的一位市领导，随手从摊床上抽出一柄宝剑，两手将剑弯成了弓状，无声地笑了，那是一种自信的笑容。剑成弯弓状，其弹性其韧性毋庸置疑，只差有识器者当众高喝一声：好剑！

好剑与刀。我买了四把，乐颠颠扛回去，仿佛也当了一回现代游侠。只愁这沉甸甸的"兵器"怎么带回，归程有几千公里呢。多亏重庆日报社的李元胜年轻机敏，拉我到宾馆总服务台走了一次后门，恳求她们将这两套"兵器"平安邮寄走，居然成功了。当然此事仅限我们两个人，否则百多记者闻讯都来办理托运，龙泉宾馆岂不转业变成了邮局？

龙泉短短三日，行色匆匆，尚有诸多名址胜地来不及一睹为快。如著名的青瓷古窑址、欧冶子炼剑台，如跨度为 125.7 米长的明代廊屋桥——永和桥，还有那片千苍万黛的原始森林……这些都成了遗珠之憾。缺憾毕竟是这次行旅中小小的空白，龙泉人淳朴的民风、卓越的工艺及"二次创业"的宏大气魄，却给各地新闻记者留下深刻而难忘的印象，每个人的视野中都新添了一道风景线。

归去来兮。10 月下旬的长春雁去霜降，秋风肃杀，可我一缕情思仍漂游在浙西南那片杜鹃谷，聆听双折瀑的哗哗水音，仰视江浙第一高峰黄茅尖的雄姿，并在波叶红果树下留下一帧美好的剪影……经历过的，还想再经历——这就是龙泉这片土地赐予我的只可心领神会的某种暗示。

有趣的是，在归来的日子里我常常陷于诗人的冥想之中，想那烟火繁盛的宋代，500 孔龙泉瓷窑一齐添柴生火，瓯江两岸将是一幅怎样壮观的景象……又想两千年来该有多少英贤壮士佩带龙泉宝剑行走在中华大地上，岳飞、文天祥、辛弃疾、史可法、秋瑾……扬眉剑出鞘，道道寒光伴随多少精忠报国的篇章。有诗为证："逆胡未灭心未平，孤剑床头铿有声"，那柄对月明志的宝剑必是龙泉无疑了，没错。

1999 年 10 月 17 日

斑斓的域外投影

(之二)

新奇的古文明之旅

从亚洲到非洲，如果只有一次出境游的机会，那我肯定首选这两个国家：印度和埃及。就这两个，不会有第三者。多年前我就这样想过，念头很强烈。理由只有一个，它们是我心仪已久的文明古国。不看看人类先民留下的杰作，一种缺憾会始终折磨着我。

一路西行，先印度，后埃及。问题是国内没有一家旅行社认同我的选择，在他们的出境安排中总是把印度和埃及拆开的，对于我的一厢情愿表示爱莫能助。在同北京打了若干个联系电话后，我不得不做了妥协，于是有一家海洋国际旅行社将我收编了，编入土耳其—埃及之旅的组团中。行啊，毕竟能去两个文明古国中的一个。我这样安慰自己。

与我同行的妻子不以为然，她说："你觉得土耳其是搭配的，有点不乐意，是吧？可你错了。土耳其并不年轻，它的岁数是美国的几百倍哩！特洛伊古城、首都安卡拉都是公元前3000年建造的，够老吧？那时中国的长城还没影儿呢。还有拜占庭——就是现在的伊斯坦布尔也有2700年历史了。虽然没有埃及名气大，但土耳其绝不是配角，在地理位置上它可是东西方的贸易交通的要道，军事上更不用说了。"

妻是高中地理教师，对各国的概况当然了解，即使没去过，纸上谈兵也肯定比我强。

对我来说，土耳其的确是一个陌生的国家。我所知道的，从地图上看它像一块巨石嵌入地中海，后面是亚洲，西面是欧洲，南面是非洲，跟谁都挺近乎；还知道二战期间，潜入伊斯坦布尔的东西方间谍十分活跃，我看过一本这样的小说，很入迷；还知道土耳其浴、肚皮舞；还知道有位土耳其作家前年得了诺贝尔文学奖；当然还知道土耳其足球踢得很漂亮，曾在世界杯上以 3：0 让中国队输得没脾气。

不久当真正身临土耳其大地，我才知道过去对这个国家零零碎碎的了解太肤浅了，只知一点皮毛。在人类古文明史上，土耳其占有很重要的一席。

一件事就足以让我刮目相看：4 月 7 日下午，当我们参观完圣索菲亚博物馆和蓝色清真寺，导游肖开提·那斯尔说："看完地上的，就该看看地下的了，好吗？"他说的是一座地下宫殿，原定游览计划中没有此项，他看中国游客兴致正浓便临时添加的。当时我并没特别在意，心想，北京十三陵我都去过了，还有什么更好的地下景观呢？直到一步步沿台阶往下走到幽深处才发现别有洞天，在照明灯的辉映下，一座巨大而宽敞的地下水宫出现在眼前，支撑这座宏大建筑的是 336 根高挺的石柱，每根都有一柱擎天的气势。刚才还兴奋不已的各国游客这时都沉默了，一个个仰头向上望着，谁都知道能容纳这么多石柱的建筑空间该是一项多么浩大的工程！经导游介绍我才知道，这里并非消闲的宫殿——而是东罗马帝国时期的蓄水池，年代够久远的了。那 336 根石柱是从各地的神庙运来的。修筑这地下水宫做什么用呢？几乎每个游客都有这样的疑问，但很快就知晓了答案：城外的水渠通过蛛网似的地下管道向这里的一个个蓄水池输送水源，干旱季节或战争期间都能保证充足的供水。显然，这是出于军事和民用的需要，其隐蔽性出人意料。套用"文革"时的一句革命口号"备战备荒为人民"，也蛮恰当。我不由得感叹土耳其先民的聪明，竟建造出这么了不起的水利工程。我无意将它与中国的都江堰相比，但由衷承认这座地下水宫当是人类水利史上的惊世之作。

　　类似这样的惊叹，在此次古文明之旅中多次出现。

　　那天，当我近在咫尺地细看埃及拉姆西斯二世的雕像，几乎是目瞪口呆。与惊视那座地下水宫不同的是这次的惊叹无声无语。我从没见过如此硕大又如此华美的人物雕像，洁白如玉，安静地仰卧在 10 多米长的基座上，是 2000 年前还是 3000 年前的埃及工匠的杰作？石料是花岗岩还是大理石的？……不知道，也没有谁能告诉我。这座巨雕安放在孟菲斯的露天博物馆内，这里距首都开罗 30 公里，3100 年前孟菲斯还是古埃及的政治中心，如今古城不复存在，昔日繁华早已褪去，只遗留蜡石狮身人面像和地下陵墓，但不乏大批游客慕名前来。这些年国内外出游，大大小小的人物石雕也见过不少，但似乎这尊拉姆西斯二世像最夺人眼球，千古风尘中它依然光洁如初，雕工精细如画。在人群中挤来挤去，我绕了一大圈从不同角度端详它，占了不少时间，直到导游喊我，匆忙中拍了一张照片，可惜没带广角镜头只摄下这位法老的面部。

　　后来回想，面对人类先民的杰作，人们会不自主地发出一声声惊叹，固然是出于视觉上的冲击，但主要是心灵的一种被征服。有意思的是，越是所谓现代化的产物，譬如中西方争相建造的一幢幢摩天大厦，人们司空见惯了反倒不惊叹，而对于古旧的幸存的罕见的东西反倒格外珍视,如越王勾践的青铜剑、王羲之的墨迹、秦代兵马俑、汉朝浑天仪以及比萨斜塔、蒙娜丽莎油画、胡夫金字塔、玛雅时期的神秘石雕……没有谁见了不惊叹的。其中的道理不是用一种怀旧情结能解释通的。从某种意义上说,人们对现代化的东西其实是敬而远之,置身鸽子间一样的公寓楼里与生活在清新恬淡的田园环境中心情大不一样,长江三峡移民被迫搬迁住进新建的同一模式的楼房后并不舒服、并不心甘情愿,这个例证更能说明问题。

走一遭古文明之旅,犹如走进人类历史的深处,我庆幸补上了这一课。除了惊叹,还有充实,是那种拓宽了视野的充实。

从地中海到尼罗河,那些天真切地触摸着两种颜色:蓝色、黄色。那是海洋文明与沙漠古迹在我们行程中的融汇。我喜欢这种反差。虽然隔着一片汪洋,这两个国家依然是交往密切的近邻,很重要的一点是伊斯兰文化是他们共同的信仰。在伊斯坦布尔的古代竞技场,我们就看到了这种交融,这是一片大广场,经过 100 年的修建到 15 世纪上半叶君士坦丁时期才完全竣工,能容纳 10 万观众。如今只残留三座石塔和一处喷泉,其中一座是在 1600 年前从埃及卡尔纳克神庙运到这里的,尖塔由花岗岩筑成,碑上镌刻着古埃及文字和图案清晰可辨。这就是埃及著名的方尖碑。包括我在内的很多人只知道金字塔却不知方尖碑,而在埃及人心目中方尖碑与金字塔是齐名的,一样神圣。让我惊奇的是它经过一条多遥远的路程而落户在这里,想想看,1600 年前将这座逾百吨重的方尖碑通过旱路、水路装上船(该用几十条大船哪),绕过爱琴海、马尔马拉海,最后才搬运到了伊斯坦布尔城。想想这个漫长的过程就让人感到惊心动魄!方尖碑的长途迁徙,我视其为一种文化输出,除了伊斯坦布尔,美国华盛顿的国会山、法国巴黎协和广场的方尖碑都是出自埃及。没有仿造，都是原装的，他们懂得本真文化的价值是不可替代的。这让我想到了冒牌的秦俑、唐三彩、鸡血石、青花瓷瓶……它们都被堂而皇之地摆在柜台上叫卖，价格还不菲，公然骗老外也骗中国同胞，这不是亵渎本民族文化又是什么呢？

2009 年 9 月 28 日　于龙江教授村

蓝色地中海风情

应该说这是 2009 年我最开心的一天。

4 月 8 日，这日子真不错，我们飞抵土耳其的第二天，上午登船游览著名的博斯普鲁斯海峡（The Bosphorus）。一个半小时的航程，春天的风和煦暖人，两岸旖旎风光扑面而来，还有音符一样飞来飞去的海鸥……人和自然都处在完美的情境中。就连甲板上偶尔响起的几位女士毫无节制的尖笑声及男士们开启香槟酒的砰响听起来也都很悦耳，概因我当时的心情极好，这条美妙起伏的航程让我的心情宛如"大风起兮云飞扬"——

是的，满眼是蓝：蓝天，蓝色的海，还有蓝色清真寺。

应该说，我最先了解土耳其的便是这条海峡。在机场降落不久，我迫不及待地想看到它的真容，可是导游笑嘻嘻地说还要等一等，因为美国大老板奥巴马今天来到伊斯坦布尔访问，有的路段封锁了。一听这话，游客们面面相觑，谁能争过奥巴马呢？那就耐心等待。直到美国总统的车队离开后我们才上路。在桥上向海峡西岸望去，我一眼瞧见了苏雷曼尼清真寺，心里有些激动，没错，是它，多年前我就在照片上熟悉它了。在许多摄影师的镜头中它无疑是伊斯坦布尔标志性的建筑，在城市宗教教区中心的高岗上，高耸突出，十分醒目。在 16 世纪中叶强大的苏雷曼尼统治时期，由最著名的建筑大师希南（M.Sinan）设计的，是古典奥斯曼建筑的唯一代表作。

行程很紧凑，当日要参观几个景点，我只能望一眼桥下的海峡。第二天上午终于如愿以偿，博斯普鲁斯海峡的全貌在我的视野中渐次展开。

作为古老的名城，伊斯坦布尔是世界上唯一使两块大陆连接的城市。而博斯普鲁斯海峡又把城市分割成两部分，东面属亚洲，西面归欧洲，可谓左右逢源，的确很有意思。这条海峡将北面的黑海与南面的马尔马拉海连在一起，最窄处只有 700 米长，别看这条海峡仅有 34 公里长，却是一条镇守亚欧门户的要道，它控制黑海与地中海之间的一切贸易与军事活动，地理位置极具战略意义。当欧洲的强者将战车开向亚非的土地，这条窄窄的海峡便成为一块跳板，可以想象历史上发生的十一次十字军东征的情景，火光冲天，鲜血染红了这片海水……

当然这个春天我不会见到血水的，战争已经离人们远去；眼前弥漫的是一片柔和的蓝，蓝得让人心醉。

三层楼高的豪华游艇像一个巨大的摇篮起伏在波涛间。欧洲人、澳洲人、美国人、阿拉伯人……混杂在客舱与甲板上，边望边说边笑。200 多不同肤色的男男女女组成了一个临时的国际大家庭，不过亚洲游客很少，少得可怜，像我们这样只拥有 7 个人的小团队毫不显眼，只能说是散兵游勇。可我一点也没有自卑感，相反倒很活跃，上船后我一直沉浸在拍照的狂热中，四处抢位置选景，我知道今生游博斯普鲁斯海峡只此一回，时不再来，要抓紧啊！从摄影角度看，海峡两岸依山傍海由低渐高层次分明，立体感强，最适于拍风光照。船速不快，我可以从容地观察两面的景致，古城堡、现代屋宇、别墅、夏宫、花园、寺庙……鳞次栉比地展开，让人目不暇接。据说这些临海地区大都是富人的聚居地，当然很漂亮了。一座座跨海大桥更为海峡平添了立体的动感，远远望去它们像一根根竖琴粗大的琴弦。游船缓缓驶过了苏丹穆罕默德大桥、博斯普鲁斯大桥，这是海峡最长的两座桥梁，在金角湾一带还有嘎拉它桥、阿塔图尔克桥等。最具有现代风格的当数以这条海峡命名的博斯普鲁斯大桥，它建于1973年，是目前欧洲最大的跨海大桥，桥身全部是用斜拉钢索吊起的。为了拍它，我不顾斯文地登在高处，终于在逆光中完成一幅漂亮的剪影。除了桥，我没忘记将镜头对准两座具有代表性的中世纪古城堡：鲁美利城堡、安纳托利亚城堡，城堡上面高高飘扬着土耳其国旗。它们分别耸立在海峡两岸，象征着亚欧大陆的对望。这是奥斯曼时期的土耳其人为保护这座名城而修建的。从建筑外观看，它们要比中国长城上的烽火台更坚固更醒目更具有威慑力。有趣的是，鲁美利城堡还时常举行夏季音乐会，当人们听到最富感染力的俄耳甫斯音乐，这座军事要塞便充满了和平的意味。

一个半小时的航程即将收尾，我都不想上岸了。真的没看够，也没拍摄够。这的确是一条充满魅力的海峡！我恋着这片海恋着两岸风光。那天，34公里长的海峡波涛并不汹涌，它像一幅宽宽的蓝色绸缎在我眼前轻轻抖动，与两岸风景交融在一起，真是风情万种，将一脉深沉的美、成熟的美袒露给远道而来的客人们。就在弃船登岸的那一刻，我忽然想到地球上凡是临水的城市有哪一个能比得上伊斯坦布尔这个天然海港呢？独特的地貌，独特的风情，馈赠给人们独特的感受。当然中国游客会列举出上海、广州、青岛、大连、湛江……那些繁华的港口城市，但是在我眼中哪一个都无法与伊斯坦布尔比肩。如此评说很可能惹怒我的同胞们，但这并非出自一种判断上的偏激，也非"外国的月亮比中国圆"的崇洋情结，我只是忠实地坦陈我的印象并相信我的目光是公允的。人们应该认识到：美是没有国界的。凡是优秀的东西总会在同类的比照中脱颖而出——博斯普鲁斯海峡与环抱它的城市就是这样的出类拔萃，难怪每年会有1500多万外国游客潮水般涌向这里。

　　一座城市怎么会招来1500多万游客呢？我对导游的介绍颇为怀疑。但后来亲眼所见证实了导游并无浮夸。4月8日临近黄昏，我们来到塔克西姆广场的一条商业步行街，一下子就惊呆了，我从没见过这么长这么密集的人流，黑压压的望不到尽头。国内素以客流大著称的上海南京路、北京王府井大街也比不上这里的热闹非凡。看肤色、着装，听口音，几乎全是来自世界各地的游客，两股人流从不同方向融会在一起，涌过来又涌过去，在五彩霓虹灯映照下人流变成了一条喧腾的斑斓的河流……我的确看呆了，对妻子说："咱们啥也别买了，就在这儿看人吧！"于是我俩站在原地傻傻地看人。看人也很有意思，一拨又一拨的老外似乎不想购物，心思都放在走上，兴冲冲地旁若无人地大步走着，仿佛他们来土耳其的目的就是要在这条街市走一趟，好奇怪！后来我的眼睛看得酸疼便不看了，有人告诉我：从黎明到子夜这条街的人口流量是20多万。听了让人咋舌。或许这也是伊斯坦布尔风情之一吧。

　　那天游完海峡，我们在大桥下吃午餐：烤海鱼，一道当地的风味。桥上护栏架起百十支海竿，不时响起垂钓者的欢呼，而下面清澈的海水中水母在跳着优美的舞蹈。第一次这么近距离地观看水母美妙的扭动，令我欣喜不已。当夜的梦中全是水母晃来晃去……

2009年10月4日　于龙江教授村

三千年前伟岸的石柱

提起埃及，人们常常习惯性地列出一些耳熟能详的东西：金字塔、狮身人面像、法老、木乃伊、苏伊士运河、撒哈拉大沙漠……甚至还提到一部以大侦探波洛为主角的电影《尼罗河上的惨案》。这不奇怪，一个国家总会有些代表性的事物易被人们记住。

但囿于这些固定的印象，往往也陷入认识上的误区，难免挂一漏万。

自以为很了解埃及，亲历后才知道自己"不识庐山真面目"，对这个第一文明古国还有许多东西我并不知悉。譬如方尖碑，足以与金字塔媲美，在世界建筑史上占有重要的一席之地，可是到埃及后我才耳闻大名。还有，卡尔纳克神庙——古埃及最壮观的神庙，那巨人般的石柱，我更是第一次听说并在现场虔诚地仰望它们。

134 根巨型石柱，历经 3000 多年漫长的岁月依然骄傲地屹立着。

"没有到过卢克索就不算到过埃及。"这句话并非导游常用的广告语，而是一句真言。作为古埃及古都所在地，卢克索为后人留下了丰富的文化遗产，是除开罗外最具观光价值的古城。帝王谷、王后谷固然是外国游客必去之地，那地下深处大片的陵寝更是难得一见的，会满足今人的好奇心；但从直观与建筑美学角度看，我更欣赏卢克索神庙、卡尔纳克神庙。

前者在尼罗河东岸，是底比斯主神阿蒙妻子穆特的神庙，它的修建前后经历了近千年的时间。长达 260 米、宽 56 米的阿蒙神殿，由塔门、庭院和主殿构成，塔门两侧耸立六尊巨雕，现存三尊。笔直高大的一系列柱廊象征着法老的尊严。我就是在这儿第一次见到高 25 米的方尖碑的，我看了它许久，它就是一柄放大的青铜宝剑，威武地直刺青空。我好奇地想，古埃及人怎么会构思出这样一种建筑造型呢？神庙内原来有两座方尖碑，其中一座被穆罕默德·阿里送给了法国，被"移栽"在巴黎协和广场。

卡尔纳克神庙位于卢克索以北 5 公里处，因其浩大的规模而闻名世界。始建于 3000 多年前的十七王朝，在此后的 1000 多年间不断增修扩建。埃及学者奥古斯特·马里埃特说："卡尔纳克是我们所能看到的遗迹中最神奇的一处。"所言不虚，它不仅仅是宗教范畴内祭祀的神庙，更是一个巨大的建筑群——长 15 公里，宽 700 米，拥有大小神殿 20 余座。最大的是阿蒙神殿，供奉着底比斯主神——太阳神阿蒙。庙内的柱壁和墙垣上刻有精美的浮雕和鲜艳的彩绘，它们记载着古埃及的神话传说和当时的社会生活场景。院内有高达 44 米、宽 131 米的塔门，进入塔门后便来到著名的石柱大厅，最激动人心的一幕出现了！只见 134 根浑圆、笔直而雄壮的石柱拔地而起，犹如一排排巨人雄赳赳列队在晴空下，真是气势宏伟，令人震撼！说它们是顶天立地的仪仗队毫不夸张。单调的沙漠里奇迹般兀现一大片高耸的石柱群，真是独具匠心的大手笔。这些石柱最低的 15 米，最高的达 23 米，周长 15 米，要 6 个人才能合抱过来，其上足可容纳 50 个人站立。这些数字的背后——隐含着埃及祖先无比睿智的创造和呕心沥血的劳作。

绕过摩肩接踵的外国游客，我在石柱大厅来回穿巡，时而举起相机一阵猛拍，兴奋得顾不上精确构图；时而伫立仰头痴痴凝望石柱的顶端，若有所思。那是我到埃及后心潮最澎湃的时刻……因为我喜欢宏大的东西。

哦，石柱，3000 年前竖起的何等伟岸的石柱！看一眼就如此轻而易举地征服了我的心灵。历经 3000 多年漫长的岁月，历经风雨沙尘周而复始的侵蚀，历经一次次战火的洗礼，这 134 根石柱却无一倾倒，依旧巍然耸立，让人肃然起敬。我不由得想起四年前在意大利罗马见到的斗兽场，两者都是闻名于世的古代建筑，只不过卡尔纳克神庙石柱诞生的年代更久远，保存得更完整，也更具视觉冲击力。

石柱大厅内还散布着一尊尊人物石雕，很高大，不过大都缺损，有的断臂，有的塌鼻，有的没有头颅。完整的倒是给人一种栩栩如生之感。这些雕像表情平稳安详，一点也不像中国寺庙中四大金刚那般横眉立目，它们一般都采取坐姿，双臂抱胸，右臂搭在左臂上，每只手都握着一枚硕大的钥匙——刚到埃及时见许多壁画、浮雕上都有这种钥匙的图案，很不解，到现在也不闻其详，大概知道钥匙在古埃及人心目中具有智慧、威严的含义，因此握有权力的法老才与钥匙维系在一起。

在卢克索除卡尔纳克神庙石柱群，还有两座巨雕也值得一提，那就是孟农巨像。它们在尼罗河西岸、古都底比斯城入口处，高达 20 米，由于年代久远风化严重，神像面部已不可辨识。原神殿遗址已无，两座雕像为一男一女，男性传说是希腊神话中的英雄孟农，为捍卫特洛伊城而牺牲了；女性为阿孟霍特普三世的母亲，作为神殿的守护神。

从导游那里听说过一句古谚语："喝过尼罗河水的人还会重返埃及。"倘若真有机会再来埃及，我首选之地当然是建造于 3000 年前的卡尔纳克神庙的石柱大厅，没待够，没看够，只有两个字：震撼。

2009 年 10 月 15 日　于龙江教授村

叩问神秘的金字塔（一）

没有一丝凉风，也没有一滴雨。灼热的阳光，灼热的沙洲，制造了天地间无比干燥的空气，每个人嗓眼里像含着棉花在呼吸……4月初，北纬30度的开罗西南10公里的吉萨高原怎会是这样？但吉萨就是这样，在这里你甭想见到一幅绿草如茵、树木葱茏的春景，映入眼帘的是一片望不到尽头的起伏的沙丘，像黄色的海洋。

如果没有金字塔，人们还会涉足吉萨高原吗？

4月10日临近中午，我就站在吉萨高原向远处眺望，无法避开头顶直泻的阳光，干脆就逆光拍摄；完成一帧很有诗意的剪影，长焦镜头的中央是一个骑骆驼的埃及人正行进在沙丘最高处——

因为拍照，我掉队了（旅游中我常常这样）。赶忙拧上镜头盖儿，将美能达相机装进挎包，便大步追赶……跑得气喘吁吁，就在不经意间一抬头，我立时定住了！三座金字塔兀立在远处的视野中，依次排开：胡夫金字塔、哈弗拉金字塔、门卡乌拉金字塔。

这就是吉萨高原著名的三座金字塔。

最大的当然是胡夫金字塔。我已走近了它，并开始仰望。

没有大呼小叫，也没有想象中的那般惊讶那般震撼，彼时彼地我只是以一颗平静的心望它——这令我自己都感到奇怪，怎会这样地平静呢？

只有一种解释：我太熟悉它啦。几十年来曾无数次地从历史课本、考古文字、照片、画册、影视中……面对金字塔，想象金字塔，几乎与它融为一体；一旦身临其境毫不惊怪，只当是复制脑海中已经牢固的印象。所以我很平静地看它，因为不是"第一次"看它。这种心理感受也很有意思。事后回忆，那是一种在思维中已被征服过的平静，但不是木然。

然而，亲眼撞见与以前隔着空间没有现场感的崇拜毕竟不是一码事。果然，在片刻的平静后我又有了激动的心跳。

复归的激情让我做了一件傻事：用步去丈量胡夫金字塔的周长，这几乎是不假思索去做的。躬腰迈着一米二的步幅沿北端开始，在心里报数，但是数到二百步时便停下来——因为忽然想到：我这是干什么，这不是在浪费时间吗？从19世纪末叶开始，一代又一代考古学家用科学仪器对胡夫金字塔进行过多少次的测量、计算，各种数据早已尘埃落定。其实，我也并非有意去丈量什么，纯属即兴之作，只是想走一大圈，近距离地接触这个庞然大物。我早就知道胡夫金字塔三角面斜度51°，底座每边长230多米，塔底面积5.29万平方米；让我这个外行感兴趣的不是这些数字，而是塔的底部四边几乎是正北、正南、正东和正西，误差竟少于一度，方位测定之准确令人吃惊。4600年前的古埃及人是怎么做到的？真让人大惑不解。那个邈远的年代有计算机吗？有卫星定位仪吗？有精密的测绘工具吗？有水平仪吗？甚至有图纸吗？……如果没有，那他们是怎么能神话般做到建金字塔方位的测定误差少于一度？难道真的是像有的专家推测的那样——建造者是以右框星为指针而定出来的？

叩问金字塔，有太多的疑问，而现代人类却无法释疑。

放弃徒步丈量后，我向东南走出半里地坐在一块长石上，从远处静静地观望胡夫金字塔，太近了反而没有整体感；另一个原因是塔的周围太吵，一群商贩无休止地缠着外国游客兜售工艺品，还有出租骆驼的、开大篷车的、当陪衬照相的……我特不喜欢风景区的商业气息和喧闹无序，奇怪的是这里看不到管理人员，竟然放任自流。要知道人们面对的是一座伟大的历史建筑，应该在肃穆的氛围中仰望它，思考它。

我的确是怀着一种顶礼膜拜的心理久久望它。胡夫金字塔建于公元前2690年，真是太古老了！这座法老的陵墓原高146.5米，因年久风化顶端剥落，现高136.5米；塔身由230万块大小不一的石头砌成，平均每块石头重2.5吨，最大的石块重达160吨，这么重啊！令人咋舌。它外观宏大，三角形锥体设计独特，塔的内部结构精密，原始入口是从北坡沿大甬道进入，里面建有国王殡室、王后殡室及上坡通道、下坡隧道，除这些外塔内是实心的——这意味着庞大的胡夫金字塔从底座到顶端全部由石头组成，没有钢梁钢筋，没有石灰水泥，没有预制板，没有抗震建筑材料……只有石头！230万块石头搭建了一座高达146.5米的石塔，真是不可思议的奇迹！而这样的奇迹不会再发生了。历经历史上的三次大地震，胡夫金字塔依然屹立不倒，它的存在真是了不起！倘若地球不毁灭，那它就是永恒的存在。

我不知自己在那块长石上坐了多久，反正就是安静地望它，一点都不感到单调。

望久了，想多了，就陷入一种迷茫中。现代人类对金字塔的种种考证、解释，我都相信又不完全信服——虽然我清楚自己是外行，即使来到金字塔身边也不会有独特的发现。但我还是怀着极大的兴趣去思索金字塔这个亘古的谜团。

据说，十几万埃及人用了二十几年的时间才建成了这座世界上最大的地上陵墓。传统的历史资料都是这样介绍。但我想这只是一种推测——隔着4600多年的推测，不会有谁真正知道当时的场景，最有资格发言的现场施工者和目击者都已成为地层深处的累累白骨。倘若不是神建造的，不是地外的高级生命（如外星人）建造的，排除这两个前提后我们不得不相信这座雄奇的金字塔是完全依靠古埃及人的双手和血肉之躯垒起来的。如是，这十几万工匠在灼热的荒凉的吉萨沙洲上该怎么生活？没有村落、没有耕地、没有水源，他们吃什么、喝什么、又住在哪里？……这些我都无法想个明白，也就不想了。萦绕在我脑海中的仍然是——石头。吉萨沙洲上不可能有一座现成的石头山为建造者们慷慨地提供大量的石材，那么建塔的巨石又是从哪里运来的呢？有载重大卡车有起重机有传送装卸工具吗？……要知道4600多年前人类还处在刀耕火种的时期哩。问题还没完，这230万块石头并非是"原装"的，而是按照设计、遵循一定比例、经过精心雕琢出来的。几千年来人类所看到的胡夫金字塔就是这样由一块块庞大厚重的巨石经雕琢后垒起来的——可是，它们是如何垒起来的呢？仅靠石匠的手臂、肩膀和血肉之躯就能将石塔垒到146.5米高吗？……现代人无法相信。只有胡夫国王知道，但他死去了。

真的想不明白，只好苦笑一下起身向胡夫的陵墓走去。一位缠着头巾、身着白袍、面孔黧黑的中年汉子骑着一匹高大的骆驼迎面走来，我毫不犹豫地按下相机快门——

2009 年 11 月 23 日　于苦茶斋

叩问神秘的金字塔（二）

　　与胡夫金字塔齐名的当然是狮身人面像了，它是埃及古文明最有代表性的遗迹。

　　狮身人面像又叫斯芬克司，高 22 米，长 57 米，雕像的一只耳朵就有 2 米高。它雄踞在金字塔的前沿，做出一副凛然不可侵犯的防御姿态。面部是古埃及第四王朝法老哈弗拉的脸型，哈弗拉是国王胡夫的儿子。不知名的设计者将狮身作为庞大的身躯是有道理的，在古埃及狮子是王者威严、强悍与力量的象征。

　　人面，狮身——人与动物的奇妙结合。这是一种极具视觉冲击力的奇诡造型，让人们不得不佩服远古设计师异想天开的大胆构想与非凡的魄力。还让人感兴趣的是整个雕像除四只狮爪外，全部由一块天然巨石雕成，没有拼接的痕迹。

　　虽然我站得很远，但天气晴朗能见度很好，对狮身人面像看得很清晰。它太古老了，而且残缺不全，尽显老态龙钟。也难怪，经历了 4000 多年漫长的岁月，这座雕像风化严重，侵蚀很厉害，面部鼻梁塌陷破损，看起来不那么美观。据说，18 世纪末叶拿破仑率军队占领埃及 3 年，士兵的野蛮炮击给狮身人面像留下不可弥合的创伤。是否如此，难以找到确凿的历史证据。

尽管它残缺了，似乎到了风烛残年的晚境，但全世界的游客依然从各地纷至沓来一睹它的"残缺美"，依然大加赞叹，仿佛它与断臂的维纳斯不相上下。从美学角度看，当是人们的另一种欣赏心理，细品之很有意思。

在我眼里，狮身人面像是金字塔的另类——它突破了所有金字塔建造的角锥形，而以另一种面貌向世人展示——展示君临天下的姿态，证明法老的权威至高无上。

一般游人看完了这座雕像并尽兴拍照后，会转身离开到别处去了。但他们只看到地上的部分，隐藏在地下的呢？被许多人忽略了，或者是干脆不知道。这就是旅游大军中走马观花与深度游的区别。

我庆幸自己没有浅尝辄止，还想知道更多的东西。因为来一次埃及不容易，与金字塔面对面今生可能就这一次吧。而令我疑惑的是：关于狮身人面像建造的年代说法不一。大多数资料介绍是 4600 年前建造的，导游也这样讲；但我注意到亦有不少学者和考古学家认为，它是 12000 年前的远古文明留下的。如是，两者相差的年代甚远，这让我更相信哪一个呢？埃及的考古权威哈瓦斯博士就断言说，12000 年前，古埃及在狮身人面像底下留下了许多记录，找到后会启发人类对史前时代有更多的认识。他还一语惊人地说："……底下确实有一个规模极为庞大的巨型建筑。"后来发生的事实果然证明哈瓦斯博士所言不虚，1999 年早春，狮身人面像的地下发现了一个巨大的三层宫殿。这是哈瓦斯一生中最伟大的发现，也是埃及政府第一次向世界公开这个秘密。

其实，真正的神殿是在地下深处的第三层，曾经被水淹过，神殿里有 4 根巨大的神柱包围着一具石棺。虽说这里尚未发现预言家所说的关于人类的秘密，但如此宏大的地下工程却让人们叹为观止。据了解，对地下工程的挖掘工作远远没有结束，真正的秘密也许隐藏在后面。但几幅精美的壁画已初露端倪（过去从未向世人展示过）——壁画上浮现出高技术的影子，譬如一些酷似飞船和直升机的图案。这是古埃及人随意构想的，还是根据实物描摹的？不得而知。最让人惊奇的是"直升机图案"的外形，竟然跟美国空军最先进的直升机"阿帕奇"如出一辙！这让考古专家们瞠目结舌，大惑不解。此种偶合似乎很荒诞，但真的是荒诞吗？谁也给不出权威的结论，很无奈。

这让我联想到地球上许多神秘的现象：

不明飞行物 UFO 一次次在人类的视野中忽隐忽现；20 世纪初俄罗斯远东森林上空可怖的"通古斯大爆炸"；玛雅人在高山留下的诡秘的石柱群；阿尔卑斯山古老的岩洞壁画上绘有穿宇航服的人物；百慕大三角莫名其妙的电磁失常；英国麦田一夜间生出的怪圈；尼斯湖沉浮不定的怪兽；还有，埃及法老墓穴中木乃伊周围的核辐射波……

从远古遗留至今的诸多谜团让今天的人类无法破译，大伤脑筋。现代科学确实解释不了这个宇宙中的未知事物——可悲的是许多人仍然不承认这一点。

难道真的有史前文明吗？面对这个巨大的问号，人们茫然了。

那天，我最后看一眼狮身人面像，在回去的路上想到：人类已登上月球，假若有一天登上了火星，会不会突然发现我们面对的不过是人类的过去？

21 世纪的游客大多不知道，狮身人面像曾遭受一次劫难：1981 年 10 月 18 日中午，轰的一声巨响，一百多块石头凌空滚落……狮身人面像瞬间失去了它壮硕的左腿（一次可怕的截肢）。

人群骚动着，古老的埃及在哭泣；强烈的冲击波，震荡着历史学家的心。

28年前，我就把目光投向了吉萨高原，十分关注狮身人面像蒙难的新闻。事故原因是现代污染让它患上了严重的腐蚀病。这并非大自然的惩罚，而是人类的罪过。它熬过4600年的风沙侵袭、烈日烤炙……却未躲过20世纪的污染。

> 呵，看不见的工业酸雨／含氯含硫的废气烟尘／在天空织成／一张巨大而肮脏的网／罩着森林、海洋和大片绿洲／罩着鲜花、小鸟和一切有呼吸的生命／也罩着各民族的文化瑰宝——
>
> 斯芬克司的一声崩溃／触发了全世界一连串警报／于是，我的诗／同历史学家与文物工作者的喉咙／一道大声疾呼：／保护斯芬克司／保护泰姬陵、吴哥窟、长城与金字塔……／保护人类先民传给后裔的／太阳一样辉煌的文明宝库／星星一样璀璨的艺术珍品！

这里引用的是我的一首长诗《面对人类先民的杰作》中的部分诗句。是当时看了狮身人面像蒙难那则新闻后有感而作，后来刊登在阿红先生主编的《当代诗歌》上。今春有幸面对狮身人面像，忽想起1982年5月写的那首长诗，十分感慨。

斯芬克司——的确是我们人类古文明的辉煌杰作。威武的容颜、奇特的体廓、神秘的风韵，数千年间征服了地球上多少颗心！而地球上只有一座狮身人面像，愿它永存。

2009年11月25日 于苦茶斋

叩问神秘的金字塔（三）

　　2009 年 4 月 10 日下午，我在远端将吉萨高原三座金字塔的雄姿摄入了镜头。就在上车返回开罗前，我忽然忆起 7 年前那桩轰动一时的新闻——

　　2002 年 9 月 17 日凌晨，人类惊扰了胡夫金字塔的安静：美国人、埃及人合作，由美国国家地理学会组织的考古学家，借助最先进的微型机器人"金字塔漫游者"进入世界上最大的地上陵墓——这是人类第一次深入金字塔内部。

　　事先并无大肆炒作，但消息一经披露立刻举世瞩目，就连对考古毫无兴趣的人们也睁大了眼睛，更不用说新闻媒体以空前的热情连篇累牍地报道。那一天凌晨全球电视直播，142 个国家和地区的观众是在兴奋的期待中度过的。除了足球世界杯，再没有什么更大的举动能同这次现场直播相比了。

　　大家期待什么呢？期待能揭开胡夫金字塔建造之谜——首次深探将破解人类文明史上的两大悬念：胡夫金字塔内部的秘密通道的背后藏着什么？古老石棺是否曾经被盗？石棺内有无木乃伊？

　　我也是亿万热切期待观众中的一个，当然自始至终都在关注这次探秘行动。

从北坡离地表近 20 米高处的入口进入胡夫金字塔，要通过 46 米长的大甬道，它以 26°的斜度向上延伸，它必须承受住其上方百万吨巨石的重量——这种惊人的构想与建筑技巧实在是超出今人的想象！它本身就是一个谜团。甬道的另一端通往王后殡室，这座石室实际上空空如也，却在它的南、北墙上建了两条小通道，通道尽头又都被一扇石门堵住，这石门后面到底有什么？——这正是微型机器人出动的使命。

这个叫"金字塔漫游者"的机器人并非人形，而是有着履带装置的高科技小机器，身长 30 厘米，宽 12 厘米，其高度可调节；它装有五件法宝：超声波传感器，地面探测雷达系统，力度测量仪，高分辨率光纤镜头，导电传感器，具有全方位探测的功能。这个"漫游者"进入王后殡室后，便沿着两条神秘通道中的一条继续前行，到达一扇带着两个铜把手的石门处，用纤维眼摄像机探究石门背后的秘密。

……后来，电视直播结束了。什么都没有发现，"金字塔漫游者"的使命受阻，它未能突破那扇石门，当然石破天惊的新闻没有诞生。怀着巨大期待的观众由兴奋的等待转为叹息。

回想起 7 年前那次轰动一时的金字塔探秘，仍余兴未尽。虽然当时不了了之，科学工作者们已经尽力了，只能表明人类的每一次探索并不都意味着成功。这正如鲁迅所云：太热望了，就容易失望。

作为埃及金字塔的一名崇拜者，我在失望之余从另一个角度重新思索这件事：

现代人类真的不知道吗？——当年金字塔的建造者们，从一开始就没打算让后人知道这座法老陵墓的秘密，他们不客气地将秘密永远封存不受任何侵扰。

中国的帝王不也如此吗？秦始皇地宫深埋 2000 多年至今不露真面目；谁会知道一座法门寺的地宫竟然隐匿着佛祖释迦牟尼的传世指骨"舍利子"呢？……

我几乎愈发相信，古代的人类不动声色地在用智慧同后人的智慧相抗衡，他们的确不喜欢我们侵扰他们发明、创造的领地。

胡夫金字塔的缔造者就是这样。有一段令人生畏的铭文在警示后人："不论是谁骚扰了法老的安宁，死神之翼将在他的头上降临。"

这其实是一段咒语，但有人不以为然。2002 年 9 月那次现场直播的探秘没有谁死去。但这说明不了什么。事实上毕竟有人为此付出了生命的代价：1922 年 11 月末，英国著名探险家、考古学家霍华德·卡特勋爵经过多年探查、发掘，终于打开了封闭 3000 多年之久的帝王谷的一座法老陵寝，从 4 个墓室发掘出 5000 多件珍贵的文物、工艺品、衣物、兵器和金银首饰……引起整个考古界的轰动。谁料 5 个月之后，这位勋爵突然死去。人们不由得联想到这座墓中的一则铭文："侵扰法老安宁者必遭灭顶之灾"。但勋爵不是法老咒语唯一的牺牲品——参加发掘古墓的考古人员中此后又有 22 人离奇死去。这愈加引发人们的恐慌，法老咒语果真应验了。

追究死因，连医学、生物界的人士也都卷入了。有的人认为咒语实质是一种真菌，它以墓内陪葬食品为食而生存了几千年，一旦古墓打开它便侵蚀人体；有的人将死因归于核辐射，古埃及人在制作木乃伊时使用了一种特殊原料既防腐又防盗墓；还有的人干脆说法老咒语是诱惑人们的一种幻觉，无科学依据……七嘴八舌，莫衷一是。

我连七嘴八舌的资格都没有，因为这些涉及许多方面的专业考证。

我只能认同这一点：凡是去打开刻意封存的秘密，总是要付出代价的。

迄今，埃及共发现 96 座金字塔。我只有机会看到吉萨高原的三座金字塔和狮身人面像，还在开罗南郊 30 公里处见到了世上最古老的金字塔——圣卡拉，建于 4700 多年前，高 60 米，呈六层阶梯塔状。

即使见到了金字塔又能怎样？仍然有太多的疑团在我脑海里盘旋，无法诠释。

为何动用如此浩大的工程建造金字塔呢？都说它是法老灵魂升天之地，塔呈角锥体，象征太阳的光芒，是法老升天的天梯；但所有的金字塔内均未发现法老的遗体，巨大的石棺是空的，这不是一件很奇怪的事情吗？既要升天，却不放置遗体，金字塔岂不是一个空洞的象征？即使是法老的木乃伊也都置于地下石棺中，从未在金字塔内出现过。7 年前对胡夫金字塔的探测，也证明国王殡室、王后殡室也都是一具空棺。

面对谜一般的数千年傲视大地的胡夫金字塔——这个矗立在整个人类眼前的旷古谜团，我们的进化史观、认知能力和科技水准受到了一次严厉的挑战。一个多世纪以来，考古学家、历史学家、人类学家、古文字学家、天文学家、建筑学家对金字塔的研究、探查从未停止过，涉及物理、数学、化学、生物、工程学……几十种学科，但科学家们依然满腹疑团。一方面认为金字塔的建造不符合远古人类驾驭自然的实际能力，另一方面又无奈地承认这个庞大的建筑是在没有任何现代化机械的条件下完成的。

叩问金字塔，卑微的我只能顶礼膜拜。

2009 年 11 月 29 日 于苦茶斋

圣洁的泰姬陵

为了一睹印度泰姬陵的仪容，无论什么困难都必须克服。

行前，我暗暗下了这样的决心。所以要下决心，是因为当时各方面因素都不适合我独自出境。

今年4月，中国北方依然寒冷，我家居室仅有零上16摄氏度，还穿着棉裤哩；窗外春寒料峭，天空灰蒙蒙的，大片树木光秃秃的，大地毫无柳绿花红的迹象。在这样的气候下外出旅行，心情显然不会太振奋。再有，冬春之交我身体状况不佳，因脑供血不足每天都在服眩晕宁，就这样上路家人怎能放心？还有，妻子因要照看5个月大的孙女难以脱身，这就意味着无人陪伴我远行。总之，困难一大堆。

印度之行，是我向往已久的夙愿，怎能轻易放弃呢？多年的旅行经历已让我养成军人式的作风，一旦决定的事情必须去完成。

就这样，2010年4月6日傍晚，我从北京踏上了印度—尼泊尔之旅。一个人出国总是孤独的，没有知心的伙伴同你说话交流；而我们这个12人临时拼凑的团队，成员来自北京、河北、青海等地，在机场同他们交谈片刻我就知道遇到了一群缺少文化素养的游客，事实也证明这些饮食男女在旅途中除了吃喝玩乐与贪婪购物，对异国的历史、地理、文化毫无兴趣，我还有必要同他们探讨印度两大史诗、婆罗门、湿婆神、恒河文明、甘地、泰戈尔吗？……

4月7日下午，当我穿过各国游客熙攘的入口来到宽阔的庭院，北端奶白色的泰姬陵赫然出现在我的视野中——哦，如此华贵！如此圣洁！在阳光下熠熠生辉，是那种正大庄严的华贵，超凡脱俗的圣洁，第一眼的印象就是这样。那一刻，行前的种种困难、漫长旅途的疲倦、团队中乌合之众给我带来的不快……都随风而去。是的，那一刻真切地面对这座闻名于世的伟大建筑，似乎什么都不重要了，全部身心都沉浸在一种被征服的激动与愉悦中。

没有泰姬陵，我还会来印度吗？

来印度如果只有一天时间，唯一的选择难道不是泰姬陵吗？

泰姬陵之所以令我怦然心动，固然因为它是"世界七大建筑奇迹之一"，是印度教与伊斯兰教建筑艺术完美的合璧，但首先吸引我的是它源于一个凄美动人的爱情故事——这才是泰姬陵的灵魂。倘若没有这一曲爱情绝唱在印度大地的唱响，它只是一座冰冷的王陵。

1612年，慕塔芝玛哈与库兰王子倾心相爱了，后来王子登基成为莫卧儿王朝第五代君主（继位后改名为沙迦汗），国事、家事都由聪慧贤良的皇后慕塔芝辅佐。1631年，皇后在分娩第14个孩子时因难产不幸死去，年仅39岁。正在德肯地区指挥战役的沙迦汗听到这个消息万分悲恸，他决定建造一座永久性的象征物以缅怀爱妻，供后人瞻仰。沙迦汗的心是笃诚的，历时22年泰姬陵终于耸立在雅姆娜河畔，它无与伦比的壮观与美丽征服了世人。这座"王冠建筑"代表了印度石艺建筑的顶峰，更因它独具爱情色彩的恒久魅力而成为世界上最受欢迎的纪念性遗产。泰姬陵至今已有355年的历史了，却依然年轻，风姿绰约，每年都有数百万的游客从地球各个角落慕名而来。

令我颇为感动的是这座伟大建筑的策划者沙迦汗，作为印度莫卧儿王朝鼎盛时期的君主，他身边并不缺姣美的女人，但他只要"这一个"——慕塔芝玛哈，对爱情的忠贞感动天地，于是才有了泰姬陵这凝固的思念。从沙迦汗忽然想到中国的皇帝李隆基，他对杨贵妃的痴爱也并不逊色，这让大唐诗人白居易唏嘘感慨之余挥就一首传世之作《长恨歌》。不过李隆基晚年荒疏朝政，沉溺于酒色，内忧外患让他无力保护爱妃，以致杨贵妃一命呜呼，与沙迦汗对爱情的善始善终可就逊色多了。

占地17万平方米的泰姬陵布局开阔，整个陵园长576米，宽293米，不像游故宫有一种逼仄压抑感，这得益于它与自然风光、园林、河岸融于一体。据说，陵墓是由伊朗建筑大师乌斯达伊沙设计的，由主殿堂、钟楼、尖塔、水池等构成，四周环绕着红色沙石墙。陵墓全部采用德干高原优质的大理石，硬而无孔，洁白如玉。为突出泰姬陵的雄姿，先建了一个四方平台的高底座，底座高6.7米，占地95平方米，在底座的四角各有一个挺拔的尖塔，高41.6米，也称宣礼塔，典型的伊斯兰风格，从建筑美学上看这四个宣礼塔起到了均衡、陪衬的作用。主殿堂为正方形，每边都是56.6米，整座建筑完美对称，每个正面都有带拱形内饰的两层侧翼。中间最高处是巨大的珍珠形圆顶，由四根角柱支撑，圆顶上是黄铜尖顶，距地面有73米。圆顶是伊斯兰建筑风格的重要体现，穆斯林相信它能连接天堂和人间。

无论从远端眺望还是由近处细看，华美的泰姬陵都给人一种赏心悦目的美感。诗意的设计、大理石的质感与精湛的雕刻装饰工艺达到了美轮美奂的境界。特别要提到的是它的镶嵌工艺使用了 35 种宝石和半宝石：青金石、翡翠、玛瑙、珊瑚、天青石、血石、红玉髓、碧玉、石榴石、孔雀石……除了来自印度的矿山，许多是从锡兰、巴格达、也门、中国、阿拉伯半岛等地进口的。可以想象，用 22 年时光建造的泰姬陵，所耗费的财力、人力、物力难以计数，仅从法第普斯克里运来的砂岩就有 114 000 车。

我不知游客中会不会有人提出这样的疑问：建造这么浩大的工程仅仅为一位亡妻值得吗？但我相信，没人会这样去想，后人都十分理解泰姬陵的建造意义，它一直是人类永恒之爱和无瑕之美的象征，这就足够了。从这点来看，沙迦汗是值得纪念的，他为世人贡献了一座不寻常的石头建筑，将对女性爱情的庆典精致地刻画在大理石中，这才是阅读泰姬陵的正确的方式。

太阳开始向西斜照时，我恋恋不舍地离开了泰姬陵。车上，印度导游的一番话让我欢悦的心一沉。他说，由于王室家族的夺权斗争，1658 年沙迦汗被拉下马，篡夺皇位的小儿子欧兰扎将他囚禁在阿格拉城堡内，直至他 1666 年去世。

没想到与泰姬陵相连的还有这样一个悲剧，这真是一个不该发生的故事。可以想见沙迦汗的晚年是悲惨的，从显赫一时的君主不幸沦为囚徒，无人能知道他心中的波澜，他唯一能做的就是每天透过城堡的窗口远远凝望泰姬陵——他为妻子建造的圣洁的陵园。那一幕真是让人心酸。

没有沙迦汗，就没有泰姬陵。他们永恒的爱情值得世人铭记。

2010 年 5 月 1 日 于苦茶斋

走进七千年历史的深处

　　游客中究竟有多少人对考古感兴趣？他们真的喜欢古老的东西吗？

　　我问自己，也问别人。

　　当一支支旅游大军从世界各地兴冲冲奔赴埃及这个古老的国度，我的问题也随之而来。当然我也是旅游大军中的一员。埃及无疑是最吸引人落脚的地方，法老、木乃伊、金字塔、撒哈拉沙漠……仅这几个词汇就让人们生发无穷的想象。可是能有多少人真正出于求知欲而潜心阅读它七千年厚重的历史文化？我的疑问可能有些苛求，我很清楚绝大多数游客只是来去匆匆的过客，好奇或者猎奇驱使他们对古老的遗迹发出几声惊叹，但有谁会正经八百地去钻研呢？

　　其实单从旅游角度看，埃及并非是一个好玩的地方，全境96％覆盖沙漠，气候干燥少雨，绿洲少得可怜，在乘车行驶途中窗外是一片望不到尽头的黄沙，单调得让人昏昏欲睡……我就想，游客花大笔钱来这儿干什么呢？

　　他们不是考古工作者，也非历史学家，但他们还要来。只能说埃及是一个有特殊魔力的国家。

　　了解埃及最省事的办法就是先到埃及国家博物馆走一遭，两个小时上一堂历史课是值得的，那些文字、图片、实物会让你对这个文明古国遥远的过去有一个感性的认知。

　　该博物馆创办于 19 世纪，1902 年正式开馆。它坐落在开罗市中心解放广场的西北角，是一座双层石材建筑，单从外观看貌不惊人，一点也不豪华，只给人一种肃穆的感觉；但走进去后你会惊讶于它内部的金碧辉煌，丰富的藏品让人目不暇接。这里凝缩着一个古老的埃及。馆内收藏了 5000 年前法老时代至公元 6 世纪的历史文物 25 万件，其中大部分展品的年代都超过 3000 年。游客面对的是这么古老的岁月、这么古老的真品，似乎都感到呼吸有些沉重。古老，真的会给人一种压力——进馆后这种压力自始至终都伴随着我，以至每迈出一步都觉得沉甸甸的，这不是一般的走路，而是迈向历史的深处。那些浮雕、石雕、纸莎草书、陪葬品、神像、法老雕像、宫廷御用珍品……仿佛一下子从历史的层岩中突然冒出来，向你逼视，你不由得退缩一步，甚而觉得有一缕寒意渐渐浸入身体。那种感觉是参观别的博物馆不会有的。尤其是颇有些勇气的游客直面那 11 具木乃伊干尸时所受到的震撼，不亚于冰海沉船的逃生者。沉寂几千年的文物怎会有摄人心魄的魔力？这是一个很难说清的问题。关于古埃及的许多不解之谜，至今仍在探索仍在争执悬而未决。当然也有些展品是无须费脑筋去揣测的，感兴趣的游客可以轻松地指指点点议论一番，图坦卡蒙的黄金面具、黄金棺和黄金宝座，便吸引了众多人围看。动用这么多纯金来装饰用品是现代人不敢想象的，可见当时法老奢华到挥金如土的程度，仅图坦卡蒙的黄金面具就重达 242 磅。这种奢华固然令人咋舌，但当时精湛的工艺也让人们惊叹不已。古代埃及为人类创造的文明灿烂辉煌，丰富巨大，几十间展室的藏品只是其中的一小部分，许多珍贵的文物在数千年的战乱中流失到了国外。

走出博物馆大门，扑面而来的是 4 月温煦的阳光，一下子站在明亮中反倒不习惯了，也许是在幽深的历史长廊里待得太久了。那些在门前庭院嬉戏追逐的埃及儿童又让我回到现实，他们在一座座狮身人面的石雕群中扮着鬼脸快活地叫喊着，法老时代对他们来说太遥远也太沉重了，他们希望博物馆变成一座迪士尼乐园。

大人们却希望能实地见证一下古文明遗迹。卢克索当然是最理想的去处了。

卢克索位于开罗以南 670 公里的尼罗河畔，是古埃及底比斯王国的都城，古埃及帝国维持了 1500 多年。历代法老们在西侧腹地的山谷中修建了众多宏大的神殿及陵墓——这就是帝王谷、王后谷，古埃及遗迹的宝库。

4 月 12 日我们进入了神秘的帝王谷。这时节家乡长春的杏花还没绽开呢，可这儿地表温度已超过 38℃，火辣辣的烈日晒得游客满脸大汗，真正体验了一次撒哈拉沙漠的威力。在路上导游就介绍过帝王谷集中了许多国王和王室成员的陵寝，埋葬着第十七到第二十王朝的 64 位法老。目前只有 15 座陵寝对外开放，最大的一座是沙堤一世之墓。我们小心翼翼地沿着一道狭长的石阶向下走去——从入口到地下墓室约 210 米长，垂直下降距离 45 米深，幸亏里面有照明，不然游客会深陷一个可怖的黑暗世界。陵墓是由巨大的岩石垒成，虽幽深却十分干燥，三条走廊通向一间前厅并连接主厅，那里放置棺椁。虽然这座陵墓曾被盗过，帝王谷 62 座陵墓大部分早已被盗空（石棺除外），给后人留下了深深的叹息；但现代游人仍不枉此行——墓室墙壁和天棚涂有大量的壁画，装饰华丽，图案和文字依然清晰，令人叹为观止。若不是后面的游客簇拥前行，我真想多站几分钟细细端详那些壁画和图案，我惊异于它们构思的诡异、构图的精巧与简洁，更惊异于色彩鲜艳如初，那些涂料的成分到底是什么呢？还有那些古文字表达的是什么内容呢？

……带着一些解不开的疑问走出了墓穴，摆脱了里面的闷热和压抑感，又迎来刺眼的炽热阳光。我顾不上擦汗，还在想着世上如果没有盗墓贼该有多好，那些文物、那些人类早期智慧的结晶会给后人带来多大的惊喜！ 1922 年发现的图坦卡蒙墓是唯一未被破坏的幸存陵寝，谢天谢地，盗墓贼没有光顾，我们才有幸在开罗博物馆一睹那价值连城的黄金面具。如此逃过一劫的珍稀文物毕竟是少数。人哪，创造了这个世界，也在毁坏这个世界。火烧阿房宫、火烧圆明园的巨大灾难，还留在中国人的惨痛记忆中。有建造者，便有破坏者；有财富，便有贪婪的掠夺者；这世上的事情的确是相生相克。

走一遭帝王谷，仿佛逶迤走在千年时光隧道中，深感这个疆土呈不规则四方形的国度太古老了。公元前 3100 年埃及就建立了第一个奴隶制王朝，埃及文化开始趋于成熟，使用象形文字，开创法老政治，耶和华诞生前这里就吸引世界游客前来顶礼膜拜。在玛丽基尔基斯街东侧一带，我们寻访旧开罗的影子，那里还残留着古罗马时期的遗迹，多座教堂都在千年以上。是的，作为非洲最大的城市，开罗拥有"千塔之城"的美称，1000 多座清真寺星罗棋布。古代法老、古希腊、古罗马、基督教、伊斯兰教融会在一起，形成东西方多元文化。

深夜在回国的飞机上，侧望舷窗，我还在回想埃及。蜿蜒的尼罗河，青青农田，摇曳的沙枣树，头顶水罐身着长袍的妇女，还有那个牵着毛驴面对照相机一脸羞涩的女孩……那是去帝王谷路上我看见的一幕。粗朴、恬静的乡村一点也不神秘、沉重，或许那是埃及的另类格调。

2009 年 10 月 12 日　于龙江教授村

印度"金三角"之旅

　　到印度，如果不去加尔各答和孟买这两个著名的港口城市，那真是不小的遗憾。

　　我读过的印度历史传记及小说、诗歌都同这两座城市有关，还有一个重要的心愿是想拜谒泰戈尔的故居——它在加尔各答市的一条小巷内。泰戈尔是亚洲第一位诺贝尔文学奖获得者，是我最尊崇与热爱的伟大诗人，我年轻时走上创作之路与泰戈尔作品的启蒙密不可分。然而，旅游签证将我们限制在印度北方游览，无法南行，只有商务签证能享受半年的时间自由出行，不受地段的限制。

　　多年来，中国游客走的是"金三角"旅游热线：新德里——阿格拉——斋浦尔，几乎是一个等腰三角形。据导游解释，这一带历史文化厚重，名胜古迹较多，可以充分了解印度的昨天。他说得没错，世界七大古建筑奇迹之一的泰姬陵就在这条线路上。

　　4月7日拂晓，首都新德里还在沉睡，我们就离开机场上路了，从新德里向印度东南的古城阿格拉进发。4月初的印度属于旱季，无雨，气候干燥，刚到阿格拉就遇上32℃的天气，给出发时穿着羊毛衫的中国游客来了一个下马威；后几天，新德里的气温接近 38℃，让人汗流满面。好在旅游车一直开着空调，给燥热的身心降降温。

没想到 206 公里的路程汽车却开了五个半小时，太慢了，除了堵车的因素，路况也确实太糟。一路上我都在开窗观察外面，那路面很窄，给对面错车造成不便，让人惊愕的是机动车、人力车、畜力车都可以在公路上任意通行，没有限制，处于一种管理无序状态，实际上是不管理，大可自由往来。骆驼、水牛、毛驴、猪、羊等牲畜均可上公路，第一次看到高大的骆驼拉着低矮的小车行进的景象，让人忍俊不禁，这在国内是难以想象的。我们的大巴士只能在车辆与牲畜的空当中迂缓行进，跑不起来，这也好，可以让我们从容地浏览路两旁的世风民情。

行进在印度北方的乡野公路上，明显看到民居建筑十分陈旧，几乎没有新建的楼房，路两旁的小商铺、水果摊床、小吃店、修车铺之类分布凌乱，横七竖八的，市场交易倒很热闹，似乎没有我们国内工商、税务、城管、卫生、环保各方面的执法人士的介入，没人管，真正的自在状态。印度百姓乐于这般民主自由，随心所欲，按他们的想法去过日子。这让多年来已习惯被无所不在的政府管理的中国同胞感到很新鲜，在这里看不到戴大盖帽的城管人员对商贩呵斥、罚款的场景，印度农民随便卖东西，他们需要卢比。当然，原生态也有落后的一面，后现代工业文明似乎还没有在印度乡镇发挥作用，交通、卫生、公共设施、住宅建设……离现代化尚远。贫穷的影子随处可见，即使在首都新德里也常看见乞讨的穷人，年轻的妇女抱着婴儿伸手向外国人讨要东西。这也不奇怪，印度有近 12 亿人口，居世界第二位，毕竟是以农业为主的发展中国家，有乞丐并不妨碍他们造航空母舰和发展航天工业。

　　当然，我们不是考察团，短短几天内只是在四大文明古国之一内走马观花。

　　除了重量级的世界遗产泰姬陵，还有诸多历史遗迹也让我们不虚此行。毗邻雅姆娜河西岸的古都阿格拉曾是莫卧儿王朝的首都，在 16 世纪它的人口与面积都比伦敦大，鼎盛一时。著名的阿格拉城堡外观宏伟，既是皇室宫殿，也是一座要塞，于 1565 年建造，共有建筑 500 座，长达 5 华里。城堡有 4 个城门，周围有高达 20 米的双层护城墙，整座古堡均采用红砂岩建造，非常醒目，故称"红堡"。

　　位于德里西南 266 公里的斋浦尔，也是一座历史悠久的旅游城市。因早年建筑多采用当地盛产的红砂岩石，俗称"粉红之城"。建于 18 世纪初叶的天文台是观测天象之地，古老的石刻仪器精密准确，让人惊叹印度民族的智慧创造；而另一座城郊的琥珀宫，更让游人充分领略印度特色的建筑之美，由多个宫殿组成的琥珀堡全部采用奶白、浅黄、玫瑰红及纯白 4 种颜色的石料，交织成协调的纹理及线条，在这里可见到世上最瑰丽的彩色玻璃殿堂，镂花雕饰，门扉窗棂构以艺术图案，处处反射华美的光辉。

　　而在新德里，外貌酷似巴黎凯旋门的印度门（又称战士纪念碑），和享誉世界的古伊斯兰文化建筑——红堡，必是外国游客驻足之地。其实，我更青睐远郊的莲花庙与甘地陵园，它们具有一种肃穆、祥和、悠远的宗教文化意味。莲花庙于 1986 年由伊朗人设计建造，花费了 1 亿多印度卢比，这是一座造型奇妙的建筑，外层全部用洁白的大理石贴面，硕大的盛开的莲花由四层组成，在阳光映衬下十分美丽夺目，纯洁无瑕。看出印度人民对"国花"——莲花的热爱之情。而与莲花庙毗邻的甘地陵园，前来拜谒的印度男女老少更是络绎不绝，陵墓中央的长明灯火焰熊熊，象征这位“印度国父”精神不朽。

这次“金三角”之旅最令我惬意的一次活动，当属欣赏到了原汁原味的印度歌舞。

第一天刚同导游见面时，我就很郑重提出要看一场歌舞，他高兴地表示可以安排并征求大家意见，谁料团队中的游客都不感兴趣，说什么年年看春节晚会，跑这儿看什么歌舞？自费，更不干了。面对这些反对之声，真没办法，他们哪知道印度音乐举世闻名，非常有特色。导游对我耸耸肩，一脸遗憾，他不可能为我一人联系演出。

或许是命运的眷顾，翌日晚上下榻斋浦尔酒店，刚出大厅我就听到了塔不拉鼓声，令我心头一震。我知道，塔不拉鼓与西塔琴、弹不拉琴是印度三种最重要的乐器。循鼓声来到开阔的绿草坪上，只见聚拢了许多印度人，一打听才知某大公司搞庆典活动，当然有歌舞助兴。甭提当时我有多兴奋了，盘腿就坐在前面草坪上观赏。两盏探照灯下 4 名琴师鼓手欢快地演奏着，6 名年轻男女轮番登场跳民间舞蹈，举手投足都有一种特殊的韵味，那位领舞的少女一脸妩媚，眼神和肢体语言达到出神入化的程度。印度舞蹈分为古典舞和民俗舞，各有风韵，我就一直坐在那儿如痴似醉地看着，偌大的草坪除了百多名印度员工，只有我一个老外，同来的中国游客早已进入梦乡。直至后半夜两点半灯熄鼓停，我才余兴未尽地离去——

那一夜真是过瘾，让我真切领略了印度歌舞艺术的魅力。童年就有的“印度情结”，缘于那部脍炙人口的电影《流浪者》，20 世纪 50 年代中期我正在读小学，居然将《流浪者》看了 10 遍，深深地被印度音乐迷住了。后来又陆续看了《两亩地》《暴风雨》

《章西女皇》等 20 多部印度电影。其实对印度人来说,歌舞不仅是艺术,更具宗教含义,源自对神无比虔诚洁净的爱。相比之下,我们的"春晚"貌似华丽实则空洞,一味追求仪式感与程式化,毫无精气神可言,说它是食之无味的鸡肋并不为过。

2010 年 5 月 5 日 于苦茶斋

还剑湖畔的遐思

10月29日傍晚，我们乘坐的豪华大巴驶入河内市区，恰好赶上越南雨季的尾声。一场豪雨临空而降，似乎以这种爽快的方式迎迓远道而来的中国游客。斜长的雨丝唰唰垂下，溅落有声，一直欢快奔跑的大巴慢了下来，迂缓地行驶在红河大桥上……透过模糊的车窗，看到桥下宽阔的河流，不用导游介绍，我也知道这是越南北方最大的水系——红河，它从中国云贵高原蜿蜒流淌而来。

很想细细浏览河内的市容，毕竟是越南的首都，却因雨取消了原定的游览项目，车停在一家超市门前，导游宣布集体逛超市，一小时后再出发。一向反感购物，无奈中我伫立台阶观望大街上的摩托车狂潮，正值下班时辰，满街是摩托车，马达声震耳欲聋，犹如万马奔腾，形成河内一大景观。该城公交车、出租车甚少，轿车稀稀拉拉，但人均摩托车拥有量却创世界之最——每家二至三辆，多为日本雅马哈，亦有中国嘉陵牌。

终于挨到雨势渐歇，甩开摩托车噪音，拐过街角直奔还剑湖，一眼就望见湖心那座形似宝剑的青灰色的龟塔。还剑湖湖面并不大，远不及中国太湖或西湖那般烟波浩渺，但它在越南人心目中如"圣湖"。也许是大雨刚过，不见游人如织，湖畔格外清静，碧波中倒映夕照，花畦旁棕榈婆娑，凤凰树亭亭玉立，湖滨景色十分清丽。远处有音乐传来，细听乃越南最具民族特色的乐器独弦琴，一时听得入痴，许久不曾移步，心弦竟也拨动起来，一段遥远的往事忽又浮现在眼前……

出行前，友人不解我为何于深秋时节不远万里探访越南。个中缘由当然我本人最清楚。虽说行者无疆，旅人的足迹可自由延伸，但探访一个陌生的国度总会有来由的。一段"越南情结"，于我已延宕 36 年，那个黄昏当我置身于河内还剑湖畔确有一种如愿以偿的放松感。1965 年至 1966 年，长春，东北师范大学，我和越南留学生度过了两年难忘的学习时光。他们从战火纷飞的国度来到中国的北方，我们有幸担任了培训越南留学生的任务，教他们学汉语，照顾他们的生活，以兄弟般的温暖抚平战争带给他们的心灵创伤。那时，我们彼此都是 20 岁出头的青年，同居一室，朝夕相处，将真诚的中越情谊留在了书声琅琅的校园……后来，中国爆发了"文革"，校园再也放不下一张平静的书桌，越南留学生都回国了。时光荏苒，云山远隔，竟一别 36 年再未谋面。可是那个傍晚在河内，当重逢的时刻到来，却因无联系地址而失之交臂，令我扼腕叹息。想起阮文品、黎青华、胡氏云、阮氏红……那些同窗共读的越南朋友，你们还记得一位当年教你们写汉字、读唐诗、堆雪人的中国同学吗？

翌日，悒郁的心绪随风而去。秋日散淡的阳光洒落在巴亭广场，告别胡志明陵，沿着两旁遍植杧果树的小路，我们向林木葱茏的主席府花园深处走去。幽静的庭院风光旖旎，竹林掩映一座木制高脚楼，一泓清塘倒映着一棵硕大的同心树，这里是胡志明主席办公与居住的地方——独柱寺，简朴的生活用具让人肃然起敬。这位于 1969 年辞世的领袖，至今仍是越南人民的精神支柱。从独柱寺到胡志明博物馆，一件件珍贵的文物让我凝视许久。这位被联合国教科文组织高度赞誉的"民族解放的英雄，杰出的文化名人"，一生未婚，没有孩子，将毕生的心血都献给了祖国。我十分崇敬这位朴素、慈祥的老人，他那本著名的诗集《狱中日记》我已珍存近 40 年，常手抚吟读。

　　从芒街到下龙湾，从海防到河内，四天三夜留下浅浅的履痕。若问我越南之旅最深印象是什么，一是下龙湾风光美极了，二是这片饱经战火的大地至今还没有一条标准的高速公路。

2002 年 11 月 23 日

彼得大帝湾那座城

　　从吉林省东北角边陲珲春出境去俄罗斯海参崴，乘车要走一段很长的山路，还要乘船走一段水路。这样一辗转，就是大半天了。

　　出国就是折腾，所以要有足够的耐性。经过中俄两道海关，都要检验公民身份证、护照、货币、行李，办理相关手续，很烦琐。两国海关人员都面孔冷峻地审视着这一切，一个环节都不能出错，而且要随时准备拦阻什么、扣留什么。那时出入境的公民无自由可言，就等于关在分娩室里的产妇得乖乖地听人摆布。这说明这个世界还不太平，还有战争、恐怖、走私与传染病，不然何必把边境搞得壁垒森严的。

　　从珲春乘车东行，地势渐高，绵延不尽的山林都是野生野长的，没有人工林，乔木、灌木、荒草、野花……一片纯自然的景象。很快就来到一道长长的山岗上，大巴停下来。这里是隔离地带，前面右侧有一木屋，导游说那是俄方边防站，果然看见有士兵荷枪站立。路旁有石碑，国门的标志。好奇的游客摸摸石头，感到很失望，这就是国境？太简单了，与他们事先想象的相差甚远。可是你迈过石碑，再往前走几步试试，那是越境，麻烦就大了，肯定被抓走没商量。

过哨卡后，大家在车上心里越想越不是滋味，有人骂起来：老毛子（俄国人）牛啥呀，让我们等了一个多小时才让过境，知道不，这山这树这海这土地本来就是中国的！

谁还不知道这事？从眼前这一大片山林到港口海参崴，整个半岛都属于中国版图。但在1860年签订的《北京条约》，清朝政府将海参崴割让给沙俄，从此它就一去不复返。屈辱的历史已无法更改，骂也没用，但后人还是无法抑制气愤的心情。到自己的土地上走一走。还要给俄国人送人民币，没法说理。

那天是1999年7月16日，我第一次到俄罗斯旅游。

斯拉夫扬卡是一个港口小镇，也是去海参崴的必经之地。来不及浏览，大家就乘快艇海上行，50多分钟就抵达彼得大帝湾。港湾上空有许多海鸥盘旋，这是海洋的吉祥鸟非常友善，我很喜欢它们飞翔的姿态，也喜欢听它们的啼叫声，便想起杜甫的诗句："白鸥没浩荡，万里谁能驯？"

海参崴很有特色，它是俄国远东滨海边区的首府，远东太平洋沿岸最大的港口城市，还是西伯利亚大铁路的终点，从这里直达莫斯科全长9228公里，穿越欧亚大陆。在俄文名称中，海参崴为符拉迪沃斯托克，意为"控制东方"。这里东、南、西三面濒临日本海，距日本北海道有640公里，距朝鲜仅160公里，距中国珲春180公里，的确是重要的战略要地。因此，海参崴既是商港也是军港，俄国第二大舰队太平洋舰队就驻扎在这里，直至1992年对外开放，它才揭开其神秘的面纱。当海参崴不再以军港的面目出现时，它与周边国家的联系便开始了，特别是与中国的经贸合作有了较快发展，旅游业也红火起来，从黑龙江省绥芬河、东宁与吉林省珲春涌进大批中国游客，旺季时每天达三四千人。我们在海参崴就餐的是两家中餐馆，专门接待中国游客。其中一位餐馆女老板是浙江温州人，不远万里来俄国搞餐饮，很有想象力。除华人来大吃大喝外，也不乏俄国人来尝鲜，收入颇丰。

在酷热的夏季，这是一座清凉的城市，我们仿佛是在树荫下度过的，走到哪里都有湿漉漉的海风拂面，清新爽目，没有灰尘沾衣、烈日烤炙的苦恼。如是，你还挑剔什么呢？

就这样我们带着一种清爽的心情去拜访古老的东正教堂、鹰山炮台、二战时立下赫赫战功的 C－56 潜水艇，并游览具有现代文明气息的海港、商业街、水族馆、自由市场……作为俄罗斯远东经济区最大的港口城市，海参崴是一座海员城、渔业城、商业城，市内有诸多船舶制造厂、渔业加工厂、肉联厂、牛奶厂等；海参崴还是一座文化名城，拥有众多的科研机构、高等院校、博物馆、展览馆及文化体育中心。不足百万的海参崴居民，自豪地说他们是地球上幸福的人群，每天都在海洋气息与文化气息的拥抱中生活。这话不无道理。天然的滨海风光与深厚的城市文化氛围，让海参崴具有一种宁穆的美，让人联想起屠格涅夫笔下的俄罗斯少女形象：美丽，朴素。当美与朴素融为一体时，那便是楚楚动人了。

7月18日晨光中，当我伫立在车站广场凝眸那座奠基于1891年5月19日的老火车站时，突然领悟到海参崴居民自豪的理由：他们十分珍视与爱惜本民族用智慧和汗水创造的一切。在这座并不特别繁华的边陲城市，一幢幢风格独特的历史建筑都保护完好。这是一种具有远大目光的保护，绝非出自单纯的怀旧情结。海参崴火车站的诞生与俄罗斯远东大铁路的建设同步，从这里直达莫斯科的铁路线9300公里，是世界上跨度最长的铁路。游人认识海参崴，毫不夸张地说应该从这座历经一个多世纪风雨的老火车站开始。它冰刀形状的屋脊上展现着一只张开巨大的羽翼的双头鹰，造型独特而富有匠心，气势雄伟，动感强烈，外观十分醒目。那天上午，从远处到近处我反复观赏这座"体现俄罗斯风格的车站造型艺术"，似乎经历了一次心灵的震撼。

徜徉五一广场，我拍摄了许多照片，尤其同儿童及女中学生合影最让人开心了，一开始奔过去，他们认为要我要抓他（她）们，撒腿就跑，我就追，追上后用照相机比画着，对方才懂，笑了一阵便很认真地配合我照相，表情有点羞赧，显得非常可爱。

那三天，除了参观古老的火车站、灯塔、炮台要塞等，其余时间便是购物和逛赌场、观看人体艺术表演。我虽对购物兴趣不浓，但还是留心看了。这里的服装很便宜。一件不错的呢大衣合人民币 100 元左右，棉织品价格也不高，最便宜的是儿童玩具。中国游客比较喜爱的望远镜、照相机、紫金戒指，在商店和市场都可以买到。二道河市场是海参崴一个较大的自由市场，食品供应较苏联解体前要好多了，鱼类及熏肉、红肠很多且质量上乘，因为俄罗斯食品卫生管理十分严格，几乎没有假冒伪劣产品。这里鱼子酱很贵，但果汁比中国便宜。临海的广场上是民间手工艺品和中国土特产品的交易场所，有来自中国的丝巾、T恤衫、拖鞋、纺织内衣等日用品及小食品。彩色的"套娃"是很著名的俄国传统手工艺品，市场和旅游景点都有小贩叫卖，中国游客都喜欢买一堆"套娃"带回去送给亲友，物美价廉又富于俄罗斯风情。市场也有专营高价商品的商店，90% 都是来自欧洲、美国及日本的服装、皮货及时髦小电器，但玻璃门上用俄文和中文标明"只收美元"。

俄罗斯边城三日游，我们是匆匆过客，浮光掠影，只带走了一些零零碎碎的记忆。时间太短促，我们没有走进这座城市的纵深腹地，甚至没有走进海参崴人的心灵深处。印象当然是粗浅的、表层的。即使这样，也令我们在陌生与好奇中对这座城市产生浓烈的兴趣。如：海参崴几乎没有红绿灯，也极少见到交通警察，几十万辆大车小车穿梭行驶却井然有序，从未见到抢道堵车的现象，司机也很少按喇叭，仿佛有一只无形的手在指挥车流行进，这很使我们惊奇。再如车站、码头、广场、街路、商店、市场、海滨浴场等公共场所，尽管人群熙来攘往、摩肩接踵，却没有嘈杂喧嚣的市声。都说俄罗斯人是一个性格热情奔放的民族，但在日常生活中他们举止稳重，彬彬有礼，谦恭好客。那天逛自由市场，我们像步入音乐剧院，很惊异听不到我们习以为常的那种市场哗然的噪音，海参崴市民无论是买的还是卖的都在小声交易，没有讨价还价的争吵，大家好像朋友之间娓娓交谈。从中可以看出他们的文明修养，而这种相互谦让的风范正是在世世代代沿袭中形成的。外国游客非常喜爱俄罗斯儿童，常常情不自禁地将他们抱起来亲亲面颊，这不仅因为那些孩子长得聪明可爱，更主要的是他们从小就懂得礼貌，守规矩又不失活泼的天性。

将这些零碎的印象缀在一起，海参崴的整个轮廓就在我们眼前鲜明地凸现起来。归国前夕，我正在窗前观赏海参崴灯光闪烁的海岸线，一道同行的朋友张洪江推门而入，他说他睡不着觉，便将一些零碎的观光印象凑成一首顺口溜读给我听：

> 灯塔很高炮台很坚
> 车站很老教堂很尖
> 街路很陡沙滩很宽
> 市声很静水天很蓝

鱼酱很腥海风很咸
啤酒很苦面包很甜
果蔬很少虾蟹很鲜
少女很美花卉很妍

吟完，两人都会意地笑了。当然这是带点戏谑意味的顺口溜，却也表达了海参崴之旅的观光感受。

归国前，也留下些许的遗憾：俄罗斯两位著名的作家契诃夫和法捷耶夫，都曾经在这里生活与工作过。我很想寻访他们当年的足迹与故居，却没有时间去完成这一心愿。契诃夫那篇优美而忧郁的爱情小说《带阁楼的房子》，是在哪个安谧的角落写成的呢？无从查考。耳畔仿佛还响着小说结尾那句悠长而伤感的呼唤：

"米修司，你在哪里？"

三天三夜很快过去了。海参崴给我留下的印象还是很美好的。除了挥笔写下数篇散记作纪念，至今还不时忆起那次旅途中所发生的种种事情，常想起第一夜下榻的木屋、嘎吱作响的木床、窗外草丛中闪着幽光的萤火虫；想起旅伴倚栏与俄罗斯水兵笑容灿烂地合影；想起在宾馆四处找壶烧水沏茶、在商店买"套娃"和意大利真皮钱包、在海滨崖顶伏栏目送鸥鸟远去的情景……不知我的那位旅伴是否已忘却，可我还记得哩。生命中的一段起伏的乐章，都同那个夏天、那次旅行、那座城联系着，无法割舍。

1999 年 7 月 27 日

听俄罗斯心脏的跳动
——莫斯科散记

一

伊尔–62型飞机降落在莫斯科1号机场是北京时间21时，莫斯科时间是17时。办完手续走出机场已近黄昏，青灰色的天空渐渐暗下来，有一片鸟群在头顶盘旋，当时很奇怪机场附近上空有这么多飞鸟，怎么不设法驱赶呢？因为鸟群是飞机升空后非常不安全的因素。

这个念头只闪了一下，迅即被一阵兴奋所代替，因为足底实实在在踩到莫斯科的土地上，圆了一个期待已久的梦。莫斯科，我终于来了！心底轻轻唤了一声，是说给自己的。小学五年级时，长春电影制片厂挑选儿童演员为苏联电影《河上灯火》配音，我有幸被选上，那是我第一次观看苏联影片。以后陆续看到《奇异的种子》《普通一兵》《夏伯阳》《萨特阔》《法吉玛》《乡村女教师》《短剑》《阿辽沙锻炼性格》等一批苏联早期电影。那时我幼小的心灵就萌生了一定到莫斯科看一看的愿望，在想象中莫斯科是一座非常了不起的充满神秘色彩的大城市。真的面对它时，已逝去 40 多年的时光。

坐上旅游大巴沿郊外高速公路向城内进发，这时夜幕已降临，远远看见莫斯科市区一片五彩灯光，若要瞅清全城的轮廓要等到白天了。

坐在舒适的高背皮椅上，仍感到腰部一阵刺痛，双腿有些木然了。从哈巴罗夫斯克抵达莫斯科，行程约 8400 公里，在空中枯坐 8 个小时，的确劳我筋骨，体力有些透支。这是我所经历的最漫长的一次空中旅行。当夜下榻 25 层高的宇宙饭店，"昏睡百年"，醒来时刺眼的阳光穿透了白纱帘，这是我见到的第一束莫斯科的阳光。那日天气晴朗，拉开窗帘，第一眼就看见远端高 541 米的征服宇宙纪念碑，它以 45 度斜角刺向青天，银光闪亮，造型漂亮极了。

在莫斯科度过了三天两夜，走马观花式地游览了一些地方，只能说是"初识庐山真面目"。自公元 1147 年建城始，莫斯科已有 854 年的历史，在人类文明的发展进程中，莫斯科起伏的命运是一部俄罗斯民族历史的真实写照。它博大而灿烂的文化和历经的一系列磨难与战火洗礼，都让世人刮目相看。匆匆游览，浮光掠影的粗浅印象，让我们无法领略它深厚的内涵，更难以走进这座名城的历史深处，但我们真切地听到了俄罗斯心脏的跳动，莫斯科向世人展示的不仅是高贵典雅的姿容，还有其坚韧的谁都不能漠视的民族精神。

在莫斯科参观游览的第一项便是红场和克里姆林宫，可以说俄罗斯之旅的"重头戏"。

9 月 29 日上午，我们乘车来到红场，但车子不能开进去，只能停在红场外的远处。其实在行进途中，我们就清楚看见克里姆林宫雄伟的轮廓，它地势高、占地面积大，非常醒目，尤其是汲水塔和教堂尖顶最先夺走了游人的视线。

克里姆林宫不是单一的建筑,它是由许多辉煌而迷人的宫殿、教堂、官邸和珍藏大量珍宝的博物馆所构成的建筑群,外观非常宏伟。俄罗斯著名诗人莱蒙托夫(1814—1841)曾满怀激情地形容它:"有什么能同克里姆林宫相比呢?那层叠起伏的高墙,那金碧辉煌的教堂,它矗立在高山之上,仿佛威严的君主头顶,充满权力的皇冠一样。""克里姆林宫蜿蜒绵亘的城墙、幽暗的甬道、流光溢彩的殿堂,这一切你都无法用笔来描述,亲自去看,去看吧!让它们自己,把所有的感觉告诉你的心灵和想象!"

导游带我们 30 名中国游客排队进入红场,参观列宁墓。那天是星期六,游人很多,排起一列长龙有序瞻仰列宁墓,紫红色的墓顶有 10 多米高,呈方正形,用大块石头垒垒而成,外观很像一座大地堡。其平面墓顶,实为观礼台,每逢十月革命纪念日或重大国事活动,苏联国家领导人在此检阅军队和游行队伍。据说在卫国战争最危急最困难的时候,德军兵临城下,空战在激烈进行,红场依然在举行国庆阅兵式,以示绝不屈服的决心。

红场下面,在亚历山大公园内的克里姆林宫城墙下,有一座"无名烈士纪念墓",每天有大批游人前来瞻仰。这是 1967年建造的,墓内安葬一位无名红军战士的遗骨。他是在克留科沃村的战斗中牺牲的。当年在克留科沃村,守卫者们曾浴血奋战,用宝贵的生命保卫着莫斯科,那是一段可歌可泣的历史。墓前两侧大理石上摆放着一个个花篮,墓前五星图案中央是燃烧的圣火,并且长明永不息,象征烈士精神永照人间。在跳动的圣火火焰映照下,墓碑上镌刻的一行俄文字非常醒目:"虽然你的名字不为人知,然而你的功勋永垂史册!"经俄方导游翻译,我读懂了碑文的含义，情不自禁地点点头。

二

那天，在莫斯科红场有一个小时的购物活动时间。本团的中国游客都去逛东面的中央商场，它是莫斯科最大的贸易行，建于19世纪末，它的三排游廊式商场占地近25000平方米，上方是大型玻璃制房顶，外观酷似一座集俄罗斯各式建筑装饰手法为一体的艺术博物馆。

我没有购物的兴趣，再著名的商店也不想去，我挎着照相机走来走去，寻找拍摄素材，居然遇到一些很有趣味的事情，在这里撷取几个镜头：

镜头1：分享新婚夫妇的喜悦。聚精会神拍摄完红场北端的瓦西里升天大教堂，转身突然听到南面一片喧哗声，一伙又一伙人游动来又游动去，场面很热闹。近前一看，原来是盛装打扮的新婚夫妇，簇拥他们的是一群亲友，嬉笑打闹，个个兴高采烈。许多逛红场的游人也被他们欢乐的情绪感染，纷纷围拢过来一齐助兴。

我好生奇怪，怎么会一下子涌现这么多新郎、新娘，那天上午红场至少有十几处庆婚的人群，汇成200多人的欢呼声浪，让本来肃穆的红场突然变得生气勃然。后来打听俄方导游方知：莫斯科的新婚夫妇，举行婚礼后要来红场亮相，高高兴兴走一遭，这已成为一种不成文的仪式。似乎来过红场，会给新郎新娘带来吉祥的好运。显然，红场在莫斯科人心目中的位置是很高贵的，连娶媳妇也要让红场"证明"一下。这般虔诚的举动很令我感动不已，视其为一种淳朴又高尚的民风。

那些庆婚的亲人与朋友大多是一些年轻人，虽然举止非常随意，性情开朗，但穿着整齐，很讲究；小两口更是焕然一新了，新郎一般穿西服，扎领带，新娘披婚纱或穿洁白的长裙，裙上佩一大朵鲜花，光彩照人。他们很高兴有中国游客拍照，一副乐不可支的样子，新娘一点也不羞涩，对着镜头举止端庄大方，新郎只顾咧嘴乐，脸上一片红云，看来伏特加喝了不少。这些新婚夫妇由衷的喜悦也深深感染了我，可惜的是他们看不到一位中国记者即兴拍下的照片。

镜头 2：与 18 世纪皇宫卫兵合影。红场南端一座教堂前，游动着衣装古老的几个卫兵，一身红袍，头戴尖顶毡帽，脸上都留着大胡子，胸前佩有双头鹰徽记，每人都手持兵器，有的是长刀，有的是半月形的巨斧，显得威风凛凛。他们足蹬笨重的高筒黑靴，走来走去，不时侧脸向游人投去严厉的一瞥。

他们是干什么的呢？这一身装束打扮和手持的兵器，在 21 世纪初的莫斯科就显得十分滑稽与笨拙，让人发笑。

我认真瞅了好一会儿，直到有人上前与他们合影，这才明白原来他们是乔装打扮沙皇时代皇室的卫兵，将时光一下子拉回到 18 世纪，再现了当年克里姆林宫城墙下的一幕。市民觉得很有意思，特别是儿童和女孩子与他们拍的那些合影很有规矩：游客站在中间，两端各站立一名卫兵，他们左右伸出两柄长长的弯刀，搭在一起呈十字架形，这似乎是一种仪式。当然，游客高兴时可以举刀或扛斧拍照，动作由自己随意设计。看来，这是红场一处特殊的景点，很能满足俄罗斯人的怀旧情结。

我也来了兴趣，上前比划了一下表示我要同他们合影，并求助一位中年男子用我的照相机拍照。两位卫兵一左一右站在我身旁，摆好一副凛然不可侵犯的架势，我右手持一柄战斧努力配合他们，但忍不住想笑。照了两张便掏出 30 卢布给他们，

不知够不够小费，那位大胡子卫兵接过去，居然对我说了一句
OK，看来可以了。

镜头 3：孩子们让我好喜欢。那天上午在红场最开心的一
件事，就是和莫斯科的小学生在一起。拍摄完喜气洋洋的庆婚
场面，我就被红场南面入口一片此起彼伏的清脆童音所吸引，
有 200 多名小学生聚集在那里，年龄都在十二三岁左右，排着
几列长队，由老师带领他们等待进入红场和克里姆林宫。红领
巾搭在每个学生的右臂弯上，不知为何没扎在脖子上，远远看
去像一条条红云缀连在一起，非常好看。秋日的阳光如瀑倾泻
在他们头顶，金黄而柔软的头发亮亮的，我忍不住想上前抚摸
一下。人们都说俄罗斯的娃娃和少男少女长得特别俊、特别美，
果真如此，一个个动人可爱，尤其是皮肤又白又嫩，用如花似
玉来形容并不为过，这种美是与生俱来的，俄罗斯民族是一个
漂亮的人种，这是举世公认的。旅途中我曾对同伴孙树贵感慨
地说：即使卖猪肉半子的女孩，也都十分好看。

这些莫斯科的孩子们很不安静，排着队也嘻嘻哈哈大声说
着话，像一群叫声清脆的林中小鸟，给本来肃穆的红场带来春
天的喧闹。我贴近他们拍了一个又一个镜头，孩子们很乐意让
我拍，一点也不腼腆，有的对着照相机吐舌头、扮鬼脸，有的
居然绕到后面拍了一下我的屁股，不但不跑开，反而冲我开心
大笑。面对这些活泼大方的莫斯科新一代，我也童心复萌，把
仅会的几句俄语对他们大声宣读，内容毫不相关地一番轰炸，
发音还基本准确，反正他们听懂了。一开始，孩子们愣愣地听，
继之张大了嘴笑，我也笑，站在一旁的女教师很宽容地看着。
后来，走出很远，还看见几个男孩朝我挥手……归国后回忆当
时那一幕情景，真有些"老夫聊发少年狂"。

三

莫斯科红场虽然并不宏大（长 700 米，宽 130 米），却是世界十大著名广场之一。除了列宁墓，还有苏联 12 位国家领导人的陵墓。

当日下午，我们还参观了莫斯科名人公墓。公墓很大，占有很大一片园林，园内空气清新，环境整洁，树木蓊郁，绿草如茵。数以千计的俄罗斯名人安息在这里，如作家果戈理、高尔基，苏联英雄卓娅与舒拉……那些名人大都是石雕和青铜塑像，栩栩如生；如从远处看，那一大片碑林与塑像组成的场面非常壮观、肃穆，令人过目难忘。莫斯科人都知道这片墓地，前来凭吊的人很多，他们不会忘记安息在这里的曾对俄罗斯历史进程做出卓越贡献的民族精英们。

对比之下，我们偌大的国土尚没有这样一片宏伟的公墓——一片凝固的历史教材。我们的城市只有殡仪馆，那只是火葬场。我们真的缺少一片具有国家意义的让整个民族世代瞻仰、永远纪念的圣地。那天，同时看见一些父母带领儿童参观莫斯科名人公墓，边走边讲，孩子们听得聚精会神。这尤其加深了我的感慨。

红场周围的建筑景观，除了以克里姆林宫为主体外，还有多处同样拥有历史辉煌的非凡建筑，均为世人所瞩目。

最为显眼、造型独特的建筑当属瓦西里升天大教堂，几乎来红场的游客都要眯起眼睛将镜头对准它。它的确壮美，气势非凡，五个洋葱头似的塔尖直刺云天，整个建筑不动声色地显示着一种华贵，游人在下面如蚂蚁般渺小。教堂正前面竖有英雄库兹马·米宁和德米特列·波日阿尔斯基持剑与盾牌的青铜雕塑，这是一座用民众签名捐款修建的纪念碑，建于 19 世纪初叶。而瓦西里升天大教堂"资格"更古老，440 年，历经沧桑而风采依旧。

红场外面还有一座喀山圣母大教堂，17 世纪初，在抗击波兰干涉军的战斗中，喀山圣母像伴随俄国士兵战斗到最后获得胜利。

在瓦西里升天大教堂的对面，耸立着一座外观秀挺的红砖建筑，其顶部有一些小塔楼，装饰着盾形浮雕。这就是著名的俄罗斯国家历史博物馆，它鲜明体现出 18 世纪俄罗斯建筑的传统风格。

红场的东端，便是莫斯科最大的中央贸易行，虽然它在红场周边建筑群中历史最年轻，但距今也已逾一个世纪了。长长的三排游廊式商场，从远处看酷似在海洋航行的一艘华丽而昂贵的游船，建造精致，极具观赏价值，让游人即使不进去购物就已感到心满意足了。但我还是慕名进去逛了一圈，仅买了一本画册，花去 250 卢布，内急时还用 5 卢布进了一次卫生间，里面漂亮得像中国酒店的包房。这座中央贸易行建筑结构的中心是华美的坛式喷泉，细长的水柱如礼花升空复又溅落，水声叮咚如乐曲盈耳，让顾客流连忘返。这些华贵的建筑群与克里姆林宫的钟楼彼此呼应，十分和谐，充分反映了俄罗斯大师与工匠卓越的才能及天才的创造，是俄罗斯民族瑰丽的历史财富。莫斯科红场之所以闻名于世，在我看来并非它的革命色彩，而是它的人文景观体现了俄罗斯民族博大而灿烂的文化。也可以说，莫斯科的精华就在这里。

四

如果说红场是莫斯科的一顶王冠，那么克里姆林宫就是镶嵌在硕大王冠上的一颗耀眼的宝石。

其实，在很远的地方就能看见克里姆林宫雄伟的轮廓。如果登上莫斯科最高的两座建筑：伊凡大帝钟楼（高81米）和救世主耶稣教堂，俯瞰全城，就可以看到这座巨大城市的整体布局是环形呈放射状的。克里姆林宫当然是首都布局的"核心"，整个莫斯科都是由它衍生出来的。它建在莫斯科运河沿岸的高岗上，是这座城市的中心地带，地势很高，著名的红墙延伸2公里长，城墙上耸有3座挺拔的塔楼，著名的救世塔楼建于1479年，嵌有高大的自鸣钟，每15分钟自鸣一次，浑厚的钟声传播很远。

参观的游客在赞叹红墙伟岸的同时，也常把目光定格在那些挺拔的塔楼尖顶。正是它们为克里姆林宫景观带来一种独有的挺拔之美。

克里姆林宫院内深阔，虽建有诸多房子，但布局疏朗有序，院内纵横的甬道、草坪、花坛，让人们感到空间自由舒适，环境幽雅，毫无皇宫概念上那种壁垒森严之感。在院内，我们有幸见到两件庞然大物：炮王与钟王。它们既是珍贵的历史文物，也是难得一见的工艺品。军械库是一座米黄色的二层楼，这里陈列着当年俄国军队从拿破仑败师中缴获的857门大炮，后来一些俄制大炮也在这里摆放。我们见到的这尊炮王，于1586年铸造，炮身数米长，架在一辆战车上，车头为狮首做怒吼状。与威风凛凛的炮王相比，钟王就显得稳重、厚实，不怒自威。高约81米的伊凡大帝钟楼，是克里姆林宫建筑群的音乐中心，共有21座大钟，其中钟王最显眼，它铸造于1733—1735年，高10多米，体积庞大，重达70吨，钟身刻有精美的图案。我们在钟王前面一站，只有它的底部基座高，一想到它70吨重，人就轻如鸿毛了。在克里姆林宫游览时，大家最喜欢的就是炮王与钟王这两件文物了，人们轮流与它合影，非常开心。说它们是克里姆林宫的"镇宅之宝"也很恰当。

告别炮王与钟王，我们来到教堂广场。这里是克里姆林宫最主要也是最古老的广场，长石铺地，十分宽坦，空间开阔，八面来风。它是国家历史事件的见证，按照惯例，沙皇于此接见外国使节，每逢沙皇加冕或宗教节日，这里总要举行盛大的庆祝游行，队伍从圣母升天大教堂出发，礼炮齐鸣，鸽群飞翔，场面既非常庄严又热烈无比。

克里姆林宫院内的经典建筑，除了八座大教堂，还应该提到那座克里姆林宫大殿，虽然它并不古老，但分量很重，因为它是议政之地，也是一座俄罗斯的文化艺术宝库，珍藏着大量的稀世珍宝、文物、绘画、家具、工艺品、武器、服饰、银器……

作为游客，我们是不能随意进入克里姆林宫大殿参观的，只能在外面向内观望。但我很想知道当年毛泽东与斯大林是在哪个角落会晤的，也想看看普京办公室的窗户，更想进去近距离地观赏里面各殿厅的瑰宝与艺术作品。但这一切都只能"望楼兴叹"。不过我也没有太失望，因为我毕竟进入了克里姆林宫大院，感到俄罗斯还是一个很开放的国家，清规戒律不是那么多，外国游客能进入克里姆林宫游览和拍照、录像，便说明了这一点。

五

亚历山大公园和练马广场，那里人流如织，是红墙外另一番热闹的景象。

回望红场和克里姆林宫尖耸的塔楼，想到一群老布尔什维克的和平游行，想到从天使报喜大教堂走出来的在胸前画十字的一位母亲与她的两个儿女，忽然感到俄罗斯这个国家很有意思。辽阔的国土与开朗、宽容的民族性格，博大深厚的历史文化与国民高度的文明教养；军事强大，科技先进，蔬菜与食品却短缺；国民平均收入并不高，精神生活却很富有；吃喝玩乐的现代化娱乐场所很少，但生态环境及绿化工程却是一流的；俄罗斯人不喜欢串门、清谈、摆宴，但喜欢读书、听音乐；炒股票、经商、打工的不多，博物馆、图书馆与剧院却是俄罗斯人常去的地方；在俄罗斯不难遇到吸烟的女性与夜幕下酗酒的汉子，但你也会发现城市雕塑、树木与画廊保持完好无脏污，没有人会往音乐喷泉内扔东西；在所有公共场所，俄罗斯人不习惯喧哗与拥挤，他们懂得沉默与谦让，即使喝咖啡也小声啜饮……应该说，这是一个很大气很有教养的民族，只有在遭到侵扰时，俄罗斯自尊的性格中才爆发出火样的刚烈。

说真的，俄罗斯之旅令我讨厌的事没有发生，这是一个值得游历的国家。

2001年10月3日晚8点30分，我们告别了莫斯科。透过舷窗俯瞰这片大地，七彩灯火熠熠闪亮，像是从天上银河纷纷坠落下万斛珍珠宝石，美丽悦目。

在莫斯科苏维埃广场，我曾凝视"长臂将军"跨马持剑的雕像许久。就是这位尤里大公，在斯摩洛金诺河畔奠基了俄罗斯首都；正是在彼得一世时代，古朴的莫斯科仿佛从传统的俄罗斯地主庄园的旧梦中一下子苏醒，开始用欧洲大都市的风范装扮自己，许多华美的建筑拔地而起。

近千年的历史风雨，让莫斯科历尽沧桑。一次次战火洗礼，一次次内讧与权力之争……这座城市始终与动荡不安相伴，但每一次它都在灰烬与废墟中顽强地站立起来，重新建设。正是从不屈服任何侵掠与磨难，才成就了莫斯科的荣耀。漫长的岁月中，它唯一一次被攻占的经历是被拿破仑的军队攻陷，让俄罗斯人民世代记住这一耻辱。当然更刻骨铭心的是第二次世界大战中全民族抗击德国法西斯的入侵，他们以牺牲 3000 万人生命的代价换取了最后的胜利，赢得了全世界人民的尊敬。

新世纪第一年，我们这批中国游客有幸翻阅了莫斯科秋天的日记，手里捧着金黄的柞树叶在城里走来走去，新奇地观望所看到的一切。

的确，莫斯科从 854 年前波洛维茨山上的小村走来，跨越一个又一个世纪，今天正舒展开历代沧桑留给她的皱纹，焕发出新的精神，用现代的色彩把自己装扮得更加容光焕发。因此，莫斯科既是古老的，又是年轻的。作为游客，她的古朴厚重与再生的青春我们都想看到，因为真实才是最美的。

2001 年深秋 莫斯科—长春

人物长廊剪影

飞机上：两位俄国旅伴

在人类现代交通工具中，最快捷最省力效率最高的当数空中旅行了，飞机缩短了两地的距离，在地球两大洲之间朝发夕至已不是什么神话。所以，出门远游飞机当是首选。但，世界上的事情总是有一利便有一弊，恰如古老的中医所云，治病投药会养一经便伤一经。那么，最枯燥单调的出行也是坐飞机了，旅人被限制在座椅上，舱内空间狭小，行动不便，一直挨到降落方能解脱，那种滋味的确不好受，因而，对旅客而言，空中生活除了一个快字，毫无优点可夸。

值得庆幸的是，这次从哈巴罗夫斯克飞往莫斯科，我与两位俄罗斯青年邻座，一路谈笑风生，免去了漫长空旅的乏味之苦。因不通俄语，至今也叫不出他们的姓名，好在浓浓的友情冲淡了这一丝遗憾。回国后好久，这两位俄国朋友的面影还不时在我脑海中浮动，想起我们在飞机上用中、俄、英三国语言，用五官表情、手势及图画相互交谈沟通的情景，常忍俊不禁。不知他们是否还记得我这位中国老大哥，发愁的是我这篇回忆文章怎么才能让他俩看到呢？

2001 年 9 月 28 日中午，我们从哈巴罗夫斯克市登上伊尔–62型飞机，一架老式的很笨重的空中客车。该机有 4 个发动机，功率很大，但噪音也很大，设施与美国波音飞机相比显然落后很多，太陈旧了，机上有 172 个座位，但座位周围空间局促狭窄，怎么坐都无舒适感，将前面就餐板放下来几乎顶着胸口，真不知那些体魄粗壮的俄罗斯男人如何适应的。机舱条件较差，再想到这般枯坐 8 个小时就愁容满面。俄国太大，按地理位置分布有 11 个时区，这次飞行要经历 4 个时区，的确是一条漫长的航线。我坐在后舱右侧 D 座，挨着通道，右边 E 座与 F 座是两位俄国青年，谈个不停，看来他们是一起的。旅游者中，我是兴奋型的那一类，思维活跃，总不甘心枯坐或昏睡。于是，我将头转向右侧观察一下邻座同伴，试想能否同陌生的俄国人发生一点交流。我冲这两位无声笑了一下，微微点头，这是一种友好的表示；他们注意到我的笑容，也报以微笑与点头。隔了有一会儿，我很不满足如此浅层次的交流，便又转头，说了一句："您好！"但想到他们听不懂汉语，便改用英语说了一遍，他们旋即做出反应也用英语向我问好。后来的交谈中，我们三人基本上是用英语交流的。紧接着我用手指着胸口对他俩明确表示 CHINA，意思为我是中国人，但不是日本人或韩国人。这一表示很重要，因为我不太喜欢日本和韩国的男人。一听到 CHINA，他们立刻明白了，并热情伸出手来，看来对中国人印象很好。

那一刻，我们三只手在空中有力地握在一起。那场面颇为郑重，似乎我们都自愿担任了两国友好使者的角色。

当然，那一刻我应该迅速想到 1969 年 3 月爆发的"珍宝岛事件"，中俄军队剑拔弩张差点大干一场；又应该想到 1960 年"苏联老大哥"特不够意思，单方面停止执行合同，撤走专家，使援建工程中途夭折；还应该想到 1900 年以前沙皇以武力胁迫腐败无能的清朝政府割让海参崴等地，掠走中国 150 万平方公里领土……不过，我没有悲愤起来，握手就是握手，那些历史旧账同我们三人无关。

握过手后，陌生感消失了，彼此面部表情都松弛下来，没什么可戒备。这时候，双方都感到知道旅伴一些自然概况很有必要。

What is your name？

我先问起他们姓名。两人分别作答，但我记不准，因为说的是俄语。这样吧，为了旅途中交流方便，我称呼 E 座的为阿辽沙，他稍年轻一些，个子稍矮，一头柔软的金黄的头发，脸稍圆，皮肤很白；另称呼坐在里面靠舷窗的 F 座的为谢尔盖，他个子很高，身材瘦长，黑头发，长条脸，两鬓及下颏胡茬很重。我常看俄罗斯文学作品，谢尔盖和阿辽沙是常用的人物中文译名，我就信手拈来给他们安上了。两人听懂了我的意思，但有点不高兴，摆手说：NO，NO，NO，不同意我擅自给他们改名。我开心地笑了，坚持称呼谢尔盖、阿辽沙，他俩互相看了一眼，耸耸肩，似乎无可奈何地承认了。

接着我掏出纸和笔，用英文和数字介绍本人和家庭成员的姓名、年龄、职业，他俩也如法炮制。于是，我知道谢尔盖 33 岁，1968 年生，有两个男孩和一个女儿；阿辽沙 29 岁，1972 年生，只有一个 8 岁男孩。当他们看我介绍自己 57 岁，大吃一惊，摇头，坚决不信，以为我开玩笑哩。怎么解释都不行，我突然想到衣兜里有身份证，忙掏出来，他俩仔细看着那上面的出生年月日，点点头，又认真端详我一会儿，眼里仍有一丝狐疑，似乎觉得不可思议，好像 57 岁的中国男人应该是白发苍苍的老头子。

谢尔盖在纸上用英文写道："我们认为您大概有 35 岁的年纪。"

这回轮到我有点激动不已了，因为谢尔盖的神情非常认真，不像是恭维我。当时我的确有点激动，没想到我在这两位俄罗斯人的眼中居然这般年轻！虽有一丝感慨，却也不至于得意忘形。35 岁早已过去了，35 岁时我还在中国北方一座县城工作，住在城东山坡上一座红砖房内，每月不足 80 元工资，冬天常上山捡干柴拉回家烧火做饭。那个年月哪会奢望坐飞机出国旅游啊！

初步交往，我们总算成了忘年之交了。阿辽沙弯腰从脚下的提包里拿出一瓶伏特加酒，冲我晃了晃，笑嘻嘻的。早就听说俄罗斯男人性情直率，一高兴就要喝酒。果然，倒了三杯酒，他们盛情邀我齐干一杯，我用手指指胸口，又晃一下头，意即我心脏不好；可他们不管那个，执拗地举着杯子看着我。没办法，我只好与他们碰了杯。两人高兴了，一饮而尽，而我只喝了一大口，说实在的，伏特加酒不好喝，同中国白酒相比差远了，他俩又斟上酒，边饮边说，情绪开始兴奋起来。我前后一睃视，机舱里乘客大都合眼休息，很安静，只有我们三人谈笑风生。

谢尔盖又递来香烟，彼得大帝牌。我不爱抽俄国烟，很辣，口感不柔和，但犯烟瘾了，就接过来，三个人一块喷云吐雾，将头顶行李舱下通风旋钮打开了，有凉风吹来。俄国客机居然允许在最后几排吸烟，管理太宽松了，令我大惑不解。

抽完烟又闲聊起来。谢尔盖说他擅长棒球和柔道，他画的图蛮像的，一看就明白；我画了乒乓球拍和游泳的姿势，他俩也明白了，知道我的爱好。我很想说明我最喜欢品茶，中国的茶"味道好极了"！但茶道没法画图，如画一只杯子冒热气，又担心对方误以为是冲咖啡，便作罢。

不知道新结识的俄罗斯朋友的职业，便用英语问他们做什么工作？谢尔盖说了一长串句子，听不懂，阿辽沙就帮忙，用两手上下搓脸，问我懂了没有？我更不懂了，见他又搓脸又挤眉弄眼的样子逗得我大笑起来。见我笑，阿辽沙十分气恼，这小子是个急性子，猫下腰就去翻手提包，鼓捣半天终于找出几小袋白色的东西，指指它，又重新做擦脸的动作，这次做的动作非常温柔，手指从眉毛、脸蛋一直轻抚到下巴，然后瞪圆了蓝眼珠盯着我，那意思是你再看不懂我就要跳飞机了。幸亏我终于恍然大悟，终于搞明白阿辽沙的挤眉弄眼是化妆，那几袋白色的东西是护肤霜之类。于是我说：I know，表示懂了，阿辽沙这才如释重负，对谢尔盖得意地笑了笑。而我只能大概猜到他俩的职业同美容这一行有关，具体是化妆品经销者还是研制人员就不清楚了。

出门在外，语言不通是很大的障碍。我虽学过英语，从高中到大学共学过5年，但这么多年疏于温习及实用已丢掉大半，能记住的英语单词不多了，碰到口语交谈的场合往往很尴尬。相比起来，在我们三人中谢尔盖的英语水平要好一些。

阿辽沙因形象的"手语"让我搞懂了他们的职业还在得意地笑个不停，他递过来一枚名片，谢尔盖在名片背面写下他的名字。我出国没带名片，便将我的通信地址写在纸上交给他们，又比画着我穿的一件牛仔摄影背心，指给他们说newspaper。哦，两人点点头，认定我是报社摄影记者，一副很佩服的表情。但我没解释我是文字记者，摄影只是滥竽充数，反正都是搞新闻这一行。这时，摄影背心帮上了忙，我的许多东西都随身装在里面，背心前后共有12个兜，装着胶卷、采访本、笔、放大镜、地图册、药品、身份证、人民币、卢布、电话本、钥匙、清凉油、针灸盒……这些备品都是旅游时必带的。我找出地图册，对他们指点这是北京，这是哈尔滨，哦，这就是我生活的城市长春——看来两位俄国朋友对中国一些大城市并不陌生，一一点头。当然我也知道两位旅伴住在MOSCOW（莫斯科），谢尔盖告诉我 2002 年他们要来中国，有业务要做，他在地图上找到哈尔滨、南京，意即要去这两个城市。

我带的中国地图与世界地图还真发挥了作用，看图说话，下面的交流就很顺畅了，总算克服了一些语言障碍。

长城、长江、黄山、黄河、上海、香港、满洲里、珠穆朗玛峰、旅顺港……

伏尔加河、高加索山、黑海、贝加尔湖、基辅、明斯克、圣彼得堡、伏尔加格勒……

三双手指兴奋地在亚欧版图上比画来比画去，都争抢着说，中文俄文一齐来，彼此听发音都知道说的是哪儿，没错。足足有 40 多分钟围着地图"指点江山"，几乎把我们所掌握的中俄两国的地理知识一股脑儿地倒了出来。由于指哪打哪，百发百中，三个人乐不可支，笑作一团，真的开心极了。我也没小觑这两个搞化妆品生意的俄国青年，他们居然指着中国西北大戈壁某处张大嘴巴喊了几声"轰……"，表情夸张得有点恐怖，我猜出他们说的是中国原子弹的爆炸。好家伙，竟还知道中国的军事秘密，连地点都能大致指出来。当然，我也露了一手，问了他俩一个小问题：莫斯科是哪一年开始修建的？它的奠基人是谁？谢尔盖和阿辽沙相互瞅瞅，没答上来，有点不好意思。哈，这个小问题居然难倒了两个莫斯科人，我很得意地替他们回答：是尤里。接着又重复一遍：尤里大公，并将我的右手臂伸得长长的——莫斯科市民都知道苏维埃广场上，市政府对面耸立着"长臂将军"尤里的腰挎宝剑、手持盾牌的骑马雕塑，他是莫斯科城的创建人。谢尔盖和阿辽沙听我说到尤里，立刻明白了，他们知道这位历史上赫赫有名的大公。接着我在纸上写着 MOSCOW 1147，那是莫斯科建立的时间，他俩点点头，还对我伸出大拇指，挺佩服的样子。

　　谈到这会儿，一瓶伏特加喝光了，看来俄罗斯男人嗜酒并非虚言。我也喝了小半杯伏特加，来而不往非礼也，忽想到旅伴白局长有从国内带来的酒，他和老伴就坐在我前排，便去索酒。白局长很慷慨地献出，表示支持两位国际友人。这瓶好酒还剩大半瓶，有55度，酒用十多味滋补品浸泡过，拧开瓶盖一闻，醇香扑鼻，足以代表中国白酒的水平。——斟完，谢尔盖与阿辽沙端起，小心翼翼品咂了一口，立刻笑容可掬，接着又来一口，闭上眼若有所思，片刻后大呼小叫，用俄语连声说好！我相信他俩说的是真心话，白局长回过头来瞧见这一幕，当然很高兴。

　　好酒助兴，我们三人又侃起来。我喜欢俄罗斯文学，就扯到普希金、托尔斯泰、屠格涅夫、高尔基、肖洛霍夫、艾特玛托夫……一长串作家的名字，想同他们交流，但都白说了，因为这些中文发音他们听不明白，而那些作家姓名的俄文字母我又不会写，身边没有翻译，弄得我们三个人都很急，喊了一大堆话彼此都不懂。没办法，我又想到《钢铁是怎样炼成的》这部名著，俄罗斯人知道，于是在纸上画上一本书，用笔尖指着书说：保尔·柯察金！奥斯特洛夫斯基！前者是书中的主人公，后者是书的作者。他俩看着我画的书，又瞅瞅我，眉头紧皱，怎么也思考不出我在问什么，看他俩那副难受的样子，我都同情了。

　　可是不行，非打破砂锅问到底，我改变了方法，在纸上画了一顶红军帽，帽顶画了五星，然后又画了一个人骑在马上像跑的样子。这时，我就站起来开始比画着，右臂在空中挥舞似的抡着战刀，左手像握着缰绳，猫腰，身体向前大幅度摆动，完全是催动战马冲锋向前、决一死战的架势，嘴里还喊着"冲啊"——当时我是完全模拟红军英雄保尔·柯察金当年在战场同白匪英勇搏斗的情景，我的动作十分逼真，进入角色也非常卖力，心想：这回明白了吧，这是一本写苏联英雄的书啊！没想到这一对笨蛋还是不明白，愣眉愣眼地盯着我，没表态，让我好气恼。不知是不是我的表演太生动了，还是不想让中国朋友伤心决定配合一下，总之搞不懂是咋回事，阿辽沙也突然站起，抡臂晃腰，同我一样做冲锋的动作，张大嘴也喊"冲啊"——这小子喊的居然是中文，发音很准，顿时让我捧腹大笑。还没笑完，那边谢尔盖也立起来，一米八五的个子直顶行李舱盖，他也来了一套策马向前的动作，只是表情更为悲壮，让人想到视死如归，谢尔盖没说"冲啊"，喊的却是乌拉（俄语：万岁）——不知他回忆的是苏联哪一次著名的战役，跟我模拟的肯定不是一码事。咳，可怜的俄罗斯朋友，33岁的谢尔盖与29岁的阿辽沙，糊里糊涂跟随一位已逾天命之年的中国记者在飞机上认真入戏表演起军事小品来。直到分手，我也搞不清他俩是否知道我问的是《钢铁是怎样炼成的》这本书，更搞不懂他俩为啥相继站起配合我做动作且绝无玩笑之意。这真是一笔糊涂账，都是语言障碍造成的。

战斗模拟表演完毕，三人开怀大笑，都笑出了眼泪。其实，飞机上是不允许喧哗的。奇怪的是看不见"空哥"过来干预。俄国民航太宽松了。

航程快结束时发生了一件小事：旅游团中，有一位在江苏盐城市教育局供职的张先生，中年人，会说一些俄语。见我们唠得正欢也过来凑趣，其实他想同俄国人练习下口语。交谈半天后，很客气地留下一个扁盒中华烟，朱红色金属盒，价格很贵，当然是高档香烟，他俩接过来，点头称谢，各抽了一支，那味道当然要胜过俄国香烟了。后来，趁谢尔盖起身如厕，阿辽沙飞快地将中华烟装入西服内口袋里。谢尔盖回来后坐了片刻，发觉有什么不对劲的地方，便在座位上下找了一遍，又用俄语问着什么，阿辽沙正襟危坐，只是用手指向男乘务员，似乎东西让他收拾走了。谢尔盖很泄气的样子。我当然知道谁拿走了中华烟，可是没法说。看来，品评二人，谢尔盖更厚道些，阿辽沙就多了一分狡黠。

飞机终于降落在莫斯科 1 号机场。我们三人匆匆拥抱分手，各自离去。望着他们在暮色中隐去的背影，我还真的有些留恋，因为是他们帮助我度过了一段漫长而愉快的空中之旅，我们的谈笑都是由衷的。

再见，谢尔盖；再见，阿辽沙。尽管这是我给你们临时起的名字，但我真的很喜欢。

2001 年 10 月　莫斯科—长春

与安塞腰鼓相伴的老汉

如果你想了解深厚的黄河流域文化，如果你想与黄土高原人交朋友，那你就一遍遍聆听韵味独特的安塞腰鼓。从窑洞小院到天安门广场，从陕北穷山沟到世界领奖台……安塞腰鼓，中国人的骄傲！刚烈而浑厚的鼓声真正敲出了黄土高原的魂魄。

3月5日，我们走进陕北高原腹地的一座小城——安塞，第一个结识的安塞人是腰鼓协会的总教练刘占明，40岁，祖居诏安乡龙石头村，世代腰鼓相传。我们见他个头不高，身体精瘦，不似印象中威猛的击鼓汉子。看出了我们心中的疑问，刘占明笑答：汗流多了，练的。他说，像北京亚运会开幕式、新中国成立50周年庆典、拍摄《黄河》等这些大型活动，最多时有上千腰鼓队员，排练一次要掉几斤体重，他作为组织者更累。见我们从很远的长春来，他有几分惊讶，并说我们来早了，看不到全县14个乡数千农民的盛大腰鼓表演，今年农历七月二十四将在县里举行文化节与物资交流大会，慕名来看安塞腰鼓的中外游客会很多。是啊，眼下农民要种地植树了，我们写什么、拍摄什么？看到我们失望的表情，刘占明边起身边说，走，见一位老汉去——于是，引出一位安塞腰鼓大王高向成。

从路上的攀谈中得知：安塞腰鼓的起源可追溯到 2000 多年前的塞外古战场，击鼓而战、而歌、而舞，是黄河流域军事与文化生活的产物。它融武术、体操、舞蹈、打击乐、吹奏乐为一体，在世代流传中形成陕北民间艺术的一枝奇葩，名扬海外。刘占明追忆起 1984 年 5 月中日合拍大型电视片《黄河》时那激动人心的一幕：1000 名安塞腰鼓农民在白坪山上扭成一股黄色的旋风，鼓声如雷，五部摄影机从空中与高坡俯拍那惊天动地的场面……我们听得好激动，愈发急切地想见到那位腰鼓老人。

县城西南郊一座窑洞小院，高向成憨朴的形象出现在我们眼前，他将一张方桌摆在洒满阳光的小院，沏茶、递烟，给我们看他在北京等地表演腰鼓的照片，老人的热情和善让我们心中充盈着暖意，围桌而坐与他唠起来。高向成，65 岁，祖籍榆林，却在安塞生活劳作 60 载，现在祖孙三代 6 口人。高老自 8 岁习腰鼓，从艺 57 度春秋，练就一身绝技，目前是安塞腰鼓队的年长者与传承人。高老参加过多部影视拍摄，最让他幸福难忘的是在天安门广场参加新中国成立 50 周年检阅庆典与演出，在北京一住就是 18 天。老人高兴地讲起他站在陕西省的彩车上缓缓开过天安门，晚上演出时他们 138 名男女组成安塞老少三代腰鼓队，10 面大鼓咚咚擂起来，喜洋洋的舞姿扭起来，博得满场喝彩。

聊天中提及著名的鼓点"二流水""凤凰三点头"，高向成讲得津津有味，我们也听得入了迷。为难的是安塞腰鼓是群体表演，场面气势宏大，怎好意思请他来一段独舞让我们开开眼界？

谁知他欣然应允，匆匆换上彩服束紧腰鼓，扎上羊肚手巾，唤来13岁的孙女翠美,鼓槌一敲便扭起来。清脆的鼓点吸引来曹庄村的四邻乡亲,小院内外、窑洞顶站了许多人。刘占明敲起大鼓为祖孙俩伴奏。能亲眼见到著名的安塞腰鼓表演,我们当然兴奋。20多分钟的表演原汁原味,陕北风情浓郁,足以让远客感到不虚此行。

我平生第一次近在咫尺地观看安塞腰鼓。只见高老合着"二流水"的节拍起舞,踢、打、跨、跃、蹬、踩一连串的动作熟稔自如,时缓时急,进退有序。我几乎难以相信这是一位65岁的老人!双臂旋展似鹰拍翅,颈肩耸晃如虎抖毛,绝了!如此刚劲流畅,如此舒展优美,将2000年历史的安塞腰鼓演绎到炉火纯青的地步。痴痴看着,眼里有泪,其实他一敲一扭不久我眼睛就湿了,因为老人在无声地笑,是那种发自心灵深处的笑,笑得一脸桃核纹如波荡开了……我无法解释65岁的年纪居然会有童稚般纯真的笑靥。摄影记者刘庆发同我一样激动,他说他好不容易才抑制住手的抖动,否则拍不成照片了。

那天分手时,多亏了那道突如其来的风沙,隔开了我们和那所窑洞小院,走出很远,风沙还没止住。这样,我们便看不到分手后的情景,我们实在不忍再去看一位陕北老汉流泪的眼睛。

3月5日下午4时结束采访,摄影记者刘庆发将300元钱迅速地放在高老汉的手掌上,没等他反应过来,我们转身就走了。彼时彼地我们只能做这样一件事来表达心情。

欣喜之余,又添一丝叹息,因为我们在采访中得知县腰鼓队只是个民间文艺团体,有演出时才赚点劳务费,高老汉非干部亦非工人,当然无工资收入,每日推着小车靠捡些纸箱、饮料瓶之类换钱维持生活。一想到腰鼓大王晚年还如此辛劳,心情很有些抑郁。

　　同庆发商议如下：写信建议县民政部门为他腰鼓大王每月补助生活费；为高老汉冲洗放大一卷精美的演出照片，作为他腰鼓生涯的纪念；留下 300 元，让老人买点药品。这三件事我们都完成了。

　　冬去春来，不知陕北高老汉生活得可好？关山万重，隔不断两位记者的殷殷思念。

2001 年 3 月　追记

初识舞神杨丽萍

如果不是杨丽萍率团来长春演出，我肯定是没有机会见到这位大名鼎鼎的民族舞蹈家。在中国文化艺术界，名人辈出，群星灿烂，各领风骚；但除了某些靠炒作一举成名或偶尔露峥嵘的名人，真正让我报以崇敬之情的为数并不多。杨丽萍当是其中一位。

但我对她的崇敬也并非因她有耀眼的名人光环，而是因为我觉得给程式化的中国舞蹈注入新鲜生命活力的她是第一人。是的，不会有谁能像她那样将肢体语言升华到具有一种神韵的境界。所谓"独占春光"，世上有些事情看来很不讲理，其实是公允的，当某种事物磨炼到炉火纯青的地步时是不可再生的，因而是不可复制的，当然也是不可模仿的。所以我说杨丽萍是独特的，不会再有第二个。

对这位将青春与生命无私献给艺术的舞蹈家，可以说慕名已久。早在20世纪80年代中期，我就开始关注媒体对杨丽萍的报道，1986年她创作的独舞《雀之灵》，被视为20世纪华人艺术作品中的经典。后来我在电视上看过她的演出片段，出于一种艺术直觉就感到这位舞者不简单，真正与众不同。而这种直觉变成由衷的佩服是在看了她表演的《两棵树》，具体哪一年记不准了，大概是 20 世纪 90 年代中期的央视春节晚会；那届春晚所有的节目几乎是浮光掠影，外感热闹其实很苍白，印象最深的就是《两棵树》。跳得美极了！感官上给人带来的愉悦不用说了，生命的节奏与生命的张力表现得恰到好处，一对青年男女的相互渴慕与情爱如青藤缠树，充满了诗意。就是这生机盎然的"两棵树"，给一贯闹哄哄的春节晚会吹来了清新的风，令我感慨不已。

2006 年 5 月 24 日，杨丽萍率团在长春表演大型原生态歌舞《云南映像》，上午在长春日报社会议室举行一个很简短的新闻发布会。我闻讯参加了，对我来说对舞蹈的喜爱要重于歌唱，我想知道杨丽萍说些什么，还有，她的舞蹈同我推崇的印度舞蹈有什么不同。

乍一见面，没觉得她有什么特殊之处。她不是那种传统意义上的美女，走下舞台的杨丽萍是一个很普通很娴静的女子，说话细声细语，毫无大明星特有的矜持。那时她已 40 多岁人到中年了，一头黑亮的长发束在脑后，绿底的外套绣着五彩图案，里面衬着大红内衣，戴着她喜欢的红珊瑚耳环，一双银白色的长指甲很惹人注目。唯一与别的女子不同的那就是气韵，只有长期陶冶在艺术领域才会形成这种气韵。借记者提问的机会，我通过主持人向杨丽萍提了两个问题：推出这台地域性鲜明的原生态歌舞其意义何在，对中国现行体制下的主流文化带来何种冲击？《云南映像》踏上国际巡演之路得到了高度评价与赞美，外国观众对它的认同是出于对中国少数民族原汁原味文化的猎奇与新鲜感，还是因为认定它体现了一种源于自然的本真而可贵的中国文化元素？……杨丽萍在现场是怎样回答的，事隔数年我已记不太清了，其实当晚的演出是最好的回答。

听剧场经理说，这台歌舞近百位演职人员，带来的灯光、道具、舞美服装等器材就达50吨。我听了很吃惊，国内巡演200多场，来回搬运就是一项繁重的劳动。其实这正体现了杨丽萍的艺术个性，她不依赖高科技的视景，而是将云南本土的生活场景与民俗文化真实呈现在观众眼前，无须修饰与雕琢，从象皮鼓、竹杠、玛尼石、铓锣、石磨到筒裙、草鞋、砍刀、牛角、蓑衣、祭祀面具……全部是真的，都来自高原村寨。本真的道具与古朴的民族风情融为一体，在舞台上呈现出天地人之间的自然美，难怪现场的每位观众都有一种清风拂面、返璞归真之感。参加《云南映像》演出的演员70%是土生土长的少数民族演员，他们来自彝、苗、傣、藏、白、佤、哈尼等民族，他们的血脉中本来就流淌着原始的舞蹈基因，再经过杨丽萍天才的点拨与调教，激情的火花不可遏制地燃烧起来，在序幕、火祭、女儿国等七场歌舞中尽情张扬着生命的自然、健康与活跃，"他们跳舞时的狂欢状态最能诠释这台原生态歌舞的灵魂"。这给多年来看惯了程式化与仪式感歌舞表演的观众无疑带来一种久违的亲切，其实观众是在补民间文化这一课，所真切看到的是一次盛大的生命礼赞。

作为《云南映像》的艺术总监、总编导和领衔主演，杨丽萍付出的心血与辛劳可想而知。她的4次出场无论是《月光》独舞还是《雀之灵》，都会在剧场掀起海潮般热烈的掌声……那是观众对她虔诚的答谢。对艺术工作者来说，民众的掌声是最好的回报；而心灵的征服，是任何行政动员与宣传口号所不能达到的。观众中有一家三口花了1000多元买了特甲票，看完后连说："值！"有一位大学生这样来概括他的感受："杨丽萍的舞姿穷尽了有关人类肢体语言的所有想象。太经典了！"

那个晚上我静静地看完《云南映像》，又回味了许久。似乎不需要总结什么，只有一种回归大自然的感觉；我曾两次造访过云南，在剧场仿佛又置身那片美丽、神奇、丰富的高原上，让一颗尘世间疲惫的心休憩在古朴、宁静的氛围中。真的很感谢这台原生态的歌舞展示，它将生命的呼吸、大自然的气息、云南村寨民俗文化的精髓融合在一起，如流泻的山泉点点滴滴渗入人们的血液中，给困扰在纷争与现实俗事中的常人带来一种精神的超脱，一种镇静的美感。

我得承认，《云南映像》带给了我从未有过的视觉冲击力。"孔雀公主"杨丽萍在舞台上有一种深不可测的魔力，她那柔韧细长的手臂会把人引入幻境中，来一次"人造的梦游"。她的肢体语言如此丰富、如此变幻、又如此奇诡，在清新的诗意中蕴含着不可言说的禅境。有人评价她的舞蹈是唯美主义的，其实唯美或纯艺术又有什么不好？恰恰是对人们的一种精神补偿。杨丽萍个性化的艺术风格，对"学院派"是一种颠覆，她从不恪守不可变动的传统习规，所借用的民间与现代舞蹈语汇是那样丰富而又精粹，且始终保持着自由、幻想、灵动、高贵的美德。在雨丝、月光、火、孔雀、蛇、太阳鸟、两棵树等意象中，将自由、美、神秘等元素表现得淋漓尽致，有意给观众带来无拘无束的想象力。值得一提的是她的舞蹈创作并不追随时代潮流的节拍，似乎有意与现实保持一定的距离，既没有"主旋律"的宏大主题，也没有《血染的风采》那样的作品，她的舞蹈素材几乎全部来自大自然和民间——这正是一位艺术家最可贵的地方。

杨丽萍的舞蹈是纯净的，不掺杂任何杂质。

5月24日夜晚走出剧场很远、很远了，耳畔还响着一群彝族村寨少女此起彼伏的"海菜腔"……那是云南地区最难唱的民歌，也是韵味最优美的民歌。

后来，听说杨丽萍又创作出另一台衍生态打击乐舞《云南的响声》，在全国巡演反响热烈；可惜我没有机缘在现场一饱眼福了，引以为憾。

2010 年 5 月 15 日　于苦茶斋

采访鲁迅之子

2011 年 4 月 7 日，周海婴先生静静地走了。那天，我结束了在五指山疗养的日子，中午在广州白云机场换机时突然得知他病逝的消息，一惊，登机牌从手中掉在了地上。直到飞机起飞后好久心绪才恢复平静。我与周先生仅有一面之交，相处才一小时，但印象很深。那年若不是远赴绍兴，几乎没有谋面的机会。

8 年前的初秋时节，我从水乡古镇南浔借道湖州匆匆赶往心仪已久的绍兴。以记者身份应邀采访首届鲁迅文化艺术节，实在说是作为学生专程从北方前来拜谒中国文化巨匠鲁迅的故里。在桂花的香韵中踏上鲁迅故居门前那条窄长的青石板路，心弦被拨动得再也不能平静下来。眼前的粉墙黛瓦、竹丝台门、花格木窗似乎早已熟稔，读小学课本就已默记于心的百草园、三味书屋、咸亨酒店，此时真真切切地映入视野。正午阳光下乌篷船晃悠在河中，桨声咿呀入耳，痴看中我在等待先生的灰布长衫在船头重现……

然而先生的长衫已飘入历史烟云深处，魂牵故里，音容宛在，鲁迅在绍兴度过他一生中三分之一的时光，写下大量反映绍兴风土人情的不朽篇什。鲁迅是绍兴的，也是世界的，认识鲁迅其实就是认识中国。

对先生的一缕哀思深藏于心。令我欣慰的是在绍兴意外见到了鲁迅之子周海婴，一次短促的拜见却十分亲切。周海婴那件笔挺的西装竟让我恍惚想到鲁迅的灰布长衫又在上海内山完造书店闪动……

10月17日上午，鲁迅纪念馆建馆五十周年庆典隆重开幕。20名小学生身着当年三味书屋学童装束，齐声朗诵《从百草园到三味书屋》，清脆的绍兴童音听起来十分有趣。主席台上站立一排政界、文化界要人、学者与贵宾，右侧有一位身材颀长戴眼镜的长者，不必打听我一眼就认出他就是周海婴，身材虽高过其父，但眉毛、眼睛仍看出鲁迅的影子，头发尚浓密但已花白，两鬓染霜。在大学时我研读过鲁迅主要著作，也读过王士菁、许寿裳、许广平等撰写的回忆鲁迅的文章，因而很快想起周海婴于1929年9月27日晨生于上海，当时鲁迅49岁。1936年10月19日鲁迅辞世，周海婴仅7岁。"遥想当年，感怀沧桑"，74岁的鲁迅之子重踏父亲故土，当会有一番更深的感慨。

斯时斯地，盘旋于我脑海的一个强烈愿望是能单独拜访周海婴；只可惜庆典活动人头攒动，数十名记者及官员、来宾、游客包围周海婴，哪有我接近他的机会？

后来周海婴不见了，我心犹不甘四处寻觅，半小时后闯入一处西厢房发现周海婴，喜出望外。周先生一脸倦容，大概累了，寻清静一隅歇息饮茶，其夫人端坐茶几另一侧，慈眉善目面含笑意。我的突然闯入让他们一愣，我赶紧声明我是长春日报社的记者，能见到你们夫妇非常高兴，能给我一次机会交谈片刻吗？周海婴笑了，起身与我握手，"哦，你从东北来，路很远哪！"我说："是啊，在参加鲁迅文化艺术节的记者中我是最远的一个。"

机会难得，省去了寒暄，我抓紧与周海婴交谈，那次采访几乎是在快节奏中进行的，这也是我的记者生涯中语速最快的一次。周先生谈锋甚健，语调慢悠悠的，很和蔼地应答我提出的几个问题。采访结束后当我适时提出拍照的请求时，周海婴看了一眼照相机便说："哦，你这是长焦镜头，屋子小，那就到外面合个影。"他很细心，看出我没安闪光灯而屋子偏暗。令我有一丝感动的是他俯身将夫人搀起来，看出这对老夫妻相濡以沫的深厚情感。在户外周海婴与我合影留念，我又给他们夫妇拍摄，不多时一大群记者与游客发现了周海婴又蜂拥而上，我只好告辞。

归来细想这次意外的会见，感到周海婴是一位和善平实的学者。听闻他的回忆录《鲁迅与我七十年》已出版，倘当时手中有书得到他的签名该有多好。8年后追忆周先生，几多感慨油然而生，翻出一册发黄的《浙江画报》，内有一帧周海婴夫妇并肩微笑的照片，那是我在现场拍摄的。时光已定格，留给我一段难忘的记忆……

2003 年 10 月　于绍兴

永不消逝的歌谣

——记著名作家刘知侠

怎么也不会料到，这个明丽的秋日竟远远飘来一朵黑云，那黑云坠下沉重的雨，滴得我心里一阵寒凉。

凝视手中那封加黑框的讣告，一时哑言，只有无声的沉默。不幸来得太突然，那天我刚给知侠写了一封邀稿信，还未寄去，下午就收到一纸讣告。惊悉他逝世的噩耗，痛惜，悲戚，我一下子呆坐在桌前；这位73岁的和蔼的老人，这位饮誉中外的著名作家，就这样不辞而别了吗？令所有热爱他的读者与友人都未能听到他最后的跫音……

谁也不曾料及，1991年9月3日是知侠留在人世间的最后一日。那天下午，在青岛市老干部学习会上，他还对当前风云变幻的国际形势慷慨陈词，他太激动了，在发言中突发脑溢血昏迷倒下，于当晚19时15分就永远地睡去了。彼时，他刚刚脱稿20万字的《淮海战役见闻录》。

我同刘知侠只匆匆见过一面，如今想起，那一面愈显得珍贵了。

1989年暮春，告别著名诗人黎焕颐，我从上海搭轮船抵达青岛，正是"樱花盛会"时节，满城一片花海。我早知道知侠从济南迁到这座美丽的海滨城市居住，很渴念一见这位久负盛名的老作家。20世纪50年代的读者，有谁没读过他那部优秀长篇小说《铁道游击队》呢？该书曾轰动全国，是我国当代文学史上代表性作品之一，曾被译成英、俄、法、德、越、朝等多种文字。经改编成电影、电视剧后，铁道游击队的故事更是家喻户晓。

4月26日下午，作家刘学江陪同我来到知侠的寓所。也巧，金口二路那一带当年曾住过老舍等大作家。知侠放下手中的笔，热情迎迓北方的客人。他的夫人、作家刘真骅笑吟吟端来两杯热热的香茗。当我递上一册《春风》，知侠夫妇几乎同时说："读过，读过，你们长春办的，很不错哇！是正经的文学刊物。"作为编辑，听到老作家的这番评价，心中自然高兴，我也就趁热打铁："那您什么时候给本刊写一篇？我可是专程来邀稿的。"知侠朗朗笑了："会的，会的，不过我手头正在赶写一部长篇——"夫人真骅善解人意："那你就见缝插针，写一篇短的。"知侠看看我，点点头。

一年后，我高兴地收到知侠新出版的长篇小说《沂蒙飞虎》，几十万字，是他在新的历史时期向读者奉献的又一部呕心沥血之作。

我的读初中的小女儿江竹也很高兴，她收到了知侠委托夫人于8月27日写来的信。说起来也很有意思：放暑假时，她读完《铁道游击队》竟哭了，为那个遥远年代所发生的故事激动不已。她便从我的名簿上翻到知侠的地址，悄悄给知侠爷爷写了一篇读后感。没想到知侠真的回信了，勉励她好好学习。

这些美好的回忆令人难忘，知侠却无声地走了，告别了那座枣庄，那片微山湖，那块滋养他生命的齐鲁大地……可那支日日夜夜在乌亮的钢轨上弹奏的"那动人的歌谣"，依然飞扬在每个人心头，飞扬在新中国大地上。

> 西边的太阳快要落山了，
> 微山湖上静悄悄。
> 弹起我心爱的土琵琶，
> 唱起那动人的歌谣……

1991 年 9 月 10 日

齐鲁大汉：作家刘学江

　　1989 年暮春时节，在上海告别著名诗人黎焕颐，忽闻黄浦江十六铺港口悠长的汽笛声；就是那一声长鸣，两天后将我带到蔚蓝的胶州湾……

　　且不说 2000 多年前的齐国古长城，秦始皇登临的琅琊台，李白吟唱的"我昔东海上，劳山餐紫霞"，蒲松龄笔下的牡丹花魂；只说闻一多来过，郁达夫来过，老舍来过，萧红夫妇来过，臧克家来过，就足以令我神往南襟黄海的这颗明珠——青岛。太多的学者文豪都曾驻足崂山，并在栈桥瞭望。

　　正值一年一度的"樱花盛会"，满城生机盎然。但我无暇穿梭花会，也无闲情研究风格迥异的"八大关"建筑造型，我只想造访刘学江——我的朋友，青岛市作家协会副主席，一级作家。与他神交已久，书信往来数年却未谋面。此君一脸大胡子，眼睛不大却很亮，身材高高壮壮宛若一尊铁塔。见面的第一印象：这是一位典型的山东大汉，性格粗豪旷达。从港口接我回家，在小店买了两箱崂山啤酒，说你来了，咱们喝——扛起一箱噔噔噔地先上楼了。这人实在得不会客套，竟没想过我能否扛动，是的，没想过客人这清瘦的身板扛一箱啤酒上六楼会累得气喘呼呼。

青岛三日，学江特地陪我到著名作家知侠家拜访。小学六年级我就读了那本脍炙人口的《铁道游击队》，几十年后能见到知侠本人当然喜出望外。他的夫人刘真骅热情招待我们品茗，聊谈中得知贺敬之夫人柯岩晚上来访，他们正做接待准备，攀谈一会儿后不便继续打扰，遂与知侠夫妇告辞。

与学江"煮酒论英雄"，谈文学也聊人生，彼此都无遮拦。得知1993年初夏他有一次俄罗斯之旅，同行的有妻子和翻译老杨，在异乡的经历很有意思。

列车刚驶出伊尔库茨克，车厢门就被人粗暴地拉开了，是一个目露凶光的年轻人，左右胳膊上分别刺着蓝黑色的蛇和鹰，乍看令人毛骨悚然。他见刘学江有大胡子，以为是哈萨克斯坦人，转身欲走，老刘大喝一声："干什么？"一听是中国话，年轻人说：涅(不)。他手里拿着一个小铝罐，原来是出售毒气喷射器的。性情刚烈的山东大汉怎能容忍这个，刘学江上前一把夺过铝罐，冲他晃一晃，吓得对方惊叫一声惶然遁去。他跑对了，刘学江不怕打架，年轻时在西北大戈壁守边垦荒7年，曾筋骨断裂，遍体鳞伤，只差没断气。这是他一段苦难的经历。

作家刘学江在国外并没打架，不过练了一次摊，也纯属心血来潮。在白俄罗斯首都明斯克待了10天，刘学江玩得挺高兴。白俄罗斯有万湖之国的美誉，而明斯克当称湖中之阁，是世界上绿化最佳的城市。风光宜人，心情就好，那天上午，老刘突发奇想，要下海当一回商贩，找出7件短袖衫和两件真丝夹克衫，喊上翻译老杨直奔明斯克贸易市场。市场很热闹，货柜上红艳水灵的大草莓让老刘暗吞涎水。为了换得卢布买草莓，作家刘学江摇晃衣衫高喊"普罗达娃契(出卖)……"那几句俄语也是现学现吆喝的。中国的衣服还挺有吸引力，一会儿就卖出5件短衫。刘学江乐了。这时，有个小胡子看中了夹克衫，伸出四个手指头，老刘摇摇头：开玩笑，9000卢布的夹克卖你4000卢布？没门！小胡子耍无赖，丢下4000卢布将夹克衫夹在腋下就走，这下大胡子刘学江恼了："涅（不）！"小胡子的哥们多，一哄而上，老刘真火了："退普劳哈（你不好）！"又加了一句汉语"混蛋东西"。争执引来了巡警和工商人员，多亏老杨交涉他们才放过这位中国作家。那天，刘学江只卖掉一多半衣服，还忘了买草莓。

2008年10月中旬，我携妻从荣成赴青岛旅游，又与学江重逢。他特地赶来盛情招待一顿海鲜宴，破费不少。19年未见面，他已退休但还是老样子，快人快语，谈笑风生；只是经历沧桑太多了，感到他锋芒内敛，对世事看得淡了。学江出身胶州农村贫苦人家，初中未读完就当了工人，后来又远赴大西北戈壁屯垦戍边7年，艰辛备尝，这些经历也给他留下沉实的生活积累。一身伤痕，数十年自学磨砺，出版十多本作品集，最终走入山东省著名作家行列。他说："金子的前辈是岩砾。"这就是刘学江，一个有血性的男子汉，一个有风骨的中国作家。

2010年5月22日 补记

唱信天游的歌手

在陕北的日子里，能采访到著名的"民歌大王"贺玉堂纯属偶然，而宣传干事小李能当场放歌更属意外。以至在归途中我仍然沉浸在一种莫名的兴奋中，按捺不住也哼起了信天游：

> 米脂的婆姨，绥德的汉，
>
> 青羊岔的石油，大柳塔的炭……

3月5日上午，我们驱车前往延安以北50多公里的安塞县。行前，对这座曾是古战场、全县只有15万人口的小城一无所知，我们是奔大名鼎鼎的安塞腰鼓去的，在新中国成立50周年的庆祝活动中，安塞腰鼓曾咚咚响在天安门广场，是接受检阅的唯一的农民腰鼓队。

县腰鼓协会总教练刘占明接待了来自长春的两位记者。在聊谈中他随口谈起电影《黄土地》就是在安塞黄土坡上拍摄的，县里还有一位歌手为影片唱了主题歌。说者无意，听者留心，我立即追问：歌手是谁？答：贺玉堂。我顿时发出与年纪不相称的一声"哇"！实出于意外的惊喜。从我在电影中听贺玉堂唱的民歌迄今已有 15 年，只知他是陕北人却不知道他就住在安塞县。15 年前听他在《黄土地》中唱原汁原味的信天游，那高亢、嘹亮、粗犷的高原民谣曾深深叩动我的心扉，久久难忘。

打乱原来的采访计划，急切地想见到这位世代农家出身的民歌王，很善解人意的刘占明立即领我们前往贺玉堂家拜访。这是一个二层楼的窑洞小院，院内有菜田和水井，听说来了长春客人，贺玉堂热情迎接，一脸笑意。刚进入窑洞，来不及呷一口热茶，我们的目光便被墙上一帧大幅照片深深吸引住：国家领导人端坐着，身后站立穿着陕北服装的贺玉堂，头上扎着羊肚手巾，一脸憨笑着。见我们看得入神，贺玉堂激动地讲述起拍这幅合影的情景：

2000 年 2 月 16 日，人民大会堂，元宵节联欢晚会。主持人是李维康、李扬，彭丽媛等著名演员相继登台演出。贺玉堂是第三位出场，即兴编了一首信天游，唱出了陕北老区人民的心声。贺玉堂刚一放开歌喉，全场便轰动了，掌声哗哗响起……那清亮悠长、韵味醇厚的信天游让观众听得如痴如醉。这就是民歌的魅力。

作为农民的后代，共和国的同龄人，一名民间歌手，贺玉堂的歌声从黄土高坡飘到艺术殿堂，可谓"异峰突起"，却也是多年积累的爆发。他自幼在黄土高原的文化摇篮中长大，耳濡目染加上刻苦学习，熟稔了信天游、爬山调、榆林小曲、陕北道情……整理并演唱千余首民歌。自从被导演张艺谋看中，在电影《黄土地》中一展歌喉，16 年来曾为《黄河》《华夏之声》等 70 余部影视配唱，并在北京、上海、深圳等地举办了个人演唱会。让人惊讶的是，他的发音高度为赫 G，比世界高音之王帕瓦罗蒂还高出 4 度，怪不得他登台以来震坏过 5 个麦克风哩。

听说我们还要继续西行采访，贺玉堂操起剪刀剪了个小礼物送给我们表达祝福，他仅用两分半钟，当他把剪好的红纸抖开后，8 只栩栩如生的喜鹊便展现在我们面前，奇了。

更奇的是另一位民间歌手李玉胜。靠唱歌征服了一位米脂姑娘。他今年 32 岁，职业是宣传部干事。曾经当过兵。爱好是打猎、唱信天游和吃荞麦炖羊肉。

2000 年 3 月西部之旅，在我采访的人物笔记中，关于李玉胜的记载不很多，只薄薄两页。在延安市宝塔宾馆与他相处一个晚上，言语相投，感到这位陕北小兄弟很有意思。

那天晚宴，是延安市委宣传部招待《长春日报》《重庆晚报》《三秦都市报》等新闻单位的记者。主人很热情，一位姓石的女部长陪大家边吃边谈。宴会中，谁都没注意李玉胜，他不插话，只憨憨地笑。招待宴会讲究有高潮，到了主客拼酒时李玉胜开始劝酒。显然，女部长不胜酒力，李玉胜挺身而出代领导敬酒。全国各地公款吃喝都有此类肩负重任的"陪酒干部"。长得敦敦实实的李玉胜同志一次次站起，一次次地举杯，代表陕北父老乡亲，代表黄土地，代表老区的山山水水、一草一木……向客人敬酒。代表的内容这么多，且满脸诚恳，我们能不感动能不喝吗？都有点醉，都怨李玉胜后发制人。

回到房间，李玉胜憨笑着解释：莫怨我，到革命老区应该多喝点，高兴嘛！李玉胜这人很聪明也很实在，他说迎来送往免不了酒文化，不能一律说是腐败，酒里也有真情。去年，他接待了一位新加坡搞文化教育的老者，钻窑洞、看腰鼓、听信天游、访问榆林剪纸老人、吃羊肉泡馍……整整陪伴九天九夜，也喝了九天的陕北米酒。老头高兴了，捐助 50 万元人民币，改建了十多所窑洞小学。说完这件事，李玉胜惬意地笑了，我们为他鼓起了掌。李玉胜摆摆手，忽然一仰头唱了起来：

三十三颗荞麦九十九道棱，

妹妹想哥哥苦思怀；

打碗碗花就地开，

请你把脸脸掉过来……

好听！我们又一次鼓起了掌。后来大家才知道原来李玉胜还是一位在延安小有名气的歌手，因为信天游唱得特棒，没花钱就娶了一位漂亮的米脂婆姨，成为当地一段佳话。

2001 年 4 月 15 日　追记

结识三位穆斯林兄弟

生活在中国大陆，是很少见到穿长袍的阿拉伯人的。我们习惯称谓的"老外"多指金发碧眼的欧美人士。其实从地缘上看，阿拉伯国家离中国很近，但与国人疏于往来，各大旅行社也从不把阿拉伯国家作为出境的旅游热线，其中的原因很难说清。

但这次地中海之旅我近距离地把阿拉伯人看了个够，将男男女女、老老少少尽收眼底。土耳其、埃及都是伊斯兰国家，84％以上的居民信仰伊斯兰教，出门时满街都是穆斯林一点都不夸张，男人多穿白色的阿拉伯长袍，妇女则是一袭黑袍、头罩面巾。

我的职业是新闻记者，虽也很想与当地平民促膝交谈一下，终因不会阿拉伯语而作罢；为弥补这一缺憾，只能近水楼台与随团的导游交流，他们能说汉语，这就有了沟通的机会。于是，结识了三位穆斯林男人，他们成为我们观察这两个地中海国家的桥梁。回国后，这三张面孔不时浮现在眼前，回想他们的音容笑貌仍觉得很有意思。

　　4月7日中午，当我们从开罗换机抵达伊斯坦布尔机场后，每个人都四下张望，不知谁来接团，心中没底儿。我们这个出境的旅游团只有区区七个人，阵容渺小得连自己都感到卑微，只能称作小股游击队。

　　6日夜半，我与妻守候在北京机场三号楼，只知道乘坐埃及 MS956 班机出行，别的一概不知。出国的手续是北京的海洋国际旅行社经办的。在指定标志下，聚齐了全团游客：四川的李姓夫妇，沈阳的何姓夫妇，长春的王姓夫妇，还有一位来自山东东营油田的老者吴先生。我们面面相觑：怎的，就这么几个人？都有点不相信。老吴还认真地数了数，没错，就是七个人，一个班哪！大家的情绪有一丝恐慌，继而有一丝愤然：交了一大笔钱就没人管了，领队呢？导游呢？到了外国找谁去？……多少年来一直习惯有领导领着大家干革命的国人就是这样，而不习惯独立行动。后来，终于赶来一位旅行社的委托人，是个小伙子，三言两语就把事儿说明白了。大家这才知道我们是几家旅行社拼凑的小团，没有专职的领队和导游，登机、办落地签证、找当地导游……这一系列入境事宜皆由这七人自己办。"你们放心走吧，没事的！"那口吻就像我们去逛一次公园似的。扔下这句话，他走了。七人再次面面相觑。经过一番了解，小何在大学学过英语，可以冲在前面投石问路，就选他做公关吧。当时，我并没太慌，一是我出国多次还算有些经验，二是我的英语尚能对付几句，三是我的天性就喜欢闯荡。

　　那天在机场出口，在举牌接客的一大群人丛中，我一眼就认准了浓眉方脸、笑眯眯摆手、穿一身黑夹克的中年汉子是接站的土耳其导游，凭的就是感觉。果然没错。一阵寒暄后，我惊异他的汉语说得十分流利，发音准确且有节奏。简短交谈中得知他是维吾尔族，这在土耳其是不多的，我有点兴奋地问他："你一定会唱十二木卡姆啦？"他听了一愣，瞅着我，没想到一个刚见面的中国游客会提出这个问题；我又说了一遍，他恍然大悟，也兴奋起来："哦，木卡姆，知道知道，它是世界遗产哪！我听过但不会唱。"听他说知道，我心中便释然了。木卡姆音乐分布在从中国新疆到中亚、南亚、西亚、北非19个国家和地区，作为维吾尔族的一员他怎么会不知道呢？4年前，木卡姆艺术已被联合国批准为"人类口头和非物质遗产代表作"，当时是一件很轰动的新闻。

因为木卡姆，我们很快熟识了。得知他叫肖开提·那斯尔，39岁，在土耳其文化旅游部供职，专业中文导游，中国客人习惯称他肖导。这位肖导可不一般，他是一名博士，学中文已有15年的历史，难怪他汉语说得这般流利。在路上，肖导告诉我，他曾经访问过中国，到过新疆的喀什等地；还告诉我他的家在首都安卡拉，有两个女儿。我问：安卡拉离这儿很远，属于亚洲，你回一趟家多不方便哪！他无奈地摊开两手，"是呵，想家也不能总回去。我的工作就在伊斯坦布尔，这是一个国际性大都市，每年的外国游客有1500多万哩，来了中国旅游团我要一直陪到底，走不开呀。"确实如此，两天半内除了睡觉肖导一直同我们在一起，可以说寸步不离，非常敬业。有一件事让我很难忘：在乘船游览博斯普鲁斯海峡时，我因为只顾拍照而误了下船的时间，结果团队只好远行下一个码头靠岸；由于误时，午餐及下午的行程都被打乱了。同行者中有的面露愠色，我真的想道歉，被肖导用目光拦住了，他对我宽容地一笑。

而埃及导游都喜欢给自己起一个中国名字，以示友好。一张国字脸和络腮胡子的赛义德叫高大伟，大家说挺好；另一位高高挺挺的年轻人自称张学友，还说叫过西门庆。我们一听都笑了，叫张学友尚可，毕竟是大歌星，这西门庆可不怎么样，当即就被女游客断然否定了，说："西门庆是流氓，你别叫这个名字。"

34 岁的赛义德体格魁梧，当过 10 年中文导游，很有经验，2001 年他来过中国，不过他的汉话要比肖导差一些，有些尖团音。从开罗去亚历山大的途中他打开了话匣子，每问必答，谈锋甚健。当有人谈到这条路路况不好时，他望了一眼车窗外叹口气说："是啊，没法同你们的高速公路相比，在撒哈拉沙漠修路难啊，要扔掉大把大把的钞票。"接着他说，埃及的经济状况就是 30 年前中国的样子。我不知他所说的是出自谦虚，还是真是那么回事。就这个话题，赛义德又说：埃及的富人占全国人口的 5％，却垄断 95％的财富，同你们中国一样也有贪官。看来他对中国的事情知道不少，见我们对贪官的事不愿说什么，便一笑，唠起了别的。说开罗有几十个中文导游，每月挣 1500—2000 美金，英文导游更多，每月只挣 1000 多美金，看来与中国人打交道吃香。问及他的生活情况，他说他有一双儿女，一家四口比上不足比下有余。埃及的家庭平均有二到四个孩子，从小学到大学读书是免费的，但私立学校要付费，一年 1000 美金。几乎每家都拥有私车，国产的居多，不贵，有工作的都能买得起，汽油每公升 1.85 埃镑，每月的电费 10 美金左右。谈起伊斯兰风俗，他说男人可以娶四个老婆，没人限制你，但必须公平对待四个女人，一碗水端平。你只给其中一个妻子买一块布，那不行，要买就买四块。娶第二个妻子，第一个相中了才行，以此类推——见中国游客笑了，他也笑着解释：那都是过去的风俗，现在埃及男人不想多妻了，太麻烦，主要是经济状况不允许。

那个同意不再叫西门庆的年轻人，似乎是旅游公司派来的领队，26岁，在开罗大学学过四年中文，后来当过两年兵，尚未结婚。我很喜欢这位长得很帅又很懂礼节的青年，跟他交谈很投机。我对他说，你家在亚历山大，中文名字就叫亚历山大吧！他想了想，笑了：行，蛮好。登机回国前，我送他几盒解暑的风油精，他一副欢喜的样子连连说谢谢。我知道热带的埃及人最中意中国的风油精。

2009 年 11 月 16 日　于苦茶斋

附录　海南主要著作

长篇小说

《城市游鱼》

《记忆汹涌》

中篇小说

《往事又来敲门》

中短篇小说

《北方也有相思树》

散文集

《乡思在渔歌》

《午夜风铃》

《俄罗斯旅游笔记》

《倾听海的呼吸》

《竹外一枝斜更好》

诗歌集

《摇橹者的歌》

《那些飘雨的日子》

《长流的棹歌》

散文诗集

《单桨船》

报告文学·评论集

《水清水浊》

综合文集

《不老的河流》

《俯仰天地间》

《回望人生潮汐》